文春文庫

観　月
消された「第一容疑者」

麻生幾

文藝春秋

主要登場人物

波田野七海（はたのななみ）　観光協会職員　大原邸でガイド兼管理　七島藺マイスター
貴子（たかこ）　七海の母
秀樹（ひでき）　七海の父（故人）
隼人（はやと）　七海の弟（故人）
首藤涼（しゅとうりょう）　七海の恋人　別府中央警察署刑事課　巡査長
三浦詩織（みうらしおり）　観光協会職員
高橋真弓（たかはしまゆみ）　観光協会職員
熊坂洋平（くまさかようへい）　パン店のオーナー
久美（くみ）　洋平の妻
正木忍（まさきしのぶ）　大分県警察本部捜査1課主任　警部補
遠井悠生（とおいゆうせい）　殺害事件捜査本部　デスク主任
萩原翼（はぎわらつばさ）　警視庁捜査1課主任　警部補
砂川大吾（すながわだいご）　刑事　巡査部長
黒木菜摘（くろきなつみ）　捜査本部　被害者対策班
真田和彦（さなだかずひこ）　東京在住の警備会社顧問

観月

KANGETSU

消された「第一容疑者」

1　二つの殺し

小京都と呼ばれる、古の趣きで訪れる人々を感動に包む街は全国に数多い。九州の福岡県と宮崎県に挟まれ、瀬戸内海の豊後水道に面した大分県にある街もその一つだ。

大分県は、血の池温泉などの地獄巡りのほか、レトロな街並みが人気の鉄輪温泉など多種多様な温泉エリアを抱く「別府温泉街」や、日本庭園や日本建築と雲海が広がる山間の温泉地「湯布院」がつとに有名だが、忘れてはならない街がある。

大分空港や別府温泉街からバスや電車に乗っていずれもわずか三十分ほど。九州の「小京都」と呼ばれる「杵築市」という城下町に足を踏み入れた途端、数百年前にタイムスリップする感覚に引き摺り込まれる。

昔そのままに遺された杵築城に始まる武家屋敷と純和風の家屋に囲まれた世界は、そこを訪れる者に、これまでに感じたことのない深い癒しを与え、思わず時を忘れさせてしまうのだ。

風情溢れるその街では年間を通じて様々な祭りの行事があるが、中でも、仲秋の名月の時期に合わせて行われる「観月祭」は、街中に所狭しと並べられた行灯の幻想的な揺らぐ光が古風な街並みを照らし、杵築を訪れる多くの者たちに深い感動をもたらしてきた。

幼い頃よりその光の中で戯れて、父と母の溢れる愛情に包まれて育ってきた二十八歳の波田野七海は、毎年、観月祭が近づくにつれ、その美しい世界を待ち焦がれる気持ちの一方で、幼稚園児だった六歳という幼い時よりの、悲しくも複雑な想いが心をざわめかせてきた記憶が鮮明にあった。

しかし、観月祭を一週間後に控えた今日ばかりは、その想いはどちらでもなかった。

七海の頭の中で浮かんでいたのは〝恐怖〟という二文字だった。

10月23日夜　金曜　大分県　JR九州・日豊本線

その〝気配〟を感じるようになったのは、三週間くらい前のことやったか……。

ドアの脇に立つ波田野七海は、時折、ぽつりぽつりと車窓を流れゆくネオンを見つめながら記憶を辿った。

仕事の行き帰りの時もあったし、休みの日に一人で買い物に出かけた時もあった。

その〝気配〟とは、誰かに後を尾けられているとか、誰かにじっと見られているといったものだが、それが何度もある――。

そのことを涼に初めて話をしたのは一昨日のことだ。

日本有数の温泉地、別府の街の中でも、ノスタルジックな雰囲気が海外の観光客に人気の鉄輪温泉。そこからほど近い、温泉の噴気を活用した地獄蒸しで有名な和食屋で、涼と会話したその時の光景を、七海は車窓に広がる漆黒の闇の中に蘇らせた。

二十八歳の誕生日を先月に迎えた七海は、三つ年上の涼とは二年越しの交際をしている。最近、〝そろそろ決めちしまおうかな？〟と思うこともある。だがなかなか踏み込めずにいた。理由は特にあるわけではない。涼への純粋な愛情はずっとあるし、カレの気持ちも同じ、という確かな実感もある。

ただ、忙しい毎日を過ごすうちに、という言い訳が先で、結局は、なんとなく――そんな言葉でしか表現のしようがなかった。しかしもうひとつ、先週、突然舞い込んできた東京からの誘い——それが今、もっとも悩んでいることだった。

「考えすぎやねえん」

和食屋の隅にあるテーブル席で七海が、三週間前から続いているその〝気配〟を打ち明けたことに、涼が口にした第一声がそれだった。涼は真剣に取り合わず、それどころか笑い飛ばして勝手にビール瓶から入れたコップの中身を一気に呷った。

首藤涼は、別府中央署の刑事課に勤める刑事である。昨日まで、別府市郊外のコンビニエンスストアで発生した強盗事件の捜査にかかりっきりで、逢うのは三週間ぶりだった。

「まじめに聞かんのなら帰る」

七海は真顔でそう言って帰り支度を始めた。

「ごめん、ごめん」

涼は慌てて謝った。

「後からゆっくり聞くけん」

「どうだかね」

七海は呆れて言った。

「ところでな、七海んちの杵築で間もなく始まる観月祭、オレ、休みを確保したけんな！」

涼が身を乗り出して七海のコップにビールを注ぎながら言った。

「でも不思議やな。今年の観月祭は去年と日が違うち、十月三十一日と翌十一月一日と二日間になるってな」

「送ったパンフレット読まんかったん？」

七海は不機嫌さを引き摺っていた。

「仲秋の名月の時期に合わせて行うのが観月祭、知っちょるわ」

涼はそう言って首を竦（すく）めてからさらに続けた。

「そんパンフレットに書いちょったけど、揺れる行灯の雅（みやび）な光が城下町を幻想的に包む祭り――。特に〝揺れる光〟というあんフレーズがいいわ」

涼はしたり顔で言った。

その姿に呆れた表情をして苦笑した七海も、もう一つ別の想いの中でその光景をまざまざと蘇らせることになった。

城下町じゅうの美しい石畳（いしだたみ）にたくさん並べられる行灯。風で揺れるそのロウソクの光――。

その光は、七海の頭の中に今日も一人の姿を思い出させた。私をいつも温かく見守ってくれ、優しかった父の姿は、病気で亡くなってから二十年も経とうというのに、今、情けなくも七海の中では未だに泣きたいほどの思い出となっていた。

その感覚を抱くようになったのが、つい三ヵ月前のことだったことを七海は感慨深く思い出した。

すべての始まりは自宅の納戸で、ひょんなことから父の日記を見つけたことだった。

それを読み続けるうちに、父が私に対していかに愛情を注いでくれていたかを知った。

全身を熱い感動に包まれた七海は涙が止まらず、最後には声を上げて泣いていた。

しかし、そのことを知ったのは逆に残酷でもあった。

父の温かさと優しさに二度と直接触れることはできないという現実にあらためて悲嘆し、二十年が経った今となって突然受け止められなくなったのだ。

間もなく駅に着くことを告げる音楽とアナウンスが車内に流れた。

ハッとして現実に戻った七海は、目尻に浮かんだものを指で拭ってから腕時計へ目をやった。

七海は溜息をつき、こんなに遅くまで別府で仕事を続けてしまったことを今更ながら後悔した。

江戸時代から杵築の特産だった、強くて丈夫な細長い多年草の「杵築七島藺（しちとうい）」で円座（えんざ）や草履などの伝統工芸品を作る「マイスター」（名人）の資格を持つ七海は、〝本業〟の杵築市観光協会の仕事の他に、七島藺のワークショップを主宰している。

明後日もまた別府市内で人を集めてワークショップを行うのだが、そこで縁起物（えんぎもの）の新作を披露しようと思い、ついつい時間を忘れて没頭し、帰りはとうとう各駅停車の最終電車に乗るはめになってしまったのだった。

ＪＲ日豊本線の別府駅から電車に揺られ、北へ約三十分。杵築駅に降り立った七海は、数人の乗客たちとともに改札口を抜けた。

駅に隣接した駐車場に足を向けた七海は、ひっそりと待っていたエアーイエローのトヨタシエンタに乗り込んだ。

この駐車場は本当に助かるわ、と七海はあらためて思った。何しろ、ここに朝から一日駐めても数百円の料金なのだ。

十分ほどシエンタを走らせて辿り着いたのは、杵築の城下町エリアの中心にあって、東西を貫く二車線道路沿いに商店や飲食店が軒を連ねる「商人(しょうにん)の町」と呼ばれる最も賑やかなエリアだった。

深夜なのでほとんど人通りはなく、七海はいつもの角で右折して南側の住宅街へと入る小さな坂を上った。上り切ったところの民家が立ち並ぶ合間に借りている駐車場へシエンタを滑らせた。

車から降り立ってドアを閉めた七海は、「上弦(じょうげん)の月」へふと視線を向けた。

――この月は、これから一週間後の観月祭までより美しゅうなっちゅくんね。

小さく微笑んだ七海は自宅へと足を向けた。

だが、月を愛(め)でた七海も、今夜は不安を感じていた。もちろんその原因は、三週間前からの〝その気配〟にあるのだが。

それを思い出すと思わず七海は足早となった。

しばらく行くと、遠くに、自宅の一階の灯火が微かに見えた。

母はいつも、私の帰りがどんなに遅くても、一階のすべての灯りを点けてくれている。

帰宅した時、寂しい思いをさせたくない、という、母の優しさに七海は感謝していた。

——今夜も、いつものあの温かい電灯がついている。

七海がそう思って微笑みを浮かべた時だった。

背後に、あの、〝気配〟を感じた。

七海は足を早めた。

自分のパンプスの足音に重なる、別の硬い足音に七海は気づいた。

七海に後ろを振り向く勇気はなかった。ただ足を速めた。

でも、慣れた坂道なのに、なぜか足が重く感じて、なかなか進まないように思えた。

自宅の玄関に辿り着くためには、次の緩やかな角を曲がって、そこからまだ三十メートルほど行かなければならない。

そんな時、重なる足音が消えた。

七海はそれでも歩みを止めなかった。背後を向きたくはなかった。しかし明らかに、その足音は聞こえなくなった。

大きく息を吐き出しながら家に繋がる小道を曲がって足を踏み出した——。

サングラス姿の男が目の前に立っていた。

男は、突然、七海に抱きついた。

七海は悲鳴をあげた——つもりだった。だがその声が出ない——。

口臭の強い息が七海の頬に触れたと思った直後、乱暴な手がスカートを荒々しく捲り上げ、脚のストッキングを無理やり引きちぎった冷たい指が太腿を激しくまさぐった。

――やめて……。

やはりその言葉は声にならなかった。

ところが、突然、男の姿が目の前から消えた。

驚いた七海がそこへ目をやると、目の前の地面で、どこから出現したのか、一人の年配の男が、七海を襲った男の上に覆い被さっていた。

その男の顔が、街灯の明かりで、一瞬、垣間見えた。

「おじさん！」

七海は思わず叫んだ。

突然、目映いライトに照らされた。

「何しよんのや！」

別の男の怒声とともに、赤色回転のパトライトとヘッドライトが辺りを一瞬で明るくした。

七海を襲った男は、老人を強引に振り払うとそこから一目散に立ち去り、住宅街の奥の方へ逃げ込んでいった。

七海の視界に入ったのは、「逃げるな！」と声を上げて男の背中を追ってゆく首藤涼の姿だった。

10月24日　土曜　杵築市　城下町

ベッドから飛び起きた七海は、目覚まし時計を急いで摑むと、

「ヤバイ！」

という声を上げ、慌てて服を着替え始めた。

化粧や整髪もそこそこに仕上げて一階に降りようとした、その途中で七海は思わず足を止めた。

七海の頭の中で昨夜のことが蘇った。結局、恐怖感を引き摺ったまま眠れず、やっと眠りについたのは空が白みかけた頃。だからほとんど眠っていないことを思い出した。

――頰を撫でたあの口臭が強い男の生温かい息。そして冷たい指先が自分の太腿をまるで這い回るようだったあの感触……。

階段にへたり込んだ七海は思わず身震いした。

七海は思考を強引に切り換えようと努力した。すると思いついたことに七海は表情を緩めた。

――涼は、私が言ったことに関心がなさそうだったけど、ちゃんと心配してくれちょったんだ……。

しかもあの時間に自分の家の近くにいた、ということは、ずっと自分のことを待っていて見守ってくれていたことになる……。最近、涼の仕事が忙しく、逢える時間がなかなか

なく、どこか気まずい雰囲気もあったが、これですべては——。

ニヤついた表情になった七海の頭に、思いがけずにその言葉が浮かんだ。

《結婚、決めちしまおうかな……》

さすがに七海は自分でも笑った。

——夢見る小娘じゃあるまいし。

それに正直言って、先週、東京のブティックからあった、銀座で七島藺工芸品のショップを開かないかという誘いを迷っている自分がいたことも思い出した。

その時、もう一つ、七海の頭に急に疑問が浮かんだ。

——なぜ、〝パン店の優しい熊坂(くまさか)のおじさん〟がそこにいたんだろう……。

男が逃げた後、声をかけて御礼を言おうとしたのだがいつの間にか姿を消していたのである。

「さっきから見ちょったけど、あんた、深刻な表情をしたち思うたらニヤニヤしたり——。頭でもおかしゅうなった？」

一階から母の貴子(たかこ)が苦笑しながら見上げていた。

「そうやった？」

適当な言葉で誤魔化した七海は、急いで階段を降りると、一階の食卓の上にすでに並べられていた朝食に飛びついた。

「うわ、『りゅうきゅう』（ブリやサバなどを独自のタレに漬け込んだ郷土料理）！　朝から贅沢！」

「もらいもんちゃ」

「杵築ちいいよな。魚やちりめん、それに野菜までもいつもみんなくるるもんね」

だが母はそれには応えず、

「あんた、なんで寝坊したん？」

と湯気がたつ味噌汁をテーブルに置きながら咎めた。

「それそれ、寝坊した訳はな――」

七海は途中で口を噤んだ。

正体不明の男に家の近くで襲われた、なんて母を心配させるようなことを言えるはずもなかった。

「それより、今日な、昼ご飯食べる時間ないみたい。観月祭が近いから忙しくて――」

七海はご飯茶碗の中の白米をたんまりと口の中に放り込んだ。

「お仕事も大変やろうけど、隼人のお墓参り、そげなんで、大丈夫？」

貴子はそのことこそ心配だという顔をして七海を見つめながら続けた。

「私は観月祭の準備で今日はどげえしてん行けんので明日行くけんど、やっぱし魂が帰っちくる今日の命日こそ誰かが行っちゃらんと隼人も寂しがるわ」

「分かっちょるけん。午前中に『大原邸』をさばいてからお墓へ行くから。余裕ありありちゃ」

「〝さばく〟なんて、ようそげな下品な言葉を……。いったい誰に似たんやろ」

「お父さん」

七海は、急須からお茶をご飯の上に注ぎながら軽く返した。

「お父さんって、あんた、二十年も前んこと、そげえ憶えちょらんやろうに」

「住吉浜（すみよしはま）リゾートパーク、湯布院（ゆふいん）、それに別府のスギノイパレス、家族みんなで行ったこと全部憶えちょるよ」

七海は軽い雰囲気でそう応えたが、記憶にあるのは施設や砂浜ではなくて、その時の父と母の笑顔だけだった。

「ごちそうさまでした」

七海はそれだけ言うと、隣の椅子の上に置いていた手提げ袋を手にとって玄関へ向かった。

途中で戻ってきた七海が貴子に声をかけた。

「お墓には涼が送り迎えしちくれるけん」

「あんた最近、涼さんとは――」

貴子がさらに言葉を続けようとした時には、

「行って来ます」

という七海の声が玄関に響いた。

　自宅を飛び出た七海は、目の前の舗装された道を右手に入ってしばらく行ってから「家老丁」と呼ばれる石畳の小径に入った。江戸時代、この辺りに国家老の屋敷が幾つかあったことからその名前が付けられている。

「塩屋の坂」のてっぺんに辿り着いた時、七海の目の前に、城下町が広がった。

　七海はいつものことながら思わず足を止めた。高台にあってそこから見渡すこの景色は本当に素晴らしい——七海はあらためて感嘆した。

　九州の小京都と呼ばれるこの杵築にあって、つとに有名な向かい合った美しい石畳の二つの坂——「塩屋の坂」と「酢屋の坂」だけでなく、その周りを取り囲む白と黒のコントラストが見事な武家屋敷の数々。そして東の方には、威風堂々とした杵築城の天守閣が見える。この「南台武家屋敷」エリアと呼ばれるここからの景色——それらは武家社会の上流階級にしか与えられない特権だったのも頷けると七海はいつも思っていた。

「家老丁」から「きつき城下町資料館」と「南台展望台」へと繋がる遊歩道を右手に見ながら七海は先を急いだ。

　その時、突然、七海の目の前が光の世界に切り替わった。

　ちょうど一週間後、観月祭の夜には「塩屋の坂」と「酢屋の坂」を暗闇の中に幻想的に浮かび上がらせる行灯たちの〝揺れる〟幾つもの光と、それに照らされて上り下りする着物姿の人たちが集まる。着物は一年を通じて安価でレンタル、着付けまでやってもらえる

「和楽庵」という店があるので、城下町をそぞろ歩きするのはいにしえの頃にタイムスリップしたような気分に浸ることができるのだ。

七海は二十年前の観月祭の光景を、目の前の「酢屋の坂」を見つめながら脳裡に蘇らせた。

行き交う人々の、その中を歩く背の高い父に手を引かれる小さな自分の姿があった——。

実は、その光景を思い出したのは、二十年も経った、つい三ヵ月前のことだった。

納戸の中で父の日記を見つけてからというもの、父との思い出の幾つかが突然、記憶の底から頭の中に溢れ出て、激しく胸を締め付けたのだ。

現実に戻ってハッとした表情となった七海は腕時計に目をやった。

——走れば間に合うわ！

七海は「塩屋の坂」を急いで下り、「商人の町」通りを行き交う車を避けてから今度は「酢屋の坂」の石畳を大股で駆け上った。

「酢屋の坂」を上り切ってすぐに右手に足を向けた七海は、その一帯、「北台武家屋敷」エリアの一角にある大原邸の玄関、「長屋門」を今度は、観光客に見つかって恥ずかしい思いをしないように小走りにくぐり抜けた。

さらに敷石の先に繋がる茅葺き屋根の「主屋」の前で腕組みをして待っていたのは、この屋敷の管理とガイド担当の先輩格である高橋真弓だった。

「七海ちゃん、『塩屋の坂』と『酢屋の坂』を全速力で上り下りしたんやろ？　汗で化粧剝がれて汚ねえ顔になっちょるで」

「えっ！」

　七海は洗面所に向かいかけた。

「冗談や。さあ、始めるで」

　真弓のその力強い合図で、七海は真弓と手分けしてまず雨戸を全部開けた。雨戸は結構数も多いし、微妙なコツもいるのでひと仕事だった。

　それを終えると主屋の一番奥右手にある土間へと二人は向かった。二人は協力して毎日の日課である薪を竈にくべる仕事を始めた。

「最近、雨の日が少なくて、暖かな日も続いちょったけん虫がまだおるんちゃ」

　真弓が溜息まじりに言った。

「ここは木造家屋ですからね。毎朝、こうやって藁をくべて燻してガンガン煙をあげて虫除けせな――」

　七海が話を合わせてそこまで言った時、藁を燻した薄青い煙が主屋の部屋じゅうにゆっくりと流れ始めた。そこに朝の陽光が射したことで、七海には、まるで朝靄のように幻想的に見えた。

　七海は慌てて持ってきた手提げ袋の中からスマートフォンを手に取ると動画を撮影した。

「しんけん（すごく）キレイやけんホームページにアップしません？」

「女の子やなあ」

真弓が呆れて笑った。

「土曜日やからやっぱし多いなぁ」

真弓が玄関の長屋門の方へ視線を向けた。

「開館時間の前なのに今日は多いですね」

七海がそう言って頷いた時、まだ上着のポケットに入れたままだったスマートフォンが震えた。

気がついた七海はメールの着信を確認してからすぐに手提げ袋に戻した。

「カレシやろ？　返信してやんな」

真弓が言った。

「いいんです、いいんです」

照れ笑いを浮かべた七海が手を振った。

「そうやな。男なんか、ちょっとでも優しゅうしたらツケあがりやがる」

真弓が吐き捨てた。

苦笑しながら七海は、後ろを向いた真弓をつくづく眺めた。

三十六歳にしてバツイチ。杵築市に隣接した国東（くにさき）市で中学生の娘と二人暮らし——。

七海にとって一番不思議なのは、女優の井川遥（いがわはるか）の若い時にソックリな美人なのに、離婚した後は浮いた話ひとつ今まで聞いたことがないことである。真弓自身からも男がらみの話題はついぞ耳にしたことはなかった。付き合っている男はいないだろうな、とも七海は感じていた。何しろ、この男っぽい性格である。少なくとも純愛的な出逢いのタイミングは想像できなかった。

だが、そんなことよりも、と七海は思うことがあった。ついさっきのメールは涼からだった。全部読んだわけじゃなかったが、《どうしている？》という文字だけは見えた。

七海は思い出した。涼はいつもこういう細かい気配りの利く優しい人だった。そう、涼は基本的に優しいのだ。そこが一番好きだったことを——。

《決めちしまおうかな》

またしてもその言葉が頭に浮かんで七海は声に出して笑おうとした。

気配を感じたのか、振り向いた真弓が厳しい表情で言った。

「さあ、お客さん入れるで」


七海がガイドとして対応したのは十人の観光客だった。年齢はさまざまだった。高齢の夫婦、小さな子供を連れた家族や若いカップル。関西弁も聞こえたし、東北弁のような言葉も七海の耳に入った。

七海は主屋の式台(しきだい)玄関（靴を脱ぐ場所）の前で全員を振り返った。

「上級武士たちの屋敷跡が並ぶこの北台武家屋敷の中でもこの大原邸は、家老などの要職を務めた上級武士の屋敷として、その暮らし向きや風情が今でも漂う貴重な建築遺産です。見事なこの茅葺き屋根。また広い美しい回遊式庭園が見られ、杵築における最も貴重な遺構の一つです」

式台玄関で靴を脱ぐように七海から告げられた観光客は慎重な足取りで主屋の畳に上がった。

七海が説明を続けた。

「間口の広いこの式台玄関、そして八畳の次の間、そこから鉤の手(直角に曲っている)の十畳座敷と弓天井――。華やかであるどころかむしろ、質素で堅実、それでいて格式の高さが随所に見えます」

部屋中を見渡す人々から感嘆する声が幾つも七海の耳に聞こえた。

「みなさん、私の個人的な想いとしてですが、是非、その想いに浸って頂きたいことがあります。格式の素晴らしさだけではなく、江戸時代の文化や武家社会の教養、人への気遣いといったものを感じて頂きたいです。また、物を大切にしたり、節約するといった数々の知恵が洗い場や竈に見られるなど、繊細できめ細やかな日本人ならではの文化が歴然と存在したということこそ受け止めて頂きたいのです」

感心する観光客の中からメガネをかけた高校生らしい少年が七海に近づいてきた。

「この大原邸は、ずっと上級武士の家だったんですか?」

「それはいい質問ですね。実は、こちらはもともと、『桂花楼』として作られたようです。つまりお殿様などが桜を愛でるためのお屋敷だったことが古い歴史書に記されています」

「その歴史書とは、『町役所日記』と呼ばれるものですね」

少年がメガネの縁を一度手で持ち上げてから続けた。

「天保三年、つまり一八三二年に城内大手広場にあった牡丹堂に桂花楼は移り、その後ここは御用屋敷として続きました」

「すごいね君……」

驚いた表情で少年を見つめる七海の前に、中年女性の集団から黄色いナップサックを背負った女性が進み出た。

「ねえ、お姉さん、この辺りで美味しいお昼ご飯のお店、紹介してよ」

七海は満面の笑みで語り始めた。その話題こそ最も得意だからだ。

「大分県ブランドの豊後牛を百パーセント使った炭火焼きハンバーグで有名な『芳の芽』、デザートは、一年醸造の『綾部味噌醸造元』の味噌と皮を取った小豆を使った悪味のない和菓子『みそまんじゅう』を売る『松山堂』でどうぞ——。他にも食べ物として『りゅうきゅう』や『杵築ど〜んと丼』など、美味しいものが杵築にはたくさんあります！」

ご年配の女性たちも集まってきた。

七海は調子に乗ってきた。

「腹ごなしのお土産屋さん巡りなら、まず『ふるさと産業館』で、大分を代表する蜜柑やかまあげちりめんなどもお薦めですので！」

観光客たちの流れが一時、途切れた時、真弓が七海の元へやってきた。

「あげなことベラベラ喋ったら、店の回し者やと言われるで」

「はあ」

七海は気のない返事で応えた。

「それよりさ」

真弓が声を落とした。

「さっき耳にしたんやけどさ、城山公園の手前にある廃屋の市民会館の前にだだっ広いとこあるやん？」

七海は、桜の名所で杵築城へと繋がるので人通りも多いその空間を思い出した。だがそれは昼間の話で、日が暮れると人出も絶え、街灯もないので一気に薄気味悪くなり、幽霊が出てきそうな朽ちた市民会館の建物と、その周りの鬱蒼とした草木に囲まれた薄暗い雰囲気が脳裡に蘇った。

「そこに停めた車の中で、いつも愛妻家を気取る県教育支部の山本のオヤジがさ、若え女とチチクリあっちょったんが目撃されたんっち。夜はだあれん近づかんっていったってさ、近場でようやるよな、あんバカ！」

「チチクリ？」

今では死語となったその言葉に苦笑しながら七海は話を合わせた。

「若い女性って誰なのかがバレてるんですか?」

「小倉(福岡県北九州市)のキャバ嬢らしいっちゃ。しかしドブスらしゅうてさ。若くて穴がありゃ誰でもいいんか、みたいな」

真弓は腹を抱えるようにしてケラケラ笑った。

「あっ、こっちこっち」

真弓が七海の頭越しに手を振った。

振り向くと若い三人の男が駆けて来た。

「最近ね、妙な縁で知り合いになったんやけど、観月祭で大原邸に行灯を並べるのを手伝ってくれることになってね」

目を輝かせた真弓は、右から十九歳の一ノ関クン、隣が二十歳の舞鶴クン、そして二十一歳の出雲クン――と紹介した。

「みんな珍しい名前やろ？　でも、みんなのお父さんやお母さんがいずれもこの大分県出身らしいんよ――」

急に女性らしい口調になった真弓が言った。

「初めまして！」

三人はいずれも颯爽とした雰囲気で満面の笑みで挨拶した。

七海が見たところ、一ノ関という男は、髪の毛をアッシュブラウンにした、どこかストリート系のワルっぽいイメージを醸し出してはいるが、少し垂れ目具合の大きな目がかわいくて、また唇の右上のホクロも色っぽく、それらが妙にアンバランスでそれがまた未知の魅力として感じられた。

対して、舞鶴という男の方はアイドル系そのものでモデルかと見紛うほどの整った顔立ちである。右目の下の涙袋にあるホクロがチャーミングで、それでいてニヤけている風もなく七海にとっての好感度は抜群に良かった。

そして最後の出雲は、キレ長の目に鼻筋の通った唇の薄い男で、シャツのボタンを三つまで外し、石が黒ぐろと光るペンダントを見せつけ、手首にはアルファベットのタトゥーをしているなど、どこか危険な匂いのする雰囲気があった。七海がこれまで見知ってきた男の中にはいなかったタイプだったので、それが魅力として虜になる女性も多いのだろうな、とふとそんなことを思った。

「こちらこそはじめまして。波田野七海です」

そう挨拶してから七海は真弓の耳元に囁いた。

「みんなイケメンやねえ」

「三人は、ほとんど同じ歳で、私のひとまわり歳下」

真弓は小声でそう言ってペロッと舌を出したあと、

「カワイイやろ？」

と艶っぽい笑顔をみせた。

「で、どの男とヤッたん？」

七海が真弓の耳元で訊いた。

真弓はパンプスの踵で七海の足先を踏みつけた。

「どうかしました？」

顔を歪める七海の姿を見て一ノ関が怪訝な表情で訊いた。

「いえ、何でも」

痛みに堪えながら微笑む七海が慌てて手を振った。

「それで、その妙なご縁って？」

七海が眩しそうに三人の男たちを見つめながら訊いた。

「彼らはね、東京の美術の専門学校でイラストレーターの勉強しよんのやけど、久しぶりに長期休暇がとれたんで大分へぶらっと一人旅で来た時、前から憧れていた杵築に立ち寄りたいと思っていたところ偶然にも出会って、意気投合したらしいんよ」

真弓は満面の笑みを三人に向けたまま続けた。

「でね、杵築をすっかり気に入った、ちゅう話でね、この子たちが大原邸にやってきた時には話が盛り上がった、というわけなの」

「それはそれはどうもありがとうございます」

七海が笑顔で言った。

「でね、せっかくだから、もうすぐ開催される観月祭を観ていったらって私が勧めたの。ほいたら三人とも、行灯に絵付けして並べることを知っててね。後は、城下町に一週間だけ宿泊兼作業場を借りるために私がいろいろ面倒をみたりと、まあ後はトントン拍子で――」

七海は驚かずにはいられなかった。体をくねらすようにして話す真弓が、いつもの男勝りの雰囲気ではなく、〝女の子〟になっているのだ。

「絵の才能がある方って本当に尊敬します！」

三人の若い男たちに近寄って握手でもしようとする七海の前に真弓は慌てて立ち塞がった。

「じゃあみんな、さっき電話で約束したとおり、夕方、『ゆとり』でね」

「『ゆとり』？　その居酒屋はね、洗練された和風の空間で、ほんのりと木の香りが漂う中で頂くお料理は本当に美味しくて――」

「それを説明するんは私！」

真弓が遮った。

その時だった。

七海の背後で、アッという声が聞こえた。

何気なしに振り向くと、三十メートルほど後ろで、パン店の主人である熊坂洋平が大きく口を開けて目を見開いてこっちを見ている。

だが七海と視線が合うと、熊坂は慌てた風に踵を返して大原邸の出入口へ向けて駆け出して行った。

真弓と顔を見合わせた七海は首を傾げるしかなかったし、真弓もまた首を竦めるだけだった。

「それじゃああとでね」

真弓が三人の男たちに飛び跳ねるようにして手を振った。

颯爽とした雰囲気で去ってゆく男たちの後ろ姿をニヤニヤして見つめる七海の口元に真弓が手を添えるようにした。

「ヨダレ、ヨダレ！」

七海はその手をやんわり払ったがそれでもニヤついたままだった。

「いいなぁ、年下のイケメンって、それも三人も……」

七海は溜息を引き摺った。

「あんたは、ちゃんとカレがおるやん」

真弓が咎めた。

「それが、なんかね」

七海は苦笑した。

「その理由、私わかる」

真弓は胸を張るようにして言った。

七海は不思議そうな表情で見つめた。

「彼が忙しすぎちアッチがご無沙汰なんやろ？」

七海は照れ笑いを浮かべるしかなかった。

ただ、東京のブティックから誘われている件でまったく相談に乗ろうとしない涼のことに不満があることは口にしなかった。そんなことを彼女に言ったら明日にも城下町じゅうに、〝波田野さんが東京に行くって〟と広まることが目に見えているからだ。

満面の笑みを湛えたままの真弓に七海は気づいた。

「真弓さん、まさか本気でさっきの若い人たちのことを？　三人のうち誰を？」

七海は驚いた表情を真弓に向けた。

「離婚して三年。前の男は暴力は振るうわ、女を作るわって酷かったけんさ。やっと本当の春が巡ってきたんやろうかなって……」

真弓は否定しなかった。

「え？　なら、お相手はどの人？　でも、彼らは全員東京の人なんでしょ？」

七海が訊いた。

だが、真弓はそれにには直接答えず、

「その時はその時っちゃ。娘も東京に憧れちょんし……」

呆れた風の表情で苦笑した七海は、慌てて腕時計を見つめた。

「じゃあ、真弓さん、すみませんが、お願いしていましたことに甘えまして、今日は私はここで——」

「憶えているわよ。弟さんのお墓参りでしょ？　今日は他にスタッフが二人もおるし、いいよ〜」

真弓は〝女の子〟の雰囲気をまだ引き摺っていた。


大原邸を出た七海が涼と約束した場所へ向かうため、右手の「磯矢邸」を見ながらすぐ前にある「勘定場の坂」を下っていた時、ふいに後ろから声をかけられた。

「七海ちゃん、いったいどうなっちょんの？」

近づいてきた観光協会の三浦詩織がいきなり強い調子で言った。

「えっ、どうしたんですか？」

七海は怪訝な表情で尋ねた。だが同時に、詩織さんって怒っても美人なんだ、とあらためて思った。それも顔立ちは、女優の尾野真千子さんにソックリで――。

しかも鼻が高くて左右のバランスがいいところがどんな表情となっても美しいままなのだ。

その一方で、まっすぐな性格で誰に対しても物怖じせずハッキリと物を言う姿は、七海にとって頼もしい〝姉御〟だった。

「どげもこうも、真弓さんのことっちゃ」

七海は見当がついたが、詩織の言葉を待った。

「今になって急に、新たに『絵付き行灯』を幾つか大原邸に並べたいって言うんよ。聞いちょんやろ？」

「えっ？　私は何も……」

実際、七海には初耳だった。

「えっ、そうなんや。とにかくな、『絵付き行灯』は完成品として前々から作らならんし、その仕事が大変なのは七海ちゃんも知っちょるよね？」

「はあ……」

七海は受け流すしかなかった。

「しかもその『絵付き行灯』を作るっていう若い男の子がいるって。真弓さんとどんな関係なんか知っちょん？　出雲さんというらしいけど……」

出雲？　ああ、と七海は思い出した。紹介してもらった三人の若い男たちのうちのひとりだ。

七海はその時、自分が抱いた第一印象でのイメージを思い出した。

――キレ長の目に鼻筋の通った唇の薄い男で、シャツのボタンを三つまで外し、黒く輝く石のペンダントを見せつけ、手首にはアルファベットのタトゥーをしているなど、どこか危険な匂いのする雰囲気があった。七海がこれまで見知ってきた男の中にはいなかったタイプだったので、それが魅力として虜（とりこ）になる女性も多いのだろうな、とふとそんなことを思った――。

そうか、真弓さんは、三人の若い男たちのうち、出雲クンを気に入って、世話をしちょったんだ……。彼女にとっても、今まで、出会ったことのないタイプの男にハマったということか……。

でも、私なら、典型的なイケメンでモデルみたいな、あの舞鶴クンだろうけどな、とふと思った七海はひとり苦笑した。

「カレシじゃないですかね」

七海が言った。

「やっぱしな。実はね、『商人の町』を手を繋いで歩いたり、店でイチャイチャしちょんのが目撃されちょんの。その出雲って男と。もう結構噂になっちょるし――」

呆れた七海は苦笑するしかなかった。

「相手の人、しんけん（すごく）若いらしいねえ。真弓さんもいい歳こいち、見苦しい！」

詩織は吐き捨てるように言い切った。

七海は返事に窮した。

「七海ちゃん、あなたから注意しち」

「ちょ、ちょっと待ってください。そんなこと私にはできませんよ」

七海は慌てた。もしそんなことをしたら、彼女の〝男の部分〟が発現し、どれほどどやされるかわかったもんじゃない――。

「まあ、それもそうね。じゃあ、私が後で大原邸へ行っち直接叱りつける」

毅然とした性格の詩織のその言葉は、いつにも増して逞しく聞こえた。

「それより、観月祭が一週間後に迫ったけど、期待しちょんちゃ。大原邸での〝マイスター波田野七海〟の手による七島藺工芸の実演、素晴らしいわ――」

詩織が満面の笑みでそう言ってさらに続けた。

「絶対に評判になる。大阪や東京からも引き合いがくるかもな。必要なことがあったら私に何でも言ってね。応援してるよ！」

「実は今、東京から――」

その先の言葉を七海は飲み込んだ。今はそのタイミングではないと感じたからだ。

杵築市郊外の霊園

「クソッ！」

霊園の駐車場に車を停めた首藤涼は、ドアを閉めながら毒づいた。

「昨夜の男、自転車まで用意しやがって！」

悔しそうに涼は言った。

「パトカーの乗務員たちも必死にやってくれたんやけどな」

霊園墓地のひっそりとした坂道を、涼とともに上りながら七海が言った。

「涼、本当にありがとう、それにパトカーのかたにもお礼言ってな」

涼を振り返った七海はそう言って神妙な表情を向けた。

「この間、居酒屋で、七海、怒っちょったけど、オレだって心配しちょんのや」

「もちろん分かってる。昨夜、待っちょってくれたけんな。ありがとう」

「いや、別に……」

涼は照れ笑いを浮かべた。

「今日のお参りにも、ついち来てくれて、安心したわ」

七海が満面の笑みをみせた。

「ちょうど非番やったけん――」

涼が軽くそう言ってから、記憶を探るような表情となった。

「それにしてん、あの老人。偶然にもあそこにいてくれて助かったな」

涼の言葉に、七海は黙って頷いた。

「昨日、聞く余裕なかったけど、七海、おじさんって呼んでたよな。助けてくれたあの人、知り合いか？」

涼が訊いた。

「熊坂パンのご主人なん」

「えっ？　熊坂パンって、杵築市役所近くの、行列ができる、あの有名なパン店？」

涼の言葉に、七海は大きく頷いてから言った。

「私と母に、昔から何かと気に掛けて優しくしちくれちょんの。とっても素晴らしい人や」

「優しく？」

「うん、そうっちゃ。例えば、売れ残ったとは思えん人気のパンを度々家に届けて頂いたりね」

「なし（なぜ）そこまで親切を？　昔からの知り合い？　それともご両親と関係が？」

涼が矢継ぎ早に尋ねた。

「なんか、刑事みたいなぁ」

七海は、そう言って声に出して笑ってから、

「私の小さい時からのお付き合いやけん、私はよう知らんし……」

と付け加えた。

「その熊坂さんからな、昨夜、事情を聞こうと思うちょったんやけど、いつの間にか、おらんごとなっち……。後でパン店に行っちみるわ」

そう言った涼が、さらに七海に声をかけようとした時、

「あっ、あそこ」

と、七海が階段の上を指さした。

立ち並ぶ墓石の一つを涼は仰（あお）ぎ見た。

「隼人君が、交通事故で亡くなっち、もう二十二年じゃな……」

たくさんの墓石に囲まれた階段を七海とともに登りながら涼が呟いた。

「早えもんや……」

七海は小さく言った。

「隼人君をひき逃げした犯人が捕まらないまま時効になっちから……。交通部はちゃんと捜査したんかって、今でも頭にくるっちゃ」

涼が残念そうな表情でそう言った。

「いいんよ」

穏やかな口調で七海は返した。

「ところで、昨日、襲ってきたその男なんやけど、本当に心当たりはねえんか？」

涼は神妙な表情で七海を見つめた。

七海はゆっくりと顔を左右に振った。

弟の墓の前に辿り着いた七海に、涼は決心したようにその言葉を口にした。

「昨夜のこと、七海は、ぎゅうらしい（大げさに）したくはないっち言うけど、やっぱし、杵築の署に正式に届けるべきっちゃ。面倒なことはオレがやるけん――」

「ん、でも……」

七海は躊躇（ためら）った。

「襲われたってこと、それ自体、普通やねえっちゃ。しかもそれまで尾けられたこともあったんやろ？」

「はっきりと見たわけじゃないんやけど……」

七海は言葉を濁した。

「もし犯罪性を秘めたストーカーやったら、今度は無事で済まんかもしれん――」

「無事で済まん？」

足を止めた七海は、涼に向かって首を傾けて悪戯っぽく笑った。

「いや、そういう意味じゃねえで……」

ばつが悪い表情をした涼は、そのことに気づいた風に真顔となった。

「そもそも、気持ち悪がっちょったんは七海の方やろ」

七海は黙ったまま、清掃用具置き場に足を向け、そこでバケツに水を入れた後、柄杓(ひしゃく)を手に取って涼の前を歩き出した。

「やけん――」

涼がさらに言葉をかけようとした時、〈波田野家〉と彫られた墓石に辿り着いた七海が、「あっ」という小さな声を上げた。

「どした？」

涼は怪訝な表情で、七海の視線を追った。

七海が見つめていたものは、墓石の中央にある、線香を灯す香炉の下に置かれている、小さなチョコレートの箱だった。

この「和泉製菓」のチョコレートに、七海は小さい頃の記憶があった。確か、自分がまだ幼稚園か小学校の低学年の頃、母親からよく買ってもらったお菓子だ。

今、ここにあるのは、昔のものと比べても、包装デザインはまったく変わっていなかった。

　しかし、そんなことよりも……。ゆっくりと墓石の前にしゃがみ込んだ七海は、チョコレート箱を手にとった。

「誰がここに……」

　七海は呟くようにそう言った。

「最近、こういった霊園では、お墓にお菓子なんか置いちはいけんことになっちょんのにな。お墓参りにきたどこかん家族んガキが捨てたんやろう」

　涼は知った風な表情を浮かべながら、七海の手からチョコレート箱を取った。

「あっ、中身、入っちょん。ゴミやねえや……」

　涼は怪訝な表情を浮かべた。

「これ……亡くなった弟が……大好物やったチョコレートや……」

「えっ？」

　涼は七海を振り返った。

「隼人は、小さい時、チョコレートならいつもこれを食べよった……」

「お母さんが置いたんやねえか？」

「母は明日ここに来る予定や」

　七海はキッパリ言った。

「なら親戚の誰かが……」

「親戚にしてん、こんなことまで知っちょらんよ。でもそれより……」

七海は言い淀んだ。

「それより？」

涼は、七海の顔を覗き込むようにして訊いた。

「弟がこれを食べよったのな、まだとても小さい頃で……」

その言葉は七海の独り言のように聞こえた。

理解できないままの涼は言葉を継げなかった。

「しかもお花まで……」

驚いた風にそう言った七海が目を向けた、その視線の先を涼が追うと、左右の花台に、新鮮な色とりどりの花が飾られていた。

急いで立ち上がった七海は、辺りをゆっくりと見渡した。

山に囲まれた霊園は、淡いオレンジ色の蔭り（かげ）が伸びてきており、秋の虫たちが時折歌う音によって静寂さが際立った。そして人影と言えばまったくなかった。

「駐車場で、誰かおったかな？」

七海が急いで訊いた。

「いや、だれもおらんかった……。でも、たまがる（驚く）こたあねえやろ。やっぱり親戚の誰かっちゃ」

涼が軽く言った。

チョコレート箱を涼から受け取った七海はもう一度辺りを見渡した。

秋の虫たちの音がさっきよりは大きくなったような気がした。

ハンドルを握る涼は、さっきからずっと、七海の様子をチラ見していた。

なにしろ、弟の墓石の前から立ち去ってからというもの、車に乗ってからも、七海はずっと黙り込んだままだからである。

涼が、話題を変えて話しかけても、七海の様子は同じだった。

だから、やはりその話をもう一度するしかない、と涼は思った。

「つまり、隼人君が、このチョコレート菓子を好きじゃったこと知っちょんのは、七海とお母さんしかおらん――。だから七海のそん気持ちは分かるけど……」

最後のその言葉は、自分でもピントの外れたものだと感じた涼はさらに話題を変えた。

「お母さんに、この話したら、どげな顔するかな？」

これもまた間の抜けた会話だと涼は後悔したが、七海は相変わらず無言のままだった。

「ところでお墓に彫られとったけど、お父さんが亡くなられたんは二十年前、もうすぐご命日やな」

涼は、七海の自宅のリビングに置かれた仏壇の中にある彼女の父の遺影を思い出しながら訊いた。

「私が八歳で小学校二年生の時や」

七海が涼の言葉を継いだ。

「病気で亡くなったと言うちょったが、お父さんの記憶はあるんか？」

「父はいつも忙しゅうしちょってあんまり家にはおらんやったし、よう覚えちょらんかったけど……」

七海が言い淀んだ。

「けど？」

涼が怪訝そうな声で訊いた。

「この三ヵ月の間に、いろいろあってな、急にたくさんのことを思い出したん……」

「そうなん……」

「思い出したのは、例えば、夜、玄関から、ほんの些細な音が聞こえただけで、お父さんが帰ってきた、と私はすぐに玄関へ飛んで行った……なんべんも、なんべんも……」

そこまで話した七海の脳裡に、二十数年前の、色彩も豊かな映像が、またしてもまざまざと蘇った。

父と手を繋いで歩いた「商人の町」エリア――。

七海がまだ小さい頃に亡くなった父についての記憶は余りないが、確か、自分が六歳だった頃の、その時の光景は数少ない鮮明なもののひとつだった。

「なあ、お父さん、こん通りには、なしこんなにたくさんの人がおるん？」

「七海ちゃんなもうお姉さんやけん、ここが、しょうにんのまち、と呼ばれちょんことは知っちょるよな？」

「知っちょる」

「この『商人の町』の周辺にはな、昔のキレイなお屋敷やら、ご飯が美味しいお店や、お菓子を売っちょるお店がいっぱいあってな、やけん、他の街からも人がようけくるんやぁ」

「ふうん」

そう言って自分が見つめたのは、いつも学校から自宅へ帰るために登る「塩屋の坂」の石畳に溢れる人たちの姿だった。


「前から聞こうと思っちょったんやけど――」

涼のその言葉で七海は現実に戻った。

「お父さん、昔、公務員やったたち言いよったな？　どこの役所やったん？」

涼が軽く訊いた。

「県庁の共済組合とか……」

「やけん、さっきも言うたように、亡くなった時は八歳やったんで……詳しくは……」

「ごめん、辛えこと、思い出させちしもうたな」

「いいんよ」

七海はそう言ったものの、この三ヵ月間、父のことに拘っているのは自分だとあらためて思った。

七海は気分を変えようと話題を切り替えた。

「ところで話は違うけど、今、大原邸で一緒に仕事をしよん真弓さんって憶えちょんよな？」

「ああ、いっぺん、一緒にメシ食うたよな。女優の井川遥似の美人なんやけんど、口が悪うて男勝りのバツイチの人やろ？」

「口が悪いちゅうのはともかく、その彼女、十五歳も年下の男性と付き合い始めたの」

「ということは……真弓さんは今年、確か今、三十六歳やから、カレシは二十一歳――」

涼は口笛を吹いた。

七海は、三人の男を紹介されたと言ってそれぞれの名前と特徴を口にした後で、出雲という男についての説明をした。

「彼ね、大原邸で並べる行灯の絵付けをしてくれるみたいなの」

涼はそう関心もなさそうに頷くだけだった。

「共済組合？」

「それでね、真弓さん、その出雲さんという人とのこと、どうも真剣に考えちょるみたいで——」

「真剣？　まさか結婚？　ひとまわりも違う年下と？」

「それが、どこか危険な匂いのするイメージのイケメンなんよ」

「危険な匂いのするイケメン？　それって、昭和の時代の少女漫画でよく出てきた、憧れの男、のイメージじゃないか？」

「そうだったけ？」

七海は首を竦めた。

「まあ、とにかく、それでね、それもあってか、カレが観月祭で大原邸に並べる『絵付き行灯』を作るからって、宿泊兼作業場を探してあげたりってすごい入れ込みようなの」

「カレ、どこの人？」

涼が訊いた。

「そうそれなんよ。カレが東京の人なんで、そうなると東京へ行ってしまうんやろうかって——」

「確か、真弓さん、ずっと杵築暮らしやったよな。いきなり東京じゃ大変やろうな」

「そうよな……」

七海はそのことを言い出そうかと迷っていたが、そのタイミングは、久しぶりに落ち着いて話せる今しかない、と決意した。

「それより、ちょっと大事な話があるんやけど――」

「なに、あらたまって――」

涼がそう関心もなさそうに訊いた。

「実は、先週、東京の企業の方が、私が主宰するワークショップん方に来られてね――」

七海が話を継ごうとした時、涼は突然、車を停めると慌ててポケットからスマートフォンを取り出した。

「署からや」

そう言って電話に出た涼がすぐに声を上げた。

「変死体⁉」

涼は急いで車の外に出た。

車内に戻ってきた涼の表情が強ばっていた。

唾を飲み込むようにした動作の後で涼が言った。

「死体が発見された」

「死体？　発見？　何のこと？」

七海は戸惑った表情で涼を見つめた。

「ついさっき七海が話しちょった、パン店のおじさん、熊坂さんの奥さんの死体が、別府公園で発見されたんや」

大きく目を見開いた七海は声が出なかった。

「それも、どうも、首に絞められた痕(あと)があるんで殺された可能性があるっちゅうことなんや……」

涼の顔が歪んだ。

七海の脳裡に、熊坂の横でひっそりと佇む、いつも寂しげな笑顔を浮かべる妻の久美(くみ)の姿が浮かんだ。

杵築市内

「商人の町」エリアのほぼ中央に位置し、九州の小京都としての杵築を語るにはつとに有名な「塩屋の坂」と向かい合う「酢屋の坂」。その坂下で店を営む「綾部(あやべ)味噌醸造元」の前で七海を降ろした涼は、七海に向かって一度笑顔で手を振ったものの、すぐに真剣な表情となって車に乗り込んだ。

涼の車を見送った七海は、武家屋敷風に白と黒の木造建築で統一された商店街へとふと目をやった。

七海は思わず大きく息を吸い込んだ。

ひっそりとした佇まいの家屋を、いつになく赤色に近い夕焼けが染めている。

軒を並べる店の前に立てかけられているのぼりや、「観月祭」の開催を知らせる飲食店の壁に貼られたポスターにしても、一部のテープが剝がれて強い風で大きくなびいていた。

そして、杵築観光のイチオシである、安い料金での着物のレンタルと着付けをしてもらった観光客の女性たちが、ちらほら見えたが、人通りは普段の土曜日よりずっと少なかった——。

いつもとは違うそれらの光景から、七海は、なぜか得体の知れない不気味な感覚に襲われた。

そして、七海の脳裡に浮かんだのは、涼のあの言葉だった。

〈パン店のおじさん、熊坂さんの奥さんの死体が——〉

——なし彼女は死なななららんかったん……。

七海の頭は混乱したままだった。

親しくしていた人が、殺されたかもしれない、なんて、七海にとっては到底、現実として受け止められることではなかった。

亡くなったのは、熊坂パン店のご主人、熊坂洋平さんの妻、久美さんである。

ご主人が忙しい時には、軽自動車を駆ってパンを持って来てくれた久美さん。

いつも私たちに笑顔をみせてくれて、「どうぞ」と優しい口調で語りかけてパンやジュースをくれた久美さん。

だが、その一方で、彼女のその顔に、どことなく、寂しいものを七海はいつも感じていた。

いつか七海がふと想像したことは、彼女のその悲しげな笑顔の奥には、これまでの人生の中で何か重い物を背負ってきた、もしくは未だに引き摺っている――そんな風なことだった。

だが、もちろん二人にそんなことを聞いたこともないし、あちらから話されたこともない……。

ハッとしてそのことを思い出した七海は、「商人の町」通りを横断し、「南台」と呼ばれる武家屋敷エリアへ繋がる、「塩屋の坂」の名がついた目の前の石畳を急ぎ足で上った。

――母に久美さんのことを早う知らせな！

石畳は急坂だが、もちろん足がもつれることはなかった。

何しろ、この階段は、小学校の頃からの通学路である。

ランドセルを背負ってこの「塩屋の坂」を下り、ちょうど反対側にある、「酢屋の坂」との名が付いた、同じく急な石畳を駆け上がった七海――。

その先にある「北台」と呼ぶもう一つの武家屋敷エリアの、さらにその向こう側にある小学校まではずっと駆け足で通ったものだ。

そしてそのこともまた、最近、思い出したことだった。

この二つの坂の石畳を、元気だった頃の父と母と一緒に上り下りしたことを――。

この三ヵ月間というもの、父が亡くなって二十年が経とうというのにいつも、泣きたくなるような感情に体全体が包まれ続けているのだ。

七海はあらためて二つの坂を見渡した。

向かい合ったこの二つの坂は、今から一週間ほど経った、その二夜、姿をまったく一変させる。

観月祭で二つの坂の石畳に並べられる数十個の行灯の幻想的な揺れる光の世界に包まれる。

そして漆黒の闇に被われた街のあちこちに輝く灯籠の中を幼かった七海が、亡き父と母と手を繋いで歩いたあの頃。その時の記憶に、この歳になった今でも心を乱されるのだ。

だが、七海は、その感情にいつまでも浸ってはおれないと気づいた。早く母に知らせないと、という思いとなって石畳の階段を急いで上りきった。

石畳を上りきった七海は、「寺町」と書かれた表示を横に見ながら、古い街並みの中にある自宅を目指した。

玄関の前に立った七海は、母親の貴子が扉を開けてくれるのを待つのももどかしくインターフォンを何度か鳴らした。

「そげえ鳴らさんでんわかっちょんよ。どげえしたん?」

怪訝な口調でそう言いながら扉を開いた貴子が言った。

「あんな!」

血相を変えた七海が駆け込んだ。

「あんた、親戚からは、七海ちゃん、ちいと大人し過ぎるっち言わるるけんど、本当はこげえ落ち着きがねえし――」

だが七海はそれには応えず、貴子の手をいきなり摑んで、奥の居間まで強引に連れていった。

「お母さん、ニュース観た？」

コートを脱ぐよりも先に、七海は急いで言った。

「なんの話かえ？」

貴子が眉を寄せて訊いた。

「熊坂パンの奥さん、久美さん、殺されたかもしれないんや！」

七海は、殺された、という非日常的な言葉が平気で口から出たことに自分でも驚いた。

「殺された？　どげなこと？」

貴子は戸惑った。

「それがな――」

七海は、送ってもらう車の中で涼から聞かされた事件のあらましを思い出しながら話を続けた。

「朝、別府公園で、久美さんのご遺体が発見されたんや！」

「……」

驚いた表情を向ける貴子は何も言えない風だった。

「久美さんの首に、絞められた痕があったんで、殺人事件らしいっち――」

「あんた、今日、涼さんと一緒に、隼人のお墓参りに行っちょったんじゃ……」

「その帰りに、涼に連絡が入ったんちゃ。それで——」

「本当の話なん？」

ようやく事態を理解し始めた様子の貴子が言った。

「やけんさっきから説明しよんやん！」

七海は苛立った。

「むげねえなあ（本当にかわいそう）……久美さん……」

呆然とした表情をして貴子はゆっくりと卓袱台の前に座った。

「それにしてん、久美さん、いったい誰に……」

貴子が呟いた。

ようやくコートを脱いで貴子の前に腰を落とした七海は、慌てて背後の柱時計を振り返った。

東京へ出張に行った父が買ってきてからここに掲げられた柱時計は、今日も正確に時を刻んでいる。

それもまた三ヵ月前に思い出した記憶だった。

あの時、ここに設置しようと決めた父が、無理をして高い椅子の上に立ったもんだから、バランスを崩して床に腰を打ち付けて、笑いながら痛みに苦悶した光景が昨日のことのように思い出された。

「夕方のニュースでやるかもな」

そう言って七海はテレビのリモコンを手にとった。

「ご葬儀、やっぱし行かなね……」

リモコンを操作しながら七海がポツリと言った。

「そうね……それにしてん、親しくしていた人が殺さるるっち……」

貴子が溜息をついた。

七海は、ふと台所に向かって首を振った。

「いい匂い……お腹空いたぁ……」

七海が小さく息を吐き出した。

「つい今し方、殺人事件やら、興奮しちょったに、あんたっち……」

貴子は呆れた顔で七海を見つめて、さらに続けた。

「今夜は、涼さんと夕飯を食べち帰るっち言いよったけん、わたしゃ、昨日の残りん『だんご汁』を、もういっぺん温めち頂くけど、七海は——」

「いいけん、いいけん」

貴子の話を最後まで聞かず、七海は、リモコンを手放して立ち上がった。

「いい匂いんもとは、なにかえ?」

七海は台所に足を向け、コンロに載っている鍋の蓋を開けた。

「昨日の椎茸雑煮ん残りもあるやん。これ頂くわ」

満足した表情を作った七海は、嬉々として食器棚からお椀を取ろうと手を伸ばした。

ふと、そのことを思い出した七海はその手を引っ込め、貴子の元に駆け戻った。

貴子は、リモコンを手にし、テレビに向けていた。

七海は、貴子の前に正座して急いで訊いた。

「お母さん、昨日か今日、お墓、行ってないよね?」

「わたしゃ、明日っちゃ。言うたやろ」

貴子がテレビ画面から振り向かずに答えた。

「今日、隼人のお墓の前でな、不思議なことがあったん」

七海が言った。

「ふうん」

テレビ画面から目を離さない貴子は、関心もなさそうに応えた。

「お墓の前に、チョコレート箱が置かれちょったん。それも、和泉製菓の、あのミルクチョコレートの箱が……」

七海のその言葉で、貴子はゆっくりと七海を振り返った。

「すらごと（嘘）やろう……」

貴子はぎこちない笑顔を七海に投げかけた。

「忘るるはずもない。隼人がしんけん好きやった、あのチョコレート箱……。それも新品やったん……」

「新品……」

　貴子はその意味に気がついた風だった。

「少なくとも一昨日か、昨日か、誰かが置いたんちゃ」

　七海が語気強く言った。

「誰か？　誰んこと言いよんの？」

　呆気にとられた風の表情をして貴子が訊いた。

「隼人があのチョコレートを好きやったことを知っちょんのは……」

　七海が言い淀んだ。

「誰かが間違えて置いたんやねえ。アホなこと言うちょらんで、早うご飯にしたら？　お腹空いちょんのやろ」

　貴子のその言葉で立ち上がりかけた時、ふとそのことを思い出した。

「お母さん、もし、もしもんことなんやけんど、私が東京で仕事をするかもっち言ったら、どう思う？」

「もし、やなくて、実際、そげな話があるんやろ」

　七海よりも先に立ち上がった貴子が台所へ足を向けながら言った。

　七海は苦笑するしかなかった。いつも感じているとおり、やっぱり母の洞察力は私に遺伝していない——。

「いや、そげなことはねえっちゃ」

　七海は曖昧に誤魔化したが、母はすでに気づいていることを意識せざるを得なかった。

「七海、あんたが好きなことぅやればいいっちゃ。こっちはこっちで、商工会女性部やらん仕事やら、毎日忙しいんやけん」

七海がさらに語りかけようとした時、食卓に置いていたスマートフォンが鳴った。

電話の主は涼だった。

急いでスマートフォンを耳にあてた七海は、涼が口を開くより先に一方的に捲し立てた。

「やっぱし殺人事件？　犯人の目星は？　恨みから？　それとも通り魔？」

「ちょ、ちょっと待てよ。捜査のことを言ゆるはずねえやろ」

「殺されたんか、そうでないのか、それだけ教えち」

七海がせっついた。

一瞬、間を置いてから、涼が諦め口調で言った。

「わかったよ。あのな、殺人であることは断定された」

「じゃあ犯人の――」

「そこまで！」

涼が遮った。

「今度はこっちん番や」

涼が語気強くそう言って続けた。

「七海に、確認したいことがあるんや」

「なに？」

涼の態度が解せない七海はぶっきらぼうに応じた。

「熊坂さんから、奥さんの、久美さんのことについちさっき話を聞いた。で、そん後、聞いたんや、昨夜のこと」

「それで？」

七海が急かした。

「それが妙なことになっち……」

涼が躊躇いがちに言った。

「妙なこと？」

「熊坂さん、昨夜は、そんな時間に七海の家の近くへは行っちょらんと……」

「えっ？」

「ずっと自分の家におったと……」

涼が言い淀んだ。

「自分の家？」

熊坂さんの自宅は、杵築城を見下ろす杵築大橋を渡った先の住宅街にある。車なら、七海の自宅から十分もかからないことを七海は思い出した。

「あのさあ、昨夜は月明かりはあったけど、やっぱし夜やし、暗うて見間違えたってことも……」

涼が辿々（たどたど）しく言った。

「何言いよんの！」

苛立った七海はさらに続けた。

「私を襲ってきた男の顔ははっきりと見たけど誰かとまでは分からんかったけど、熊坂さんの顔だけは、街灯に照らされてはっきりと見たんちゃ」

「そりゃ聞いたけど……」

「涼、私のこと信じられんってこと？」

「分かった、分かった。もちろん信じちょるよ」

涼が宥めるように言った。

「本当に、見間違いじゃない！」

七海は納得できなかった。

「でも、なし（なぜ）、熊坂さんのことばかり聞くの？」

七海は急にそのことが気になった。

その一方で、自分を襲った男について興味がなさそうなのが気に食わなかった。

「奥さんを別府公園で最初に発見したんは、熊坂さんやったんや」

涼が神妙な口ぶりで言った。

「熊坂さんも別府に行っちょったん？」

七海が訊いた。

「一一〇番したのも熊坂さんでさ……でもな……」

「まさか、奥さんを殺したって疑ってるの？　そりゃないって」

「そこまではまだ……。これからっちゃ」

涼は慌ててそう言ってから続けた。

「ただ、熊坂さんには不審な点が多過ぎるんや。とにかくなぜ妻の遺体の前におったんか？　そこで何をしちょったんか聞いても、ずっと黙ったままや……」

七海が口を開きかけた時、涼が先んじて言った。

「それでな、七海に、一応、了解をな、取りたいことがあるんや」

涼が躊躇いがちに言った。

「了解？」

「昨夜の熊坂さんのこと、捜査本部に話をしてもいいか？　それで、ことによっては、別府中央署まで来てもらうようになるかもしれん——」

七海は涼の言葉に戸惑った。

何しろ、観月祭まであと一週間。そのための行灯の準備だけでなく、観月祭の二日目に大原邸で行う七島藺工芸の実演の用意もある。だから、涼とのデートも当分、我慢する決意もしていたのだ。それより何より、毎日、大原邸での勤務があるのだ。しかも今日土曜日のこの忙しい日に午後休んで真弓さんに仕事を押しつけてしまった。それをまた、別府まで来いって……。

ただ、協力するのは市民の義務だとも思った。もし父が生きていれば同じことを言うだろうとも――。

「もし、警察署へ行くことになったら、涼が担当してな、いい？」

七海は渋々応じた。

「わかった。約束する。また連絡するわ。じゃっ！」

忙しい雰囲気で涼は電話を切った。

「なんな、勝手に電話を切っち！」

七海が唇を尖らせた。

「どうかした？」

貴子が声をかけた。

「涼から。やっぱし、熊坂さんの奥さん、殺されたんやっち……」

スマートフォンを卓袱台の上に置いた七海が溜息をついた。

「それより七海、今の電話で、〝私を襲ってきた男〟って言ってたけど、それ何のこと？」

貴子が詰問口調で訊いてきた。

「そんなこと言うたっけ？」

七海はとぼけた。

溜息をついた貴子は、冷蔵庫へと足を向けた。

その姿を見つめていた七海の中で首をもたげた疑問があった。

七海は、貴子の元へ近づいた。

「それより、ちょっと聞きたいことがあるんやけど……」

それは、前から、一度母に聞いてみたいと思っていたことだった。しかし、聞くタイミングがなかなかなかったし、そもそもそれほど関心があるわけでもなかった。

だが殺人事件が起こったことや、昨夜、助けてくれたことで、七海は、熊坂洋平に強い関心を寄せることとなっていた。

「熊坂さんが、ウチにパン持ってきてくれることになったんは、何がキッカケやったん？」

「どげえしたん、あらたまっち、そげなことを……」

貴子が訝った。

「いいけん、どうなん？」

七海がせっついた。

考えてみると、自分自身も、熊坂のおじさんと奥さんについて、詳しいことはほとんど知らないのだ。

仕方がないといった風に貴子は口を開いた。

「確か、最初は、お父さんが亡くなっちからすぐんこと。お父さんに大変お世話になったけんって来られたんちゃ」

「お世話？　仕事の関係で？」

「どうやったかね……」

「それにしても、こんなに長い年月、ずっとパン持っちきてくれちょるなんて……。お父さんは熊坂さんにどんなお世話したん？」

　七海がさらに問いただした。

「わたしも熊坂さんのことはよう知らんのちゃ。お父さんも、熊坂さんのことをいっぺんも詳しく話したことなかったし……」

　冷蔵庫の中へ顔を突っ込みながら貴子は言った。

「なんの理由も聞かんじ、ずっと施(ほど)しを受けてきたっていうわけ？」

　貴子は冷蔵庫から顔を出した。

「施し？　そげな言い方はねえんやねん？（そんな言い方はないんじゃない？）」

　だが七海はそれには答えず、

「そもそも、熊坂パン店って、お父さんが生きちょん頃もあったん？」

　と訊いた。

「さっきからおかしな子やなあ」

　そう言って貴子は再び冷蔵庫の中を探った。

「いいけん、教えち」

　七海がせがんだ。

　それは熊坂への興味だけではなかった。三ヵ月前に、記憶が蘇ってから急に、七海は父親のことなら何でも知りたくなっていた。

「確か、お父さんが亡くなっち、しばらくしちから、杵築に来られたみたいなぁ」

「その前は？　どこから？　何をやっちょったん？」

七海が矢継ぎ早に訊いた。

「知らんわ、そげなこつ」

「熊坂さんと長い間、親しゅうしちょんのに、なし知らんの？」

「そげえ言われてん……」

「お父さんとどんな関係やったん！」

七海が苛立った。

「最近どげえしたん？　亡くなって二十年も経っちょんのに、急にお父さんのこと何度も聞いてきて――」

そう言って貴子は笑った。

「別に……」

七海は首を竦めた。

貴子は再び顔を上げて七海を見つめた。

「あんた、涼さんに刺激を受けて危険なことやっちょんやねえやろうね。あのな、涼さんは警察官としてきちんと仕事してらっしゃる。あんたとは違うんで」

「違うっちなに？　私は私の仕事をきちんとしちょんやん」

七海は不満気に言った。

「あっ、そうやな、七海、がんばっちょんもんな」

貴子が優しく言った。

「そうや、今回のチャンス、観月祭での七島藺工芸の実演、絶対成功させるけんな」

明るい声でそう言ってみたものの、東京のブティックからの誘いが頭に浮かんだ七海は、母の背中をつくづく見つめることとなった。

――やっぱり、母を一人でここに残してゆけない……。

つけっぱなしにしていたテレビでニュース番組が始まった。

七海がテレビに近寄ると、画面では、大分のローカルニュース番組で見慣れた顔の、男女のキャスターが挨拶をしていた。

「お母さん、始まったわ、はよはよ！」

七海が急かすと、貴子がエプロンで手を拭きながらやってきた。

《今朝、別府市の、別府公園内の西入口付近の路上で、女性が倒れているとの一一〇番で警察が駆けつけると、ぐったりして身動きしない女性を発見し、すぐに病院に運ばれましたが、その後、死亡が確認されました。警察では殺人事件とみて――》

「本当に……殺されたんや……」

貴子が溜息を引き摺った。

七海は呆れるしかなかった。

今まで、やっぱり私の話を信用していなかったのだ。

「――殺されたのは、所持していた免許証などから、杵築市××××の、パン店経営、熊坂洋平さんの妻、久美さん、六十六歳で――」

玄関チャイムが鳴った。

インターフォンのカメラに映っていたのは、近所に住む主婦で、七海も小さい頃からよく知っている母と同じ年代の女性の友人だった。

玄関先に立っていたその友人は、母が応対すると、殺された熊坂久美について、堰を切ったように話し始めた。

熊坂パン店がある「商人の町」エリアを挟む、二つの武家屋敷エリアを含む城下町は、十五分も歩けば一周できるほどの狭さだ。

ゆえに噂話にしても、あっという間に広がるのだ。

七海が玄関に目を向けると、母もまた、友人の話に大きな動作で感心したり、自らも熱く語っていた。

七海は夕食をとる前に風呂場へと足を向けた。明日の午前中、別府市内で開催するワークショップの準備をするためだった。

知り合いの農家から直接買っていた長さ一メートルほどの七島藺をまずシャワーでしっかりと濡らした後、レジャーシートでぐるぐるに巻いて、風呂場にある大きなタライの中に置いた。乾燥した七島藺を水で浸して柔らかくし、編める状態にするのに約八時間かかるからだ。

それを終えてからやっと台所に向かった七海は、椎茸の大きな塊を追加で入れた雑煮でひとり夕食をとった。玄関先からはまだ母と友人の会話する声が聞こえ、時折、母の笑い声さえ耳に入った。

食器を流し台に移した七海は二階の自分の部屋に足を向けようとした、その時、やっと母が戻ってきた。

「いろいろ物騒なこともあるけんど、七海、今日もお疲れさま。お酒でも飲んでひと息入れたら?」

梅酒が入ったコップに口をつけながらテレビを観始めた貴子が七海に声をかけた。

「そうする」

そう言った七海は、食器棚からグラスを手にし、冷蔵庫から白ワインを取って玄関に向かった。

「またあそこで飲むん? 七海、ご近所ん手前、それ止めちくれん?」

貴子が玄関にやってきた。

「誰にもわかりっこないけん」

そう言っただけで七海はそそくさと外へ出て行った。

七海には、小さい頃に七海は発見した、隠れ家ならぬ、〝隠れ草むら〟があった。

それは、自宅から歩いて数分のところにある、「塩屋の坂」の石畳を登り切った右手の、雑草が生い茂った小さな草むらである。

そこに潜り込めば、石畳や舗道からは死角となっていて、行き交う多くの観光客だけでなく、近所の人からも、まったく気づかれない。事実、そこに入って、今まで誰かに咎められたり、声をかけられたりしたことは一度としてなかった。

ワインボトルとグラスを両手にした七海は、悪戯っ子の気分で辺りを一度窺ってから、その〝隠れ草むら〟に忍び込むと、膝を抱えて前を見据えた。

辺りはすでに闇に包まれている。

「塩屋の坂」から、「商人の町」エリアを挟んで反対側に見える「酢屋の坂」の石畳が、淡い街灯の光に照らされてぼうっと浮かんで見えた。

それは、七海がここを初めて見つけた、あの日――。

二十年前、母から、父が病気で亡くなったことを聞かされた時のことだ。そのことを思い出したのも三ヵ月前のことだった。

父の死は七海にとって余りにも突然だった。その時の悲しみだけは、二十年前からずっと記憶にあり、幼い子供ながら、「お父さん！」と叫んで毎日、泣いていた自分を知っている。

ところが三ヵ月前、父の日記を見つけたことで突然、忘れていたと思っていた古い記憶から七海は見つけることとなった。

その時、私は、納戸の中にある七島藺工芸に関する書籍を探していた。目当ての物は生前の父が買っていた古いものだが、ワークショップで、七島藺工芸の歴史を語るためのネ夕本として利用しようとしていた。

積み重なった書籍の間に、七島藺工芸とはまったく関係がないノートが幾つも積み上げられているのを見つけた。

それが父の日記だった。

何気なしにページを捲ってゆくと、私はそのページで目が釘付けとなった。

それは、自分がまだ三歳の時のこと。自分でも微かな記憶が残っている。その時、私は、小児喘息に苦しんでいた。

空気が取り込めない苦しみから逃れようと正座したままゼーゼーと咳をしていると、母が背中をずっと擦（さす）ってくれた。だから、私の命を救ってくれたのは母だったと思い、ずっと感謝し続けた。

しかし、記憶になかったが、父こそが最も私を救おうとしていたのだ。

日記にあったのは、激しい咳と呼吸困難に陥った私を背負い、病院の夜間救急外来へ毎晩のように走ってくれたという事実だった。

そして夜には母と交替で朝まで背中を擦ってくれたのだ。

また喘息の専門医を探し回る一方、週に何度も神社に通ってはお百度を踏み、命を救って欲しいと祈り続けた父——。

その時、父は神様にこう何度も告げていた。

《わしの命と引き替えに七海を助けてください》

それまで父が私にかけてくれた愛情を忘れていたが、その瞬間、記憶が一気に頭の中に溢れ出した。眠っていた思い出が鮮明になったのだ。

だからその記憶も、その時、突然に思い出された記憶の一つだった。

父の突然の死で、悲しみに体と心が押し潰されそうになった八歳の自分は、父にもう一度、会いたくなって、泣きながら、一人でこの「塩屋の坂」の石畳の上にやって来た。

父は、よくここに私を連れて来てくれて、石畳の最上段に座り、目の前の「酢屋の坂」を見通しながらいろんな話をした。

図鑑で見た魚や動物の話、七島藺工芸という当時は不思議でしかなかった話――父の話はいずれもワクワクする楽しいものばかりだった。

小学校で習ったばかりの童謡も一緒に歌った。夕やけこやけを大声で歌った。

坂にやって来たのは、そんな父との思い出に無性に浸りたかったからだ。

しかし、観光客やご近所の目が多くて石畳には座れなかった。でも私はどうしても、石畳の近くに座って、向こう側の「酢屋の坂」を見通したかった。

そうすることで、今も、父が私の横にいてくれる、そんな気がしたからだ。

だから、石畳の周りを必死に探し回った挙げ句、誰の邪魔にもならず、誰からも見つけられない、この〝隠れ草むら〟をついに見つけることができたのだ。

現実に戻った七海は、今、この時間、観光客だけでなく住民の姿も辺りにはほとんどない坂を見下ろし、そして向かい側の「酢屋の坂」へも目をやった。

七海は、目尻を指先で拭った。

二十年も経って、つまりいい歳をして、父を懐かしく思って心を乱されるなんて、母も含めて誰にも言えなかった。

涼にだけはいつか言おうと思っている。だが、それは結婚を決めた時だと思っていた。

その時は、二十年以上も記憶に残っているそのことだけは涼に話そうと思っていた。

父は八歳の私の小さな肩を抱いて、この同じ「塩屋の坂」の石畳の最上段に座って優しく語りかけてくれた。

「七海ちゃん、これから大変なことがあったら、この言葉を思い出すんや。〝いつもお父さんが七海ちゃんと一緒におる。お父さんが七海ちゃんをずっと守っちょる。やけん元気になる〟」

それ以来、小学生から高校生に至るまで、学校で陰湿なイジメにあった時や、大学を出て観光協会の仕事に就く前に働いていた会社でパワハラにあった時など、大きな悩みに身を裂かれるような思いになった時、七海はいつもここにやってきて、父のその言葉を思い出してきた。

その父の言葉をずっと心の支えとしていたのだ。

いや、もっと強い気持ちだった、と七海は思い直した。

父のその言葉があったからこそ、生きてこられた、との悲愴な思いさえずっとあった。

そして今こそ、父に聞いて欲しいことがあった。

七海は小さな声で〝相談した〟。

「あんなぁ、お父さん。先週な、東京の渋谷、青山や銀座といった一流の繁華街で十軒のブティックを開いている経営者の方がな、私が主宰するワークショップにお越しになったんや。週刊誌でいっぺん、取り上げられたのを見たんやって。それでな、お父さん。銀座で七島藺工芸品を販売したり、ワークショップを開催する店を持たんかっち誘われたん。資金はもちろんその方が全部出すって。どうしたらいいかな……」

名刺に書かれた会社についてまだ何も調べてはいなかったが、身なりや話しぶりからまともな経営者であることは窺えた。

「あんなぁ、お父さん。私な、付き合うちょん人がおるんや。でも心配せんで。警察官でちゃんとした人だから。結婚するかもしれん。でも東京に行ったら……。それにお母さんのことも心配なんや。一人にさせちょくことが不安なんや。それで何より……」

七海の体の奥深くから熱い思いが込み上げた。

でも泣くものかと必死に堪えた。

「あんなぁ、お父さん。私ね、お父さんの思い出がいっぱい詰まったこの杵築から、離れることなんてできんの。なあ、わかるやろ？　あんなぁ、お父さん。最近な、お父さんとの思い出、いっぱい思い出したんや。いっぱいな！」

体の中で熱いものが込み上げた七海だったが、それと同時に、忘れていたことを思い出した。

殺人事件のことばかりに気を取られ、昨夜のこと、そしてここ数週間、誰かに追われ、監視されているような感覚に陥ったことを忘れていたことに七海は気がついたのだった。

そのこともまた七海は父に話を聞いてもらいたかった。

「あんなぁ、お父さん。いつもお父さんが七海ちゃんと一緒におる、お父さんが七海ちゃんをずっと守ってるのなら答えて。今、私に危険なことが待っちょんの？」

その時、父の言葉が聞こえた。

《七海ちゃん、しゃあねえっちゃ（大丈夫よ）。わしがずっと七海ちゃんのことを見守っちょんけん》

七海は、驚いて辺りを見渡した。

今、確かに耳にしたその言葉は、空の上の父からの答えだと、七海は真剣にそう思った。

その時、ふとある映像が脳裡に蘇った。

昨日の夜、変な男に襲われた時のことだ。考えてみれば、助けてくれた熊坂さんは、なぜあんな時刻に、ウチの近くにいたんだろう……。

しかも、自分に声をかけてくれたっていいものを、なぜ急にいなくなったのか……。

また、そこにいなかった、となぜ、警察に嘘をついているのか……。

わだかまりを引き摺ったまま、七海は、ハッとして腕時計に目をやった後、ワインボトルとグラスを手にして立ち上がった、その直後だった。

七海は表情を一変させた。

意を決して、背後を振り返った。

街灯に照らされたそこには誰もいなかった。しかし明らかに人の気配がした。

呼吸も止めた七海は、辺りの音に耳をそばだてた。

足音は聞こえなかった。

だが、感覚だけはあった。

――誰かがこっちを見ている……。

ここから全速力で駆け出せば、自宅に辿り着くまで三分――七海はそう見積もった。

男の足なら、容易に追いつかれる……。

しかし、ここにいればもっと危険だ、と七海は思った。

――走るしかない！

自分にそう言い聞かせた七海は勢いよく石畳へと飛び出した。

その直後だった。

――足音！

明らかに誰かが背後から走ってくる。

最後の角を曲がった時、誰かに抱きつかれた。

俯いて声にならない悲鳴を上げた七海に声が投げかけられた。

「七海、大丈夫？」

七海が顔を上げると貴子の顔がそこにあった。

「どげえしたん？　そげな青い顔しち……」

貴子は、七海の顔を覗き込むようにして言った。

「誰かおらんかった？」

七海はそう言って急いで辺りを見渡した。

「だあれんおらんちゃ。何かあったん？」

怪訝な表情で貴子が見つめた。

七海は頭を振った。

「ううん、別に何でんねえっちゃ。それより、お母さんこそなんでここに？」

母には心配させたくはなかった。

「七海、スマートフォンを家に置いちいったやろ？　涼さんが連絡取りてえけんって家に電話があったんちゃ」

「あっ、そうなん、ごめん」

七海は大きく息を吐き出した。

「わかった、帰ろう」

「草むらでお酒飲むなんて、ほんと、いい大人がやることやねえんに……」

貴子はブツブツと独り言を呟きながら自宅に足を向けた。

七海は、スマートフォンを手に取った。

だが、電話をかけようとしたその手が止まった。

そっと辺りを見回した。誰もいない——。

——さっきの足音、何だったんだろう。私の錯覚だったのかしら……。

小さく息を吸った七海は、気を取り直してスマートフォンの画面を見つめた。

「今、いい？　電話くれたみたいだけど？」

七海が訊いた。

「夜に自宅にかけちしもうて、ごめん、ごめん」

涼はまず謝った。

「さっき言うちょった事情聴取んことなんやけど、さっそくやけど、明日の仕事の帰り、署に寄ってもらってええかな？」

「分かった。行くわ」

「本当にええんやな？」

涼が念を押した。

「一旦、引き受けると言った約束を破ることは自分の性にあわない」

七海は語気強く言った。

七海は母の口癖を思い出した。

〝妙なところで頑固さを見するそげな姿、お父さんにそっくりやわ〟

しかし七海が三ヵ月前に思い出した記憶に残る父は、気難しいことなど一つも言わない、いつも優しい笑顔で自分を見つめる姿だった。

涼との電話を終えた七海は、すぐにパソコンに向かった。

コンピュータが起動するのを待つ間、七海は窓に足を向けた。

さっきの〝足音〟のことがふと気になったからだ。

遮光カーテンを開けた七海は、眼下へと目をやった。

自宅の東側の細い道路にある電柱の陰から、パナマハットらしき帽子を目深に被り、白っぽいマスクをした男がすっと動いた。いや、動いた気がした。

淡い月明かりの中で、しかも一瞬のことだったので、その男がそこに立っていて急に動いたのか、それともちょうど歩いて来た時にたまたま見かけたのか、そのどちらかを判断することはできなかった。

だが、七海は気づいた。

その男を見た瞬間のことだ。

男の片手が、帽子のツバを摑んでいた。まるで顔を見られるのを避けるために帽子をより深く被り直した、そんな風に見えた。

――もしかして……私が窓際に立って外を見下ろしたことで、男は慌てて立ち去った？

ということは、男は私を監視していた？

七海はゾッとした。

――私……もしかして……ストーカーされている⁉

きっとそうだ、と七海は思った。

この三週間ほど、誰かに尾けられている、見られているというその感覚と、昨夜、襲われた時の恐怖が脳裡で重なり合った七海は思わず息を呑んだ。

その時、車のエンジン音を聞いた。

もう一度カーテンの隅から外を覗いた。

黒っぽいミニバンがゆっくりと、さっき男がいた場所を通り過ぎた。

運転席に座る男の顔は見えなかった。

テールランプが見えた時、七海は咄嗟にカーテンを開けた。

ふとナンバープレートが目に入った。

――5567。

七海は大きく息を吐き出した。神経質になりすぎていると自分を窘めた。

別府中央署

「本部捜査1課、警部、植野です」

白髪交じりの男が姿勢もよく挨拶した。

捜査本部全般の指揮と運営を行う本部捜査第1課の植野警部は、雛壇の隣に座る事件担当管理官に視線を投げた。だが管理官は身振りで、植野にさらに話を進めるよう促した。

「まず、第一臨場した、別府中央署地域課員、報告を――」

植野係長がそう言って発言者を目で探した。

「はい、地域課、奥村巡査長であります」

制服警察官が立ち上がった。

「自分は、本日朝、現場の別府公園からほど近い交番に勤務しておりましたところ、指令センターからの指示で、約三百メートル離れた同公園の入り口まで、同じく勤務中の細井巡査長と自転車で急行しました。現場に到着すると、仰向けで女性が倒れておりました。そしてその傍らに、ガイシャ（被害者）の夫である熊坂洋平が呆然とした表情で立っていました」

最近、捜査本部員に指定された涼だったが、まさかこんなに早く殺人事件捜査に加わるとは思ってもみなかった。

だから緊張と興奮がないまぜになった気分に襲われていた。

「熊坂は凶器らしき物を持っちょったか？」

植野係長が訊いた。

「いえ、持っておりませんでした」

奥村巡査長が滑舌よく答えた。

「どこかに隠匿もしくは廃棄したような形跡は？」

植野係長が身を乗り出した。

「いえ、それもまたありませんでした」

奥村巡査長が即答した。

「熊坂の調べを担当している、本部捜査第1課（ホンブイッカ）の正木忍（まさきしのぶ）警部補、当の熊坂洋平は、なし妻が殺された現場におったと供述しちょんのや？」

短く刈り込んだ頭をかきながら男が立ち上がった。

「熊坂は、自宅での聴取では黙秘しておりました。任意で引っ張ってきましたので、これから本格的に取り調べを始めます」

正木は穏やかな表情で言った。

「ただし、雑談では、ひと言だけ、ある言葉を口にしました」

正木がそれを口にした時、涼の脳裡にその時の光景が蘇った。

熊坂宅での調べをしている時、台所の食卓で最初に熊坂に向かい合ったのが正木だった。


「大分県警の正木警部補です。よろしく」

正木はそう言って右手を差し出した。

幾つかの調味料が並ぶ食卓を挟んで座る熊坂はゆっくりと手を伸ばした。

握手を終えた正木が微笑みながら口を開いた。

「あんたんあん店、奥さん共々、さぞかし苦労しちこれまでやっちきたんやろうな」

熊坂は前を真っ直ぐ見据えたまま反応を示さない。

「朝早えんやろ、パン店って。昔、童謡で、朝一番早いのは誰だ、みたいな題名の歌があったけんど、確か、一番早えんのはパン店さんやったよな。大変ちゃな」

それでも熊坂は無言のままだった。

殺人事件の捜査が初めての涼にしても、この男は完全黙秘をずっと貫くかもしれない、と熊坂を見つめながら早くもそう感じていた。

「ワシは朝早えんが苦手でな」

正木は笑顔を向けた。

涼は溜息が出そうだった。正木の態度は、公衆浴場で世間話をしているようなタダのオヤジそのものである。

「やけん、今朝、別府公園へ行くには、相当早う朝起きなならんかったんやなあ？」

熊坂の口は開かなかった。

「じゃあ、別府へは、奥さんと最期のドライブになっちしもうたな」

正木の引っかけ質問にも、熊坂の口元は微かにも動かなかった。

涼がふと熊坂洋平の両手に目を向けた時だった。

目を見開いた涼は、目配せでそのことを告げた。

正木は黙って涼に頷いた。熊坂洋平の両手の〝尋常でない事実〟に気づいている風だった。

「こりゃ取り調べやねえけんね。雑談っちゅうやつや」

正木は穏やかな口調で語りかけた。

突然、熊坂が口を開いた。

「わしの責任や……」

だが熊坂が事件について言葉を発したのはその日、それが最後だった。

「わしの責任？　どういう意味だ？」

植野が聞いた。

「それ以外は口を閉ざしました」

正木が応えた。

「しかし、明日からだな」

植野係長の言葉に正木は小さく頷いた。

捜査会議が終わった後、涼はまだ熱気に包まれている捜査本部の一角で、捜査事項の組み立てを行うデスク担当主任と話し込んでいる正木の元に駆け寄った。

だが、話しかけるのを遠慮した。二人が熱心に話し合っているからだ。

涼の姿に気づいた正木が振り向いた。

目があった涼は慌てて報告した。

「熊坂久美殺害の前日、熊坂洋平に助けられた七海、いえ波田野七海につきましては、明日、署に来てもらう約束を取り付けました」

涼が言葉を選びながら言った。

「ごくろうさん」

正木が労った。

正木は、デスク担当主任にひと言告げてから、再び涼を振り返った。

「まっ、殺人事件とは何も関係はねえち思うが、肝心の熊坂が、波田野七海ちゅうそん女性を〝助けちょらんし、そこへも行っちょらん〟と言っているのがちぃと引っ掛かっちな。何しろ、妻が殺さるる数時間前の行動やけんな――」

「自分もそう思います」

涼は力強く頷いた。

「で、そん波田野七海さんって女性は、お前さんのコレか？」

机の端に腰を掛けた正木が小指を立ててみせた。

「まあ、そげな感じです」

照れた顔で答えた涼の表情がすぐに一変した。

「あっ、そんな関係の参考人、自分が調べ担当したら、なんかマズイでしょうか？」

「余計なこたあ考えんでいい」

正木は穏やかな表情で続けた。

「ワシはな、しきたり、慣習、前例、って奴は苦手でな。要は、ホシ（犯人）、パクったらいいだけん話や。ただ、これは昔の上司の受け売りだがな。厳しい方だった――」

「はい！　勉強になります！」

涼がかしこまって言った。

「それも止めろ。昔の自分を思い出す」

正木が優しく諭した。

「これ、自分のふつうなんです！」

涼のその姿に正木は鼻で笑ったが、すぐにまた真顔になって、目の前にあるパイプ椅子に顎をしゃくってみせた。

「こっから先は雑談や」

正木が柔らかい口調でそう言ってから続けた。

「デスク担当主任もオレも見立ては同じだ。ガイシャの夫、熊坂洋平が黙秘を貫いているんでは、奴が犯人であるんが濃厚や」

「自分もそう思います」

パイプ椅子に座りながら涼は大きく頷いて賛同した。

「しかし、決定的な証拠がねえ。さっきの会議でも有力な目撃証言もねえし、熊坂宅での調べでも特異なものはなにも出なかったしな」

正木は最後に唇を曲げた。

「それもこれも、熊坂の鑑取捜査（知人交友関係先捜査）担当しちょんオレたちん責任や」

「分かっています！」

涼が即答した。

「ガイシャの夫、熊坂洋平は今夜は宿泊同意書を書かせて近くのビジネスホテルに泊まらせる。植野係長の許可をさっきとった。とにかく明日勝負や」

正木は最後の言葉に力を込めた。

「やはり熊坂ですね」

涼はそう言ってひとり頷いた。

「そん前に、ひと言、お前さんに言うちょく」

正木は涼の瞳を覗き込んだ。

「普通なら鑑取捜査班には、ベテラン捜査員を配置するところ、署長のご推挙でお前さんになった。やけん、ワシは、お前さんを経験不足ん若造やち思うち接せん。期待されていることを十分心に留め、プロの刑事としちん成果をだしてください」

その厳しい言葉とは裏腹に、正木は終始穏やかな表情だった。

「ありがとうございます！」

涼は思わずその言葉が出た。

「オレはお前さんの教育係やねえど」

穏やかな表情のまま正木が言った。

「すみません」

涼は頭を下げた。

「そん、すまん、それも止めっちゃ」

正木はヘラヘラする風に笑った。

涼は思い出さざるを得なかった。

この正木という男の存在を知らされたのは、一年前、別府中央署の刑事課に人事配置された直後に、指導係として付いてくれた先輩刑事からだった。

「コロシ（殺人事件）があったら、本部の専従班と組まさるることになるが妙な癖がある者は余りおらん。安心しろ」

先輩刑事は刑事課の大部屋の隅にあるソファーへ顎をしゃくって涼を座らせた。

「ありがとうございます」

涼が神妙な表情で言った。

後から座った先輩刑事は身を乗り出して声を潜めた。

「ただ、一人だけ気ぃつけろ」

「一人？」

涼は怪訝な表情で見つめた。

「ああ。そいつはな、一見すると昼行灯(ひるあんどん)んごとまったく目立たず、表情を崩したまま、ヘラヘラしちょんような単なるジジイだが、一旦、捜査の核心へ向かうと雰囲気が豹変する」

「豹変ですか……」

涼が戸惑った。

「〝オニマサ〟、そんな言葉を聞いたことはないか？」

「確か……本部の殺人犯捜査で、そんな別称で呼ばれるスゴ腕の鬼刑事がいるとか……えっ、まさかそれがその〝オニマサ〟ですか？」

「しかも、そん〝オニマサ〟ん名は、大分県警(ウチ)だけじゃなく、遥か東京の警視庁にも鳴り響いちょんほどや――」

しかし、今、実際に相対してみても、先輩が最初に表現していたように昼行灯としか見えなかった。

正木は月明りだけが差し込む薄暗い部屋に涼を誘って缶コーヒーを手渡した。

「熊坂洋平はなして口を開かんのでしょう？　自宅での調べの最中の雑談では、『わしの責任や』と訳の分からんことを言っただけで……」

涼は顔を歪めた。署まで連れてきてから五時間が経とうというのに熊坂洋平はずっと口を閉ざしたままだった。

「焦るな」

正木がそう諭した時、スマートフォンが鳴った。

捜査本部の隅に歩いて電話に応答していた正木が戻って来ると、表情が一変していることが涼には分かった。

「妙なことが分かった。ワシは、今日、捜査本部立ち上げる前に、県庁の知り合いを通じ杵築市役所に、熊坂に関する非公式な照会をしちょったんやけど、戸籍におかしい点がある」

「どういうことですか？」

涼は驚いた。このひょうひょうとしたオヤジのどこに、そんな身動きの軽さが隠れちょんのや……。

「まあ、座れ」

正木は、空いた席に涼を座らせ、自らは長机の端に半分だけ尻をかけた。

「熊坂は、二十年前、大分市にあった旧姓鈴木洋平の戸籍から、妻、熊坂久美の杵築市に登録された戸籍に移籍し、同時に住民票も移動しちょん。だが、そん時、杵築市役所に提出した旧姓の戸籍や住民票に記載されちょん大分市内ん住所は、鈴木洋平の登録が大分市役所にねえんや」

「まさか……住民票を偽造した……そげなことですか？」

涼は視線を彷徨(さまよ)わせた。

「しかし、いくら二十年前と言っても、そう簡単に偽造できるものですか？」

涼が納得できない風に訊いた。

「記載されたそん大分市の住所には、七十年以上も前から別人がずっと住んどる」

涼は頭が整理できないまま押し黙った。

「さっきの捜査会議でも報告されていたが、熊坂洋平はその移籍したと同じ年に、杵築市の城下町のメイン通りに、パン店を開業しちょん」

正木が穏やかな口調のまま続けた。

「しかし、それもまた会議での報告にあったが、何の縁(ゆかり)も人脈もねえ杵築に突然、現れた感じだったと――」

涼は大きく頷いた。初動の地取(じどり)捜査に参加していた涼も同じような印象を受けていたからだ。

制服姿の女性警察官がプラスチックカップに入れたコーヒーを運んできて正木と涼の前に置いた。

「ありがとうな」

にこやかな表情でそう声を掛けた後、正木は初めて真面目な表情となった。

「ワシたちが何かを見落としちょん、それとも視線内に入っちょらんもんがある、そんな可能性は常に突き詰めななならん」

正木はコーヒーを啜った。

「自分、明日一番で、年金事務所を含む公的機関に行ってきます。熊坂洋平ん過去を調べます」

涼が勢い込んで言った。

「腰が軽い。いいことや」

窓際に立った正木が微笑みながら満足そうに頷いた。

その正木の横顔を、半月からほんの少しだけ膨らみを増した「八日夜月」の灯りが柔らかく包むのを涼は緊張しながら見つめていた。

10月25日　日曜　別府市　産業会館

朝食を軽くとってから七海は風呂場に足を向けた。

昨夜、浸けておいた七島藺をレジャーシートから外すとちょうどいい柔らかさになっており、七海は満足気な笑顔を作った。

七島藺の束を紐で縛って肩に担いだ七海は、七島藺工芸士が持つ七つ道具である、太い針と糸、ハサミ、そして寸法を測る巻き尺を入れた手提げ袋を右手にぶら下げて家を出た。

今日は、シエンタでそのまま別府へ向かうことを決めていた。何しろ、長さ一メートルもの七島藺の束を抱えれば、電車とバスを乗り継ぐのは大変だからだ。

駐車場に歩きながら、七海は冷たい空気を胸いっぱいに吸い込んだ。昨日までずっと暖かかったこともあり、自宅を出た時から予想もしていなかった肌寒さに、思わず、ひゃっという声をあげた。

シエンタのドアノブに差し出した右手を七海は慌てて戻した。性犯罪者に対抗するためには、車の乗り降りの瞬間が最もリスキーであることを知らなければならない——そんなことをどこかのテレビ番組で言っていたことを思い出したからだ。

七海はオーバーなアクションで周囲へ視線を送った。

なんと言っても、あの事件からまだ二日しか経っていない。用心しない方がおかしいわ、と七海は思った。

運転している間もなぜかバックミラーがやたら気になった。車線を変えてバックミラーに飛び込んでくる車がある度に緊張した。

七海の中で不安が増殖した。この三週間、ずっと感じていた得体の知れない〝気配〟の正体や、昨夜自宅近くにいた不審者が、一昨日襲ってきたあの男と同一人物であったなら、今度、その男がまた襲ってきたら、いったいどう対処をしたらいいのか——。

涼は心配してパトカーの巡廻警戒を上司を通して杵築署に要請すると約束してくれたし、昨夜も今朝も頻繁に電話やメールをくれている。さらに頼もしいことに〝何かあったら杵築署から緊急出動してもらうし、オレも駆けつける〟とも言ってくれた。ただ、防犯ベルを持て、というアドバイスにだけは二の足を踏んだままだった。言えば涼は怒るだろうが、さすがに小学生のような真似は恥ずかしくてできないのだ。

七海は、気分がさらに落ち込んでゆく自分を感じた。

車窓から流れゆくいつもの景色が今日はどこか違って、グレーのフィルターを通して見ている感覚に襲われた。

だが産業会館に着き、エレベーターを使ってその部屋に入ると、憂鬱な気分はすべて吹っ飛んだ。

七海の顔を知っていてか、何人ものこれから塾生となる人たちが明るい表情で挨拶してくれたからだ。

七海は自分を叱った。

――みんな、わたしを頼りにして来てくれちょん。いつまでも力が抜けちょん場合やねえ！

大きな机の前に座る七海の周りを老若男女の十五人の塾生が囲んだ。

「こうやって、まだ長いままの七島藺の『三つ編み』をずっと編んでゆきます。直径九センチの『小さなコースター』を編むのに約二メートルの七島藺が必要で、直系六十センチの大型の『円座』にもなると、約四十三メートルもの『三つ編み』が必要です」

一時間ほどかけて丹念で正確な「三つ編み」作りを続けた七海は、七島藺工芸士たちが「手当」と呼ぶ、手板金が入る小さな正方形の畳の縁から出る太い紐を右手の人差し指と中指の間にしっかりと通し、さらに手首にも巻いて固定し、そうして掌を保護する準備をしてから、畳職人が使うような先が丸くなって曲がった大き目の針を握った。

七海はまず「三つ編み」にした七島藺で小さな円を作り、その真ん中を針で固定し、上から太い糸を下へと通した。

「ここに、この針と糸で縫ってゆきどんどん大きくしてゆきます。大きなものになれば、私のようなマイスターでも一週間もかかるものがありますが、今日は、みなさんは初めてということで、後で、『三つ編み』にすることから始めて小さな円座を作って頂きますね」

糸を通す度に、円座は徐々に大きくなってゆく。そうなると、七海は側面からジグザグに動かす針で糸を通し始めた。そしてさらに「三つ編み」をぐるぐる巻きながら糸で縫い合わせてゆく——。

七海は淡々と地味な作業を続けた。

「ここで皆さんにどうか、今から気をつけて頂きたい重要なことがあります。七島藺工芸品の真髄は、表面にまったく糸が見えないことです。これがなかなか難しいんですよ」

七海は近くに置いていた完成した「円座」を持ってきた。

「七島藺がグルグル巻きになっている円座の表面を見た時に、〝これどうやって繋がってるの！〟とご家族やご友人たちを感動させてあげて欲しいのです。ですから、〝なんだ、糸で縫っているのね〟と分かられたらダメ！　となります」

七海は胸の前で両手を使ってバッテンマークを作った。

「ほんのわずかな糸でも出ていると、〝あっ、糸だ〟と分かっちゃうじゃないですか。それはダメなんです。私もマイスターの資格を取る前は、〝糸を絶対に出さないように〟と先生から厳しく教わっていました」

「糸を出さないためのコツってありますか？」

初老の塾生が尋ねた。

七海はニコッとした。

「僭越（せんえつ）ではございますが、それをこれからわたくしめ、マイスターがご伝授申し上げます」

そう言って七海が頭を下げるとパチパチと拍手が起こった。

「先生はそもそもどうして七島藺を？」

大学生くらいの若い女性が尋ねた。

一度、遠くを見るような目をした七海が言った。

「亡くなった父が趣味としていたんです」

「三つ編み」に苦労している年配の女性の指先に七海が優しく手を添えた。

「こんな風に、同じ幅、同じ厚み、同じ形、同じ固さで長く編み続けることで、綺麗な作品が出来上がりますよ」

「どうも上手く……」

　年配の女性が苦笑した。

――それが、初心者と、ずっと何年もやっているマイスターとの差です。

　さすがにその言葉は七海は言えなかった。ずっと同じことを継続的に、しかも精緻に続けることこそ最も難しいのである。

　休憩時間になって七海が熱いお茶を飲みながら塾生たちと談笑していた時、同じマイスターで今日は人が多いことからヘルプに入ってくれている佐藤千紗(さとうちさ)が、オープンテラスとなったエリアの椅子に座り、顔を歪めてしきりに右手首を擦っている姿が目に入った。

　塾生たちに断ってそこを離れた七海は、千紗の元へ足を向けた。

「まだ酷いんですか、腱鞘炎(けんしょうえん)――」

　前回のワークショップの時に相談を受けて、調べてはみたものの推薦できる良い治療法を七海はまだ見つけられずにいた。

「この間、とうとう医者へ行ったわ。したらそん医者、なんて言うたと思う？　一番の薬は手ぅ動かさんこと、だって！」

　千紗は毒づいた。

　七海は千紗の前の椅子に腰を落とした。

「七海ちゃんは肩やったわよね？」

千紗が痛みを堪えるような表情で訊いた。

「そうです。もう鉄板が入っているみたいにカチカチで――」

七海も自分で肩を揉み始めた。

「手首もなんやけんど、やっぱし、指、さらに太うなったと思わん？」

千紗は自分の右手の親指を七海の顔の前に翳した。

「私、とうとう、『ばね指』になっちしもうたっちゃ」

七海も自分の親指を見つめた。千紗ほどでないにしろ、親指の関節が七島藺工芸を始める前よりは明らかに太くて硬くなっている。「ばね指」とは指の腱鞘炎が悪化したもので酷くなれば指が動かなくなると前にネットで調べて知った。

「私もです。でもこれってどうしようもないですよね……」

自分の親指を見つめた七海が大きく息を吐き出した。

「そうね……あっ、ところでさ……」

表情を変えた千紗が顔を寄せてきた。

「塾生の田辺という人、あんたの知り合い？」

「田辺？」

七海は思い当たる顔はなかった。

「歳は四十代くらいに見えるけど、前髪が後退しちょって、薄い茶色んメガネかけとる、赤いシャツの人——」

「ああ……」

七海にとってはそんな人がいたような、という感じだった。

「そん人、あんたのこと、いつも見よんよ」

千紗が押し殺すような声で言った。

七海が軽く笑った。

「そりゃそうでしょう。だって、私の実演を見せてるんですから……」

「違うんっちゃ。その男、見てたのあんたん手じゃない。あんたの顔やら、胸やら、脚やらをジロジロ見よんのっちゃ——」

七海は吸い込んだ息が止まった。

だがそれに気づかない風の千紗が続けた。

「さっきだってそうっちゃ。七海ちゃんが自動販売機の前で小銭を落としち床にしゃがんだ時、上からあんたの胸と服の隙間をニヤニヤしながら見下ろしちょったよ」

七海は誰もいなくなった空間で、徐々に明るさを増してきた、いにしえでは観月の慣習もあった「九夜月」の明かりが早くも窓から差し込んでいることに気持ちが焦った。

掃除機で床を掃除した後、急いで帰り支度を始めた。お腹がキュッと鳴ったがそんなことはどうだって良かった。いち早くここから出たかった。千紗は、急ぐ用事があるからと謝りながら先に帰ってしまったのだ。

千紗からあんなことを言われてからというもの、教室ですっかり落ち着かなく、冷や汗さえ出る始末だった。

そしてその〝田辺〟の顔には結局、あれからワークショップ教室が再開されても一度も視線を向けることができなかった。

最後に手提げ袋を抱え、火の元を確認した時だった。

背後で何かの気配を感じた。

咄嗟に振り向いた七海の目に入ったのは、通路へ出るワークショップ教室のドアだった。

数センチほど、ドアが開いている——。

——ちゃんと締め切ったはずなのに……。

突然、ドアの向こうで誰かが駆け出す音が聞こえた。

表情を一変させた七海は、恐る恐るドアをそっと開いた。

上半身が赤っぽい服装の男が、廊下の先の角を曲がって行ったのが目に入った。

——あれって……まさか、田辺⁉

そして、ハッとした表情で七海は結論を急いだ。

——三週間前から私を尾け、自宅近くで私を襲い……夜に自宅前をうろついていた、その男が田辺……そうだわ、きっと！

七海はすぐにスマートフォンを取り出すと、涼に連絡を入れた。しかし留守番電話となっている。

鍵をかけて部屋を飛び出た七海は、一度エレベーターに向けた足を止め、非常階段を使った。背後から襲われるイメージが頭から離れず必死に階段を下った。

やっと一階に辿り着いた七海は、産業会館の管理事務所のカウンターに駆けつけて鍵を返しながら言った。

「さっき――」

しかし途中で口を噤んだ。

今、起きたことを上手く説明できないと思ったからだ。

項垂(うなだ)れて座る熊坂洋平の前に座った正木が穏やかな口調で声をかけた。

「用意したホテル、気に入ってくれたかえ？」

熊坂は反応しなかった。

「申し訳ないな。奥さんを亡くされたちゅうに、こげえ長え時間、付き合わせちしもうて」

高い鼻筋がキレイで、整った眉、垂れ目の熊坂の顔貌(がんぼう)は、昔、さぞかしイケメンだったろうと涼は想像してみた。

しかし、正木へ視線をやった涼は、さっきからその態度にずっと不満を抱いていた。

誰が見ても第一容疑者たる男に対して、正木はずっと柔らかく、丁寧な言葉で呼びかけている。昼間からの聴取に、熊坂がずっと何も反応せず黙秘を貫いているにもかかわらずだ。

しかも正木は雑談めいた話ばかりを続けているのだ。

――こんな男のどこが〝オニマサ〟なんだ……。

「新しゅう店を改装しよるちゅう話があったそうやんか？　それもこれも奥さんのお陰やったやろうな？」

これまでと同様に熊坂に反応はなかった。

「それにしてん、二十年間、さぞかし苦労の連続やったやろ？」

正木は畳み掛けた。

だが熊坂の口は二度と開かなかった。

「あの堅い口を開かせる材料を、明日、絶対に見つける」

一旦、捜査本部に戻った正木はひょうひょうとした雰囲気で言ったので、涼は明日への勢いづく気持ちが削がれそうだった。

「見つけます！」

涼が自らを鼓舞（こぶ）するように語気強く言った。

「そんためん期待するのが、熊坂宅のガサ（家宅捜索）だ。さっき課長から令状をとる許可が出た」

「では自分たちも――」

涼が勢い込んで言った。

正木は頭を振った。

「オレとお前さんは熊坂を調べ続くる」

正木が言い切った。

「それにしてんやっぱしそんことが気になります。熊坂がもし犯人ならば、なし、自分がやったと言わず、『わしの責任や』ちゅう不可思議な言葉を口にしちょんのでしょうか？」

涼が訊いた。

「人間、人それぞれに、自分の言葉、ちゅうんん持っちょん。やけんもう自供したんも同然なんや。つまり、熊坂洋平が口を開かん理由は、殺した、ちゅう事実じゃねえで、なし妻を殺したんか、そん動機に理由がある。オレはそう見立てちょる」

正木は自分でも納得した風に大きく頷いた。

「では、その動機を見つければ――」

涼が目を輝かせた。

正木は窓に近づいて言った。

「奴は落ちる」

涼は黙って正木を見据えた。

10月26日　月曜　東京都大田区　多摩川ガス橋

夜が明けきっていない空気を胸一杯に吸い込みながら、総合商社に勤める男が言った。

「十月にしては寒いな」

「これくらいがちょうどいいじゃん」

ジョギング姿で併走する妻が応えた。

「やっぱり、明日は、空が白んでからにしない？」

男が言った。

「ダメよ、そんな時間じゃ。この道、朝早くからチャリで混むんだから」

そう言って妻は、多摩川に沿って真っ直ぐに伸びる土手道を指さした。

「そうかな……」

残念そうにそう言った男は妻と共に、川崎方面に渡ろうとして、土手道から「多摩川ガス橋」と呼ばれる長い橋に足をむけた、その直後のことだった。

多摩川ガス橋とは、多摩川河口から約十キロの位置にあり、東京都大田区から神奈川県川崎市中原区に架けられた橋で、昔、ここを使って都市ガスが供給されたことからそう名付けられた。

「あれ、何？」

男が多摩川ガス橋から下の緑地帯へ手を伸ばした。

「誰か倒れてる？……」

スポーツメーカーのロゴが描かれた白いキャップのひさしを上げた妻の目に入ったのは、黒っぽい男もののジャンパーを着て、ベージュ色のズボンを穿いた人が仰向けで芝生の上に寝転んでいる姿だった。

「体操でもやってんじゃないの」

男が首を竦めた。

「違うよ……あれ……」

妻は土手の坂を急いで駆け下りて行った。

「ちょっと待てよ」

男が慌てて妻の後を追った。

横たわる人に辿り着いた妻の目が釘付けとなったのは、その上半身に広がっている赤黒い血の塊だった。

「こ、こ、これ……た、た、大変よ……」

妻は腰を抜かしてへたり込んだ。

その隣で、男は顔を引きつらせたまま立ち尽くした。

「こ、これ、アレがない……」

土手道に張られた規制ロープをかいくぐった萩原警部補は、白い手袋を指に嵌めながら草むらを一気に現場まで駆け抜けた。

すでに周囲では、所轄署の署員や鑑識員たち十数人が現場の鑑識や遺留品捜査を終えたばかりのようだった。

「ごくろうさまです」

緑色の通行帯を慎重に歩いて来た萩原の威勢のいい声に、庶務担当管理官の井村警視が振り向いた。

「早いな」

「ちょうどジョギング中だったもので――」

白い息を吐き出しながら滑舌良く応えた萩原は、鑑識員の許しを得てから芝生の上に足を踏み出し、白いロープで形づくられた被害者の痕跡に一度合掌した上でその傍らにしゃがみ込んだ。

「殺しですか?」

立ち上がった萩原が緊張した声で訊いた。

大きく頷いてから井村が口を開いた。

「死因は恐らく、鋭利な刃物で心臓を刺されたことによる失血死。凶器が遺留されていないことから、ついさっきオレがそう判断して課長と班長に伝えた。下丸子署に、帳場（捜査本部）を立てる」

頷いた萩原は辺りを見渡した。

夜が明けた街はすでに人々の生活が始まっていた。

東京側の土手道は車道となっており、交通渋滞が始まっていて、その歩道には慌ただしく駅へと向かう男女の姿も見える。

「マルガイ（被害者）の人定（氏名などの特定）は？」

萩原が井村を振り返った。

「免許証を携帯しており、そこから、近くに住む、警備会社勤務、真田和彦、六十四歳――」

「六十四歳……」

萩原は意味もなく復唱した。

「マルガイの自宅に向かったキソウ（機動捜査隊）から今し方入った報告では、日課にしているウォーキングのためいつもの時間に家を出たらしい」

井村が説明した。

「その途中に襲われたか……」

「恐らく」萩原の言葉に井村が頷いてから言った。「ただ、財布があったし、その中身も抜き取られていない」

「タタキ（強盗）ではないと……」

萩原が小さく唸った。

「検死官の見立てでは、殺されたのは、四日前の二十二日の午後だ」

「四日前？」

「何かの動物に食いちぎられたようなところもあり、死体の損壊が著しい」

井村の言葉に萩原は顔を歪めた。

「まず注目すべきは犯行の手口が残虐だ、ということだ」

「残虐？」

萩原は、井村の顔を覗き込むようにして訊いた。

「首から上を斬り取っている」

「頭部がない？」

萩原が目を見開いた。

「それも、まだ見つかっていない」

井村が顔を歪めた。

東京都大田区　下丸子警察署

「捜査班の編制を伝える。まず、鑑取捜査第1班として、本部専従班、萩原警部補。下丸子署刑事課、砂川大吾巡査部長。互いに挨拶をするよう――」

捜査第1課長である水島警視正の言葉で立ち上がった萩原と砂川は互いに向かい合い、機敏な動作で深々と頭を下げた。

再び座った萩原は、壁を覆い尽くす模造紙に書き込まれた事件概要を見つめながら、鑑取捜査――被害者の鑑、つまり人間関係の捜査を開始する時にいつも感じる思いを抱かざるを得なかった。

――これから、マルガイのどんな人生を知ることになるのだろうか……。

殺人犯捜査とは、マルガイにしても、その人生のすべてを洗い出すからだ。六十四歳という年齢からして、幾つもの喜び、悲しみが積み重なっていることは想像に難くない。そして、なぜ殺されなければならなかったのか、その理由こそ重大である。タタキの可能性が低いことから、被害者と鑑があるかもしれない、つまり人生のあるシーンと絡んでいるのか、それとも……。

萩原は、ついさっき、霊安室で向き合ったマルガイの姿を脳裡に蘇らせた。

数百体という仏（遺体）を見てきたはずの萩原にとっても、その有様に、「惨い！」のひと言が思わず口から迸った。

頭部を首から斬り取った切断面はギザギザで醜く、歪な肉片と骨がわずかに残った首からはみ出していた。どれだけ乱暴に扱えばあのような有様になるのか、萩原にしても見当もつかなかった。

しかも、立ち会った検死官の見立てでは、首を切断した断面には生活反応が残っているとされた。つまり、犯人は、生きたまま被害者の首を残虐にも斬り取ったのだ。強い殺意を感じる、という言い方でさえ、犯人の残忍性は表現できないと萩原は強く思った。

萩原はあらためて思わざるを得なかった。

――少なくともタタキや通り魔とは思えない。

被害者の生活、もしくは人生そのものがここまでの凶行をさせたという気がしてならなかった。もしそうであるのなら、ガイシャに最も寄り添う鑑取捜査1班長である自分の責任において被害者の人生のすべてを知らなければならない、と萩原は自分に言い聞かせた。

「真田和彦であるとの確認はとれたのか？」

捜査本部運営並びに全般の指揮を行う捜査第1課係長、斉藤警部が、幹部たちが並ぶ、雛壇の席から聞いた。

萩原が立ち上がった。

「ガイシャの着衣を見ての妻、恭子の供述、さらに――」

萩原は一旦、言葉を止めてから続けた。

「死体の指紋から、真田和彦本人であると断定できました」

「指紋？　マエ（前科前歴）があったんだな」

斉藤係長が怪訝な表情で訊いた。

「いえ、そうではありません。マルガイの真田和彦は、現在は、警備会社に勤務していますが、かつて本官でした。ゆえに指紋等の記録が警察庁にありました」

部屋中にざわめきが広がった。

萩原は構わずに続けた。

「真田は今から四年前、大分県警を警部補で定年退職しています」

「所属は？」

斉藤係長が尋ねた。

「さきほど人事1課経由で大分県警警務部にも照会しましたところ、警備部に在籍していたとの回答を得ました」

萩原のその言葉で、ざわめきがさらに大きくなって部屋中に響き渡った。

「警備部といったって、機動隊から公安、外事と幅広いじゃないか。部署はどこだ？」

「それ以上の回答は得られませんでした」

萩原のその言葉に、斉藤係長は幹部たちと苦笑しあった。

「いつもの奴らの反応というわけか」

不機嫌な表情で斉藤係長が吐き捨てた。

「まあ、我々、刑事警察との〝文化の違い〟ということだな」

雛壇の中央に座る下丸子署長がしたり顔で言った。

「現役時代の何らかのことが背景にあるとしても大分県警からどれだけ協力を得られるか

は分からない。ただ先入観は持つな。本官であったことと事件とが関連しているかどうかは別の話だ」

斉藤係長が捜査員たちを見渡した。

確かに斉藤係長の言う通りだ、と萩原は思った。退職してからの四年という月日は、様々な新たな人生が積み重なるには十分だからだ。

地取捜査や遺留品捜査の報告が――そのほとんどは事件解決へと繋がらなかったが――担当からなされた後、斉藤係長が言った。

「真田和彦の家族は？」

「妻との二人暮らしです。息子がいたんですが、十五年前に交通事故で亡くしています」

砂川が報告した。

頷いた斉藤係長が続けた。

「今日のガイシャ宅での任意の調べの結果、特異な点は？」

立ち上がったのは鑑識課員だった。

「事件との関わりがあるかどうかはわかりませんが、ちょっと妙な物があり、奥さんから任意で提出してもらいました」

鑑識課員は封筒と小さな白い紙片が収められた二つのビニール袋を掲げた。

「ガイシャの書斎の本棚の一部に、この『封筒』が押し込まれており、その中にはこちらの『紙片』が入っていました」

鑑識課員は、捜査本部の片隅で待機していた部下に命じ、〝雛壇〟の背後に用意された映写スクリーンに、すでに撮影していた二つの画像を並べて映し出させた。

<○○○ꭗ△大

萩原は身を乗り出した。

「何かの暗号か?」

萩原には見当がつかなかった。

「わかりません。それとこの写真を見てください」

そう言って鑑識課員がもう一つの画像を示した。それは「封筒」の写真で宛先には、新聞記事から切り取ったと思われるレタリング文字が貼り付けられていた。また「封筒」の消印は、《20・10・1 12~18 蒲田》とある。

「この消印からは、蒲田郵便局が扱うどこかのポストに、十月一日の正午から午後六時までの間に投函されたことが窺えます」

鑑識課員が言った。

「他に特異なことは?」

斉藤係長が、紙片に書かれた記号を見つめながら言った。

「いろいろ調べましたが、現在のところそれ以上は何もありません」

鑑識課員が報告した。

「封筒にはこれだけが？」

斉藤係長が訊いた。

「そうです」

鑑識課員が答えた。

「封筒の差出人は？」

今度は水島課長が尋ねた。

「ありません」

「奥さんは何と？」

「まったく心当たりはない、と言っています」

鑑識課員のその言葉に、ひと呼吸置いてから斉藤係長が口を開いた。

「わかった。では、鑑取捜査班は、ガイシャの勤務先、交友関係など担当別に調べを行ってください。さらに現場遺留品班は――」

目新しい報告がなくなったことで斉藤係長が最後になって再び捜査員たちを見渡した。

「明日からの捜査事項を各自、頭にしっかりと入れ、一日も早い犯人の検挙を目指して欲しい」

斉藤係長が水島課長に何事かを囁いてから、捜査員たちに視線を戻して言った。

「捜査本部の現在の戒名である《多摩川ガス橋下における男性殺人事件》を変更する。新たな戒名は、《多摩川ガス橋下における元警察官殺人事件》だ」

第一回目の捜査会議を終えた萩原は、捜査本部の捜査記録、重要参考人等の相関図（チャート）作成、捜査員配置簿の記載と把握などを行う「デスク主任」となった榎本警部補の元へ、砂川と被害者対策担当に抜擢された捜査第1課の紅一点、黒木菜摘巡査長を連れて誰よりも先に駆け寄った。

「どうも引っ掛かることがあるんです」

萩原が五年先輩にあたる榎本に言った。

「なんだ、言ってみろ」

報告書を読み込んでいた榎本が顔を上げた。

「そのことに関心を寄せたのは、真田の妻である恭子からの聴取と、部屋の資料を任意で集めるために、鑑識課とともに今日午後、自宅へ行った時のことです。真田の書斎を調べていたところ、壁に掛かっていたはずのカレンダーがなかったんです」

「なぜ〝かかっていたはず〟だと？」

榎本が訊いた。

「ちょうど壁のその部分に、四角形のものが留められていたことを窺わせる四ヵ所の画鋲の穴があったからです。しかもその穴からは、まだ新しい塩化ビニール系樹脂壁紙の断片が微量にはみ出していた。ごく最近、乱暴に何かを外した証拠です」

「それで？」

榎本が先を促した。

「カレンダーはそこにはありませんでしたが、キッチンにありました」

「キッチン？」

榎本が身を乗り出した。

「我々が真田宅に到着した時、門扉(もんぴ)の前で我々がインターフォンを鳴らしてから十分も経ってから恭子は姿を現しました。本人は、気分が悪くて伏せっていたと謝っていましたが
――」

萩原が続けた。

「で、我々が引き上げようと一階に降りて玄関へ足を向ける途中、キッチンのごみ箱の蓋から大きな紙がはみ出しているのが見えたんです。その時は特に興味を持ちませんでしたが、署に戻ってから初めて、それがカレンダーの一部だったと認識しました。しかも、《21日　ＪＡＬ６６３》と記載のある下に、ある文字があったことも記憶に蘇ったんです」

萩原はメモ用紙に〈杵築〉と書き示した。

「『杵築』って、もしかして大分県のキツキ、ではないでしょうか？」

菜摘が言った。

「キツキ？」

砂川が訝った。

「恐らくそうです。美しい城下町の町並みが有名で、九州の小京都と呼ばれる杵築です。私の同期が去年、旅行に行っています。ノスタルジックな武家屋敷と美しい石畳の坂がある、ステキなところだったと――」

菜摘が感情を交えずにそう説明した。

頷いた砂川が思い出した風に口を開いた。

「それなら、自分も先日、テレビで観ました。なんでも、その杵築で、近く、『観月祭』という古くから伝わる祭りがあるとか――」

「観月祭？」

萩原が振り返った。

「これです」

機転をきかせスマートフォンを急いで操作した菜摘が、ディスプレイを萩原に向けた。

そこには、橙色に灯された幾つもの行灯がずらっと石畳の上に並ぶ幻想的な光景が映し出されていた。

「とにかく、気になるのなら、そのカレンダーとやらを、今からでも恭子のところへ行って見せてもらえよ」

榎本が言った。

「もちろん行きました。思いついた時、すぐに――」

「見つけたのか？」

萩原が力なく頭を振った。

「真田宅前に辿り着くと、焦げた臭いが辺りに漂っていました」

「まさか……」

榎本は目を見開いた。

「ええ、しばらく経ってから門が開き、家の中へ入ることができましたが、恭子は、庭にあるアルミの一斗缶で大量の紙を燃やした後でした」

萩原は残念そうな表情で言った。

「恭子は何と？」

「夫の遺品の中に、見れば辛いものがあったので燃やしたと――」

「それなら普通に捨てればいいだろ？ わざわざ燃やすなんて手の込んだことをせずとも――」

榎本は萩原を見つめた。

「ところで恭子のアリバイは？」

「本人の供述では、近くの公園で近所の奥さんたちと体操をしていたとしていまして、その裏付けもとれました」

萩原が説明した。

「恭子の略歴は？」

「本人によれば、スーパーで何度かパート勤めをしたくらいでずっと主婦だったと。詳しくはこれから調べます」

「なるほど……」

そう言って榎本は腕組みをして唸った。

「主任、もし、《21日》というのが、今年の十月二十一日であるのなら、殺された日の前日です」

萩原が語気強く言った。

「オレも今そのことを考えていた……」

「ですので、もちろん調べました。搭乗者名簿を――」

萩原が言った。

「どうだった?」

榎本が期待を込めた表情で聞いた。

溜息をついた萩原は首を左右に振った。

「残念ながら――」

だが萩原は拘った。

「ですが、偽名で乗った可能性もあります。ネットで買わず、旅行代理店や直接空港に行けば名前を変えても購入は可能です」

「恭子にはそのことをぶつけてみたのか?」

榎本が訊いた。

「もちろん。しかし恭子は、真田が杵築へ行ったことは聞いていないし、そもそも二十一日は、夫はずっと自宅にいたと全面否定しています」

黙り込んでいた榎本が立ち上がった。そして、管理官と話し込んでいる斉藤係長の元へ歩いてゆき、しばらく二人で話をした後戻ってきて萩原に向かって言った。

「係長の許可を得た。今からすぐに羽田へ行け。大分行きサテライトを映したボウカメ(防犯カメラ)を当るんだ」

萩原は礼を言ってからその言葉を口にした。

「それにしても、なぜ犯人は頭部を切断して持ち去ったのでしょう。身元を隠すためなら免許証も奪ったはずですし……」

萩原は、ホワイトボードを振り返り、そこに貼られている頭部が切断された遺体の写真を黙って見つめた。

別府中央署

捜査本部に走り込んできた涼は、息を整えることもせず口を開いた。

「妙なんです。熊坂洋平の年金記録がねえんです！　それどころか、公的な記録が自宅に一つもねえそうなんです！」

「一つもねえ？……」

正木は眉間に皺を刻んだ。

「そうです。今朝のガサで見つかった生活用銀行口座には、年金が振り込まれた記録が一度もなかったし、その他の熊坂洋平名義の公的な記録の一切、例えば、住民税、健康診断などの書類が今朝のガサで見つからんかったんです」

涼は何かを思い出した風にしてから続けた。

「なかったのはそれだけじゃなく、熊坂や夫婦の昔の写真もまったく存在しなかったと――。どげなことでしょう？　まあ年金はずっと受給していなかったという可能性もありますが……」

「実は、こっちでも妙なことと言うか、熊坂の法令違反が発覚した」

「法令違反？」

「奴は、無免許で毎日、車を運転していた」

「道交法違反……」

「それだけやねえ。税務署への申告者、自宅兼店舗ん賃貸契約、スマートフォンの名義、それらすべてが妻の久美名義や……」

正木が腕組みをして小さな唸り声を上げた。

「つまり、熊坂は、公的に自らを証明するもんが何もなく、それに公的な場に自分の名を晒すことを避けちょった」

「熊坂洋平っていったい……」

涼が視線を彷徨わせた。

「何者なんや……」

正木のその唸り声は、今度ははっきりと涼の耳に聞こえた。

「もうちょっと辛抱しちくれな」

調べ室に戻った正木は、熊坂洋平の前に座り、その顔を覗き込むようにして訊いた。

その傍らに立つ涼は、相変わらずのその低姿勢ぶりに苛立ちながらも、今朝の捜査会議の光景を思い出した。

本部捜査第1課の管理官は、熊坂の無免許運転や住民票を偽造した公文書偽造容疑で身柄を取って徹底的に取り調べること、つまり別件逮捕を主張したのだ。

だが、〝キレイな形で事件をまとめたい〟という植野警部の強い主張が通ったのだった。

正木の問いかけに、熊坂は今日も、顔を俯（うつむ）けて押し黙ったままだった。

「今日は、事件とは違う話をしようやんか」

正木は、熊坂の背後に回り込み、その肩にそっと手をやった上で穏やかな口調で耳元に語りかけた。

「あんたの目の前におる、こん若え刑事、最初に紹介した時んこと覚えちょらんか？　首藤、ちゅう名前やが――」

何を言い出すのか、と涼は慌てて正木の表情からその理由を探った。

熊坂の方はまったく反応を見せなかった。

「この首藤刑事の婚約者は、波田野七海、っちゅう女性なんよ」

熊坂が突然、顔を上げて涼を凝視した。

「そん七海さんちゅう女性、もう気が強うっち。コイツ、絶対、尻に敷かるるち思う」

熊坂は、慌てたようにすぐに顔を伏せた。

「家族づきあいしちょんのやな。そん七海さんご一家と――」

正木が間を置かずに続けた。

「三日前、つまり十月二十三日の夜、あんた、七海さんが暴漢に襲われたん助けたのは自分やねえっちずっと言いよんけど、本当か？」

涼は、熊坂が膝の上で握る両手が微かに震えたような気がした。

「七海さんな、あんたがなし助けちくれたんか、ずっと気になっちょんのや。それに、御礼の言葉も直接会って伝えたいと――」

正木は、熊坂の反応を探るように慎重な言い回しで言葉を続けた。

「事件とは関係ねえが、ちいと聞きてえ話があるんや。別の捜査員の聞き込みでは、あんたが波田野七海と母親に世話を焼いていることに、近所の人が〝浮気してるんじゃないか〟と心配してあんたの奥さんにそう声をかけた時、久美さんは、〝杵築に来た二十年前、七海さんのお父さんが亡くなられたことを知って、ウチの主人が、彼女たちをずっと見守っちょるよ〟と。波田野家とはそもそもどげな関係なんや？」

熊坂は肩で息をした。

「あんたにとっては、いわば娘同然のような七海さんが、あなたに御礼の言葉を贈りてえ、そう言いよん気持ちに応えてあげるべきやねえか？」

正木はさらに畳み掛けた。

「二十三日の夜、あなたは七海さんを助けたのに、なし彼女から逃げた？　本当にそれでよかったんか？　逃げることたあ、あんたがずっと七海さんを見守っちきたことと真逆なことやねえか？」

涼は、正木が何を狙って、七海のことをしつこく話題に持ち出しているのか見当が付かなかった。

「父親なんてとんでんねえ」

久しぶりに熊坂が言葉を発した。

涼は驚いた。その言葉がか細いものではなく、語気強くそう言ったからだ。

「じゃあ、どげな思いで七海さんを見守っちょったんや？」

間髪容れずに正木が問いただした。

「わしゃ父親やねえ」

熊坂はカッと目を見開いて同じ言葉を繰り返した。

「そもそも、波田野家にそれほどまでに親切にしだしたんは、どげなことがキッカケなんや?」

またしても黙り（だんま）を始めた熊坂を逃がすものかとばかりに正木がその肩を引き寄せた。

しばらくの沈黙後、正木はその言葉を口にした。

「あんたは何者や?」

正木の言葉に、涼は思わず唾を飲み込んだ。

ようやく正木の〝魂胆〟に涼は気づいた。

正木は、かつて自分に言っていた通りに、熊坂についてのすべてを引っ剝がし、動機面からのアプローチをしようとしている。

それもこれも、正木は、熊坂の過去に重大な何かがある、そう見立てているのだ。

そしてそれが、熊坂久美殺害事件の真相と密接に繫がっていると確信している——。

「あんたは、熊坂洋平やねえ」

突然、正木は、熊坂洋平の両手の掌を摑んで強引に広げた。

「指紋や掌紋（しょうもん）（手のひらの指紋様の線）を消してまで身分を隠す理由はなんだ?」

身を乗り出した正木が押し殺した声で言った。

涼は、目を凝らして熊坂を観察した。

熊坂の頰の筋肉が震えたことに涼は気づいた。

正木は、熊坂の頰に自分の顔を押し当てた。

「過去に重大な犯歴を持っちょったんを隠しち久美と結婚したが、今になってそれが分かり、激しゅうなじられた。それでカッとなっち絞殺して、そん遺体を別府公園に遺棄した――」

　正木は一気に捲し立て、その反応を窺った。

　しばらくの沈黙が流れた。

　正木は熊坂の瞳を見つめながら待った。

「わしゃ妻の死に関する責任がある」

　熊坂が静かに言った。

　涼は、正木を見つめた。熊坂がこれまでと同じ言葉を繰り返したので、怒鳴りつけるのではないかと思ったからだ。

　だが、正木の反応は違った。

「続けち」

　正木が静かに促した。

　熊坂の反応は涼がまったく予想していなかったものだった。

　身を乗り出した熊坂は突然、調べ机の傍らにいた涼の胸ぐらを摑(つか)んだ。

「早く帰しちくれ。そうでねえと、あの子の生命が危ねえ！」

　熊坂が声を上げた。

「あの子？　波田野七海のことか？」

　涼が急いで訊いた。

「なし危険なんや？」

強引に自分に振り向かせた正木が追及した。

「早く帰しちくれ。そうでねえと――」

椅子からズリ落ちた熊坂は床にへたり込んだ。

正木がすぐにその前にしゃがみ込んで熊坂の顔を両手で挟んだ。

「波田野七海の事件と、あんたん奥さんの事件は関連するんやな？」

正木が急いで訊いた。

だが熊坂は何も応えず両手で頭を抱え込んだ。

別府中央署

別府駅からのバスから降り立った七海は、正面玄関で警杖(けいじょう)を構えて立つ警察官の姿を見て一気に気分が重くなった。

仕事での疲労感はもちろん、まだ夕食も摂っておらず、これが終わってもまた時間をかけて自宅へ帰るのだ。

別府中央署の受付で用件を口にした七海を、女性警察官が丁寧な口調で二階へ誘った。

長机が並ぶ会議室に案内された七海は、涼が案内するパイプ椅子の一つに落ち着かない雰囲気で腰を下ろした。

ノックの音がして現れたのは正木だった。

正木は、にこやかな表情で七海を斜めに見据える席に座った。

「お忙しい中、ご協力頂いち感謝します」

正木は深々と頭を下げて微笑んだ。

正木の後ろに立つ涼は、七海に向かって両手を合わせて懸命に謝っている。

長机の端には、二人のスーツ姿の刑事らしき男たちが座り、部屋の隅にある小さな机の前でまた別の男性がノート型パソコンのキーボードの上で指を構えていて、さらにその傍らの別の机に制服姿の女性警察官が座って七海をじっと見つめていた。

七海は、涼に怒りをぶつけたい気分だった。

涼は、簡単な聞き取りだと言っていたが、何人もの視線が自分に向けられ、えらく仰々(ぎょうぎょう)しい雰囲気だからだ。

「お聞きしたいのはごく簡単なことですからすぐに済みますので――」

笑顔を浮かべる正木は、持ってきたクリアファイルから一枚の薄っぺらい紙を取り出して目の前に置いた。

〈供述調書〉

七海は、そこに縦に書かれた文字に目が釘付けとなった。

七海は溜息が出そうだった。

――私って、犯人扱いなの？

七海はそれとなく、涼を睨み付けた。

「まず、あなたが襲われた十月二十三日の夜、ＪＲ日豊本線、杵築駅に降り立ったんは何時のことですか？」

正木が訊いた。

「別府発最終の普通電車でしたので、杵築駅で降りた時間は、午後十時十八分。何度か利用したことがありますので間違いありません」

七海が間を置かずに答えた。

「で、駐車場にあった自家用車でまっすぐ自宅に向かわれた？」

微笑みを絶やさないまま正木が質問を続けた。

「はい」

七海が小さく頷いた。

正木は、涼から手渡された紙を七海の前に広げた。

「ここがあなたの自宅ですね？」

それは住宅地図で、「塩屋の坂」の上にある、一軒の家を指さした。

「ええ」

七海は小さく答えた。

「こん近くじゃなあ、襲われたんは――」

正木は七海の自宅から少し離れた地点を指で示した。

「何があったんか、詳しく教えちください」

七海は、涼に怪訝な表情を送った。

その経緯については、すでに涼に話していたからだ。

しかし、七海は考え直した。これが済まないことにはここから立ち去れない、という現実を見つめた。

「仰る通り、自宅に近い、こん緩やかな角を徒歩で曲がったところで、正体不明の男が突然、姿を現しました」

七海は地図を示しながら説明した。

部屋の隅に座る男が操作するパソコンのキーボード音が静かな部屋に響いている。七海は、そのことになぜか不気味な感触を抱いた。

「若い男？　それとも年配？」

正木が確認した。

「いえ、そこまでは……」

「お父さんと比べたらどうです？」

正木がふとそう訊いた。

「彼女のお父さんは、二十年前、病気で亡くなっていまして――」

涼が小声で口を挟んだ。

「それは大変失礼なことを申し上げました。許してください」

正木は頭を下げた。

「いいえ。気にされないでください」

その時、七海は急にあることを思い出した。

「ひとつ憶えていることがあります」

「なんです？」

正木は穏やかに聞いた。

「口臭です」

「口臭？」

「ええ、ひどく強かったんです」

しばらく考える風にしてから正木は再び口を開いた。

「それで、そん男は、襲いかかった時、具体的にどげなことをしたかえ？」

正木が訊いた。

「具体的な被害状況につきましては私が――」

後ろの机で待機していた女性警察官が慌てて近寄った。

「いいんです。どうぞこのまま」

七海は平然とした表情で言った。

「では、それから何をされましたか？」

「太腿を指で触られました」

七海は正確に言った。

「どの辺りを？」

七海は躊躇せず、スカートを自分で捲って、ストッキングを穿いていない素足を出すと、膝上辺りを正木に示して見せた。

正木の背後で涼が一度咳払いをした。

「他に被害は？」

正木が尋ねた。

「ありません。性器にも触られていません」

躊躇わずにそう七海が言い切った時、涼は二度の咳払いを続けた。

「ごめんなさいね、レディにいろいろ言いにくいであろうことを聞いてしもうて」

七海は何も応えなかった。

その後、涼が書き込んだ被害届が完成すると、それを正木が読み聞かせた上で七海がその書類に署名した。

「ところで話は違うけんど、襲われた時、熊坂洋平さんというパン店のご主人に助けられたんですね？」

正木は笑顔だけは絶やさずに尋ねた。

「ええ」

七海は冷静に反応した。

「熊坂洋平さんはどこから来たんですか？」

「わかりません」

七海は即答した。

「どうかもう一度思い出してもらえませんか？」

正木が優しい雰囲気で促した。

「とにかく私が気づいたのは、襲ってきた男の上にのし掛かってる熊坂さんの顔が目に入った、それだけです。それも一瞬のことでした」

「その後は？」

正木が間を与えないで質問した。

「男は、熊坂さんを突き飛ばして逃げて行きました」

「熊坂さんは？」

七海は力なく頭を振った。

「気が動転していて、気がつくといつの間にか熊坂さんの姿は見えんようになっていました」

七海に向かって小刻みに頷いた正木は、パソコンを使う男を振り返って自分の椅子を近づけ、何事かを囁いた。

戻ってきた正木は、七海の瞳を凝視した。

「もう少しだけお聞きしてえことがあるんです」

正木が顔を近づけた。

七海は思わず仰け反った。

しかし正木は構わず続けた。

「熊坂さんと、あなた方ご家族との関係についち、聴かせてもらえませんかえ？」

「関係？」

七海は困惑した。

「どんなことでも結構やけん」

正木は笑みを投げかけた。

「昔のことは私はまだ小さかったのでよう知りません。ただ、いつか母に聞いたところ、父が病死したすぐ後くらいに、杵築に来られてパン店を開業され、同じ頃に、私たちとも家族ぐるみのお付き合いが始まったようです」

「お父さんが亡くなられたのは、二十年前やったね。そうすると、熊坂さんとのお付き合いも同じく二十年前からちゅうわけじゃな？」

正木が念押しするように訊いた。

「確かな年までは……」

戸惑いがちに七海が答えた。

「熊坂さんご夫婦は、杵築に来られる前、どこで何をしていたとか、そんなことを耳にしたことはありますか？」

　正木が訊いた。

「いいえありません」

　七海が首を振った。

「では、熊坂さんとご家族ぐるみんお付き合いさるることになったキッカケについち、ご存じのこたあねえですか？」

　正木は硬い口調で言った。

　七海は頭を振った。

「すみません、それについても私は何も知りません」

「では、お母さんならご存じやと？」

　正木が急いで訊いた。

「さあ、それはどうでしょう」

　七海は憮然として言った。

「ご存じないと？」

　正木が重ねて訊いた。

「二日前、熊坂久美さんがお亡くなりになった時、母に同じことを聞いたんですが、よく覚えちょらん様子でしたから——」

　七海が渋々といった表情で言った。

「では、熊坂さんと、どげな家族ぐるみんお付き合いなされちょったかそれを——」

「ちょっとよろしいですか？」

七海は、正木の言葉を遮った。

「この参考人聴取の目的って、私が襲われた件についてですよね？　なのに、さっきから、なぜ熊坂さんのことばかりお聞きになるんです？」

「いえいえ、ちょっと参考までに、というだけですから――」

そう言って声に出して笑った正木は頭を掻いた。

七海は目の前に置いた名刺を一瞥してから正木を睨み付けた。

「正木警部補さん。あなたこそ、ちゃんと説明してください。これは何が目的の聴取ですか？」

七海は正木に顔を近づけた。

「きちんと仰って頂かないなら私は失礼します。夕食もとらずに杵築からやって来たんです。それに自宅に戻って仕事がありますす」

腕時計へちらっと視線を送ってから腰を浮かせた七海を、涼は必死に押し止めた。

苦笑した正木は、涼を振り返った。

「お前さん、やっぱし結婚したら尻に敷かるるな」

「いや、結婚って、まだ、そげな……」

一瞬、涼は髪の毛をかきむしり、照れ笑いを浮かべた。

「波田野さん、実は――」

正木がそう言った時、ドアをノックする音がして、部下らしき一人の男が顔を出し、正木に向かって大きく頷いた。

「ちょっと待っちょっちくりい」

七海にそう言って立ち上がった正木はドアに近づいた。

その部下らしき男の囁きに、驚いた表情を浮かべた正木がすぐに戻ってきた。

「波田野さん、ちいと急ぎん用件が入りました。すぐに戻っち来るけん、どうかしばらく待っちょってください」

急に柔らかな物腰となった正木は、そそくさと部屋を出て行った。

ドアが閉まるや否や、七海が涼に突っかかった。

「これ何なん？」

「すまん、オレもこんな流れになるたあ思うてんみんかった……」

涼は必死に宥めた。

大きく息を吐き出した七海が言った。

「今度、あん正木刑事さんが、さっきみたいにちゃんと説明しないのなら、帰らせてもらうけんね」

しばらく黙り込んだ涼が表情を変えて七海を見つめた。

「確かに、正木さんな、言いようが悪かった。でもな、オレたちゃ、殺人事件ん捜査しちょんのや。意味のない質問はない」

涼は厳しい表情で言った。

だが七海は眉間に皺を刻んで身を乗り出した。

「それ、おかしい。私が襲われたことはいいって言ったのに、他にも被害者を作らないための捜査だと涼が説得するけん来たんちゃ。なのにさっきから違う話ばっかし。なにこれ？」

「警察では警察のやり方がある。なぜ協力せん？」

涼が硬い口調で言った。

「じゃあなに？　私が悪いっちこと？」

七海が言い返した。

「とにかく、協力してくれ」

「やけん、食事も仕事も放って杵築から来て協力しちょんやんか！」

「今から夫婦ゲンカか？」

戻ってきた正木が言った。

「すみません。波田野さん、最後にひとつだけ聞かせてください」

そう言った正木の後ろで、涼が拝むような仕草をしていた。

七海は黙って頷いた。

「あんたから見た熊坂洋平さん、昔からどげな方でした？」

溜息を堪えた七海は記憶を辿った。

「どげなって……まあ……すぐに思い出すのは笑顔です」

「笑顔？」

右眉を上げた正木が訊いた。

「ええ、私はずっと昔からその笑顔が好きでした。小学生の時、学校から帰宅する途中、偶然出会った熊坂さんが、チョコレートのコロネをくれた時がありました。今でも覚えているのは、コロネの味じゃなく、その時の熊坂さんの笑顔です」

正木は微笑を浮かべたまま何度も頷いた。

「また、こんなことも記憶にあります。高校の部活で遅くなった時、駅からの暗い道を歩いている私を見つけてくれ、一人歩きは危ないよ、と軽トラックに乗せてくれた熊坂さんの笑顔――。それに軽トラックで私の自宅までパンを運んで来られた時はいつも必ず、仕事頑張ってる？　とか、カレシと上手くやってる？　とか、明るい表情で声をかけてくれました。また、母にも、体でどっか悪いところはない？　などといつも声をかけてくださり、ずっと気に掛けて頂いていました――」

七海は一気に捲し立てた。

「どうです？　刑事さんがご関心を持つようなことは何もありません」

七海は言い切った。

「なら、亡くなられたお父さんの代わりんような存在に？」

正木が訊いた。

「いえ、そういう感じじゃありません。昔から、ずっと見守ってくださった、それが単なる気配りというよりは、もっと、大きな力で支えちくださっちょん、そげな風な表現が正しいです」

「では、この二十年の間、気になることあ何もねえと？」

　正木が抑揚のない口調で言った。

「二十年前は、私、八歳なんです。憶えているはずがないじゃないですか。同じ頃に亡くなった父のことだって……それより、なぜ熊坂さんのことをそんなに？　まさか、本気で、熊坂さんが奥さんを殺したと？」

　七海は正木に詰め寄った。

　正木は苦笑しながら黙った。

「違う！　あの方は、奥さんを殺すような人じゃ絶対にありません！」

　七海は涼に視線を向けた。

「この前も言ったよね？　熊坂さんは素晴らしい人だって！」

　七海のその言葉で困惑の表情を浮かべた涼は、七海と正木の顔を急いで見比べた。

　だが正木は、涼を一瞥もせずに立ち上がった。

「遅うまで申し訳ねかったね。ごめんなさいね」

　正木は深々と頭を下げた。

「いえ……お仕事でしょうから……」

七海はあからさまに溜息をついてみせた。

「杵築のご自宅まで送って差し上げろ。ほら早う」

正木は涼をせき立てた。

涼が七海と連れ立って会議室を後にするのを見送った正木の元に、捜査本部の植野係長が近づいてきた。

「係長、さっき若い奴が入ってきて伝えた件はいったいどういうことです?」

そう訊いたのは正木だった。

「詳しくはワシもわかりません。とにかく、その若い奴に伝えさせたように、間もなく東京の警視庁から、捜査協力に関する電話が入るっちゅうことや。捜査共助担当を通しての話やから対応しろ」

「私に? なし私ですか? 事件を抱えちょるんですよ。なんに捜査協力など——」

「とにかく話を聞けばわかる」

植野係長はそれだけ言うと踵を返し、捜査本部へ戻っていった。

正木が捜査本部に戻ると、電話の受話器を持ったままの別府中央署の刑事課員が自分を探していた。

「内線6番によろしゅう」

正木はそう声を上げて、適当に長机の端に腰を落とした。

「この度はお忙しいところ申し訳ございません。警視庁捜査1課の萩原警部補です」

「どうも。で、捜査協力ん依頼の件やか？」

「さっそくながら、今朝、都内で発生しましたコロシのマルガイと、そちら、杵築市に在住する人物との関連について私どもは重大関心を寄せておりまして、急ぎ、そちらへ出向いてご協力をお願いしたいことがあります」

滑舌も良く萩原が一気に捲し立てた。

「ご用件はわかりましたが、本部捜査共助を通して杵築署の誰かとお話された方がよろしいかと。こちらは、殺人事件の捜査本部でありましち――」

正木が穏やかに受け答えた。

「熊坂洋平――」

正木の言葉を遮って萩原は、突然、そう告げた。

正木は咄嗟に言葉を返せなかった。

――こいつの口からなぜ熊坂洋平の名前が出てくるのか……。

「マルガイのスマートフォンの、最近の発信記録の中にその名前があったのです。しかも、ガイシャは殺される前日、杵築市内に出向いて、その熊坂に会っている可能性があり、ゆえに重大関心を寄せているというわけです。つい今し方、空港の防犯カメラで確認がとれました」

「杵築に？　しかも熊坂に？」

正木が訝った。

ます」

「大分へ向かったことまでは確認が取れていますが、その他の状況からそう推察しており

「なるほど」

正木は軽く応えた。

「それらを含めて詳細につきましては伺ってからご説明申し上げるとしまして、そちらの捜査共助部門でお聞きしたんですが、熊坂は、そちらが捜査をしてらっしゃる殺人事件で、正木主任と首藤巡査長が取り調べを行っておられる対象だとか――」

萩原が言った。

正木は顔を歪めた。

――なんぼ同じ警察どうしやとしてん、捜査共助の奴ら、勝手にベラベラ喋りやがっち……。

「植野警部からもご了解を頂いております。何卒、ご理解の上、ご協力頂けないでしょうか?」

正木の顔がさらに醜く歪んだ。

その頭ごなしのやり方にさすがにカチンときたからだ。

「それでいつお越しになると?」

正木は渋々そう聞いた。

「ありがとうございます。今、空港でして最終便に乗ります」

「そうですか。ただ、申し訳ございませんが、お迎えにゆく余裕はございませんでして、どうかあしからず――」

正木が言った。

「お気遣いなく。我々もいろいろ動き廻る予定ですのでレンタカーを借ります」

「では――」

不愉快なままの正木は早々と通話を終わろうとした。

「正木主任、ちなみに、マルガイは、指紋から大分県警警備部の元警部補であることが判明しています」

萩原が押し殺した声で言った。

「ウチの警備部？」

正木は訝った。

「警察庁に記録がありました。かつそれもまたそちらの捜査共助担当にも確認させて頂きました」

萩原が言い切った。

2 謎のストーカー

杵築市内

腹立たしさが残っていた七海は、家まで行くという涼を断り、JR別府駅まで送ってもらって小倉方面行きの普通電車で杵築駅まで辿り着いた。

涼とは、ろくな挨拶もできずに別れたことを後悔もしていたが、やはり怒りの方が勝っていた。

十人ほどの乗客とともに杵築駅の改札口を抜けた七海は、辺りをキョロキョロしながら、近くの駐車場へと小走りで向かった。

停めてあったシエンタに急いで乗り込んだ七海は真っ先にドアロックした。

そして再び、周囲を見渡してから車をスタートさせた。

闇に包まれた県道を走らせながら、七海は別府警察署での光景を腹立たしく思い出した。

あの、偉そうな正木という刑事は、自分が襲われかけた事件のことを尋ねる時よりも、熊坂さんのことについて聞く時の方が表情も雰囲気も真剣だった。

――やっぱりそうやわ。

七海は、そのことを苦々しく思い出した。

あの刑事が私を呼びつけたのは、私が襲われたことを聞くためじゃない。熊坂さんのことについて聞きたいだけだったのだ。

――それにしても、なし、あんなにしつこく熊坂さんのことを聞いたんやろう……。

帰りの電車の中でもそのことをずっと考えてきた。

でも、熊坂さんが奥さんを殺すなんて絶対にあり得ない、という思いは今でも変わらない。

あの笑顔を絶やさない二人の姿を思い出す度に、その思いは強くなる一方だった。

――もしかしち、何か別んことで熊坂さんに関心を？

いや、それはないな、と頭に浮かんだことをすぐに消し去った。

涼の説明でも、自分たちは熊坂さんの奥さんの殺人事件の捜査をやっていると言っていたからだ。

七海はふとそのことを思い出した。

あの正木刑事は、こんなことを私に言った。

〈この二十年の間、気になることとあ何もねえと？〉

あれはどういう意味だったのだろう?

突然、七海の頭の中で閃(ひらめ)いたことがあった。

「なるほど……」

声に出してそう言った七海はひとり合点がゆくことがあった。

正木刑事は、熊坂さんの今のことより、過去のことに関心を寄せているのだ。

しかし、すぐにまた壁にぶつかった。

なぜ、過去のことを調べているのか、ということだ。

そのことと、奥さんが殺されたことと何か関係があるのか……。

頭の中で堂々巡りをしているうちに、車は「商人の町」の一本道に入っていた。

自宅近くの駐車場に車を駐めた七海は、五感をフル動員して、周囲を警戒しながら自宅へと急いで向かった。

そして最後の角を前にして思わず身を固くした。

三日前、ここで、正体不明の男が出現し、襲われたのだ。

七海は、目の前の角を遠巻きにするようにして体を移動させ、角を曲がり切ると一気に駆け出した。

家に辿り着いた七海は、鍵を開けて家に入ったと同時に、すぐに施錠した。

息を整えてから、七海はやっと靴を脱いで玄関を上がった。

「ただいま~」

七海は明るく家の中に声を掛けた。

だが返事がなかった。

いつもなら、のんびりとした母の声が返ってくる。

——お風呂かトイレなんやろか。

七海はそう気にもせず、居間に足を向けた。

格子戸を開けようとした、その手が止まった。

格子の隙間から、七海はふと居間を見通した。

母親が座っていた。

その前には、テーブルの上に広げられた新聞があった。

七海は目が釘付けになった。

母は口を手で被い、見開いた目で新聞を見つめている。

七海が驚いたのは、母のその形相が、これまで一度として見たことがない、恐ろしく歪んだものになっていることだった。

七海は気づいた。

母は涙を流していた。

そして、頬から一筋の涙が新聞に零れるのを見た。

だが母はそれを拭おうともしなかった。

七海は戸惑った。

声をかけてもいいものかどうか……。

小さい子供が親に虐待されて亡くなったとか、なにかかわいそうな記事でも読んでいるんだろう……。

「ただいまぁ」

七海がもう一度、声をかけた。

その時、母がとった行動は、七海が想像もしていなかったことだった。

母は、自分に顔を向けるより先に新聞を慌てて畳んだのだ。

「あっ、おかえりなさい」

そう返事をしただけで母は背中を向けた。

母が涙を拭ったことを七海は悟った。

「どうかした？」

七海は敢えて声をかけてみた。

「えっ、何が？」

母のその声は明らかに動揺していた。

「いや、いいん」

七海は、母の様子を探りながら適当に言った。

「お腹は？」

母が訊いた。でも背を向けたままだった。

「もうペコペコ」

七海は明るく言った。

「あっ、ちょっと待っちょって。ひんやりしてきたけん、上着、持って来るけん――」

母はそこからまるで逃げ出すようにして廊下へと足を向けた。

母が奥の部屋に入ったことを確認した七海はすぐに動いた。テーブルに駆け寄った七海は、折り畳まれた新聞を急いで広げた。

それは夕刊だった。

探していたページはすぐに見つかった。

母の涙の痕があったからだ。

そこは社会面だった。

七海は涙で濡れた部分に目を近づけた。

ある事件について書かれている記事があった。

〈男性、胸を刺され死亡　多摩川河川敷　殺人事件として捜査〉

物音がしたので、七海は慌てて新聞を元の位置に片付けてテーブルから離れた。

「急いで作るけん待っちょって」

戻ってきた母がそう言って、いつもの笑顔を向けた。

「ところで、今日、なんで食事もせずにこげえ遅うなったん？」

台所で料理の支度をしながら母が何気なく訊いた。

「実は……警察におったん……涼のところの……」

七海はたどたどしく言った。

「警察？」

冷蔵庫を開けた手を止めた母が急いで振り返った。

「なんで警察に？」

怪訝な表情で母が訊いた。

「言うちょらんかったけど……三日前の夜、帰宅しよった近くの道で、不審者がおったんやけんど、それを熊坂さんが追い払ってくれて……」

七海は、母を心配させたくなかったので、〝襲われた〟という言葉を使わずに説明した。

「不審者？　熊坂さん？」

母は驚きの声を上げた。

「それで、なし今日、警察に？　警察は七海に何を聞いちきたん？」

七海は驚いた。

母が矢継ぎ早に質問した。三日前の夜に自分が遭遇した出来事をなぜ隠していたの、と叱られると思っていたのがそうでないどころか、今日のことに強い関心を寄せているからだ。

「やけん……涼の上司にあたる正木って刑事さんが、その不審者のことや、熊坂さんのことについてアレコレ……」

七海は躊躇いがちに言った。

「熊坂さんのこと？　どげなこと？」

母は険しい表情で訊いた。

「なんか……昔のことを……」

七海は訝った。なぜ不審者のことより、熊坂さんのことを……？

「昔のこと？　具体的に何を？」

母は詰問口調で迫った。

七海は、母のその姿に困惑した。

どうしてそんなにまでして訊いてくるのか……。

「これまで熊坂さんと付き合うてきて、変やなぁ、妙やなぁ、って感じたことがなかったかと……」

七海は戸惑いながら答えた。

「七海はなんと言ったん？」

母は急いで聞いてきた。

「別に、何もないって言うたわ」

そんな母の姿に違和感を抱きながらも、七海はさっきの腹立たしさを思い出した。

母は視線を彷徨わせて、急に押し黙った。

「その正木って刑事さんがね、三日前の夜に私に起こったことを捜査するために私を呼んだと思ってたんやけど、結局、熊坂さんのことを聞きたかったんちゃ。やけん、私、頭に来てしもうて――」

「警察は熊坂さんの昔んことを……」

母は独り言のようにそう口にした。

「あんなぁ、これ私の勘なんやけんど、警察は、熊坂さんが、奥さんの久美さんを殺したと疑ってるようなん。やけん強い関心があるんやねえ?」

「あん人がそげなことするわけねえわ」

母は強い口調で言い切った。

七海は、母の、〝あん人〟というその言葉が引っ掛かった。

その言葉が、母と熊坂さんとの間に自分が知らない関係があることを想像させたからだ。

でもそんなことはあり得ない、とすぐに頭の中から拭い去った。

これまでの二人の姿からは、そんな関係があると感じたことは一度としてなかったからだ。

ただ、熊坂さんに警察が関心を持っていることに、なぜそんなに興味があるのか、それを母に聞くことがなぜかできなかった。

「まあ、そげなことより、お腹減っちょんのやろ? お支度するわ」

母に笑顔が戻った。

「それで、警察では涼さんも一緒におったん?」

冷蔵庫に首を突っ込みながら母が穏やかな口調で聞いた。

「う〜ん、そうなんやけど……」

七海は曖昧に言った。頭の中はさっきの記事のことで一杯だった。

「どうかしたん？」

母が訊いてきた。

「いや、別に……」

七海が口ごもった。

「なんか奥歯にモノが挟まったような感じやな」

「仕事のメッセージを急ぎ確認せな」

七海はそう言って廊下へ足を向けた。

「ご飯、すぐできるちゃ」

母が声をかけた。

「五分で戻ってくるけん」

それだけ言って七海は二階の自分の部屋に上がった。

パソコンを立ち上げた七海は、急いでグーグル検索で、さっきのニュースを探した。

ウチの新聞は地元の県紙だが、全国紙のデジタル版に同じ内容の記事を見つけた。

〈十月二十六日午前五時四十五分頃、東京都大田区の多摩川河川敷で、頭部を切断され胸から血を流した男性が倒れていると通行人が一一〇番通報した。頭部が発見できなかったことから警察は殺人事件と断定し、下丸子署に捜査本部を設置し捜査を開始した。殺されたのは、大田区に住む、会社員、真田和彦さん(64)。現場は、通称、多摩川ガス橋という名称で知られる多摩川に架かった橋の下で——〉

大きく息を吐き出した七海は椅子の背もたれに体を預けた。

——お母さんが涙しちょったんは、この記事のことやろうか……。

真田和彦……。

七海は記憶を辿った。

しかし、母の知り合いですぐに思いつく人物はいなかった。

七海は、思い出すためのヒントとなる情報をさらに得ようとして、他のニュースサイトでも同じ記事を探った。

でも、どの記事も内容はほとんど変わらなかった。

ふと、七海はあることに気づいた。

母と同じくらいの年齢であることだ。

——まさか、昔、お母さんが付き合っていた男性?

だが、七海は力なく頭を振った。

母は、ほとんどこの大分を出たことはない。旅行でも一度も出たことがないと言っているほどだ。

溜息をついた七海はパソコンを閉じ、一階へ戻ろうとした。

しかし、あることに気づいてバッグからスマートフォンを取り出した。

　涼から、きっと今日のことを謝るメッセージが入っているはずだ。

　そういう涼の細やかな優しさと、それに甘えてきた自分がいつもいて……だからこそ、二人はいつも新鮮で……。

　七海は、エッ？　という小さな驚きの声をあげた。

　涼からのメッセージは入っていなかった。

　七海は、冷たい風が体をすり抜けてゆく気がした。

　思い出せば、あの時からおかしかった。

　涼は、警察署から別府駅まで車で送ってくれたが、その間、終始無言で、最後も、気をつけて、と短い言葉を笑顔もなく投げかけるだけだった。

　しかし七海は苦笑した。

　自分たちはもはや、好きな相手の一挙一動にドキドキするような乙女や若者じゃない——。

　それでもモヤモヤした気分が残っていた七海は、それを払拭するように急いで階段を下って行った。

　台所に戻った七海は、真っ先に居間のテーブルに視線を向けた。

　——新聞がなおされている（片付けられている）……。

　だから？　と七海は自問した。

　それはほんの些細なことかもしれない……。

しかしそれでも七海は気になった。

音を立てて食卓の前に座った七海に気づいた母が振り返った。

「食事、もうできたで」

母が笑顔で言った。

七海は強い違和感を抱いた。

さっきまでの、いつもの母とはまったく違う、あの様子は何だったんだろうか……。

「それにしてん、夜になってんご飯食べさせんって、警察も、ちょっと酷いわな」

母が呆れた風に言った。

「まあ、それもそうやけど……」

七海が口ごもった。

「どうかしたん？　さっきも、涼さんのことでも、なんか言いたげやったけど？」

コンロからだんご汁の鍋を運んできた母が怪訝な表情を向けた。

「さっき言った正木刑事さん。本当に気に食わんちゃ。それにその刑事さんにペコペコする涼にも——」

七海がそう言って口を尖らした。

「気に食わん？」

「とにかく横暴なんや！」

七海が吐き捨てるように言った。

「でも、もう行かんでんいいんやろ？」

七海の前の器を手にした母が、鍋からモチのような団子や椎茸を盛りつけた。

「呼ばれても、ぜったいに行かん」

七海が言い切った。

「で、涼さんと何かあったん？」

大きく息を吸い込んだ七海は、

「いただきまぁす」

とだけ言って箸を手にした。

「あら」

母が笑った。

食事をしながらも、七海はやはりずっとわだかまりを抱いたままだった。

さっきまでは、私が警察に行ったことをあれだけ気にしていたのに、いざ食事が始まると、母はそのことを一切聞かなくなった。

近所で起こったこと、聞いたことなど、たわいもない話をずっと続けている。

それも笑顔さえ見せているのだ。

七海が最もわだかまりを持ったのは、母が無理に笑顔を作っている、そう感じたことだ。

そして七海は、その言葉を母にぶつけてみたい、という衝動に駆られた。

――東京で殺された、真田和彦ちゅう人、お母さんの昔の知り合い？

だが、七海はできなかった。

母が、そのことを隠そうとしていることはもはや明らかだと悟ったからだ。隠そうとしているということは、自分の娘にも触れられたくないものがある、ということだ。

そんな母の気持ちを無理矢理に壊したくない、と七海は思った。

ただ、その時、思ってもみないことが頭の中に浮かんだ。

――そう言えば、母は、熊坂さんのことについていつも曖昧なことばかり言ってきた……。

例えば、熊坂さんの奥さん、久美さんが亡くなった後、熊坂さんとの付き合いが始まった頃のことをしつこく聞いた時のことだ。

母は曖昧な返事をした後でこう口にした。

〝熊坂さんのことはよう知らんのちゃ。お父さんも、熊坂さんのことをいっぺんも詳しく話したことなかったし……〟

熊坂さんとのことも、七海は喉から出かかった。

しかしそれにしても七海は結局、そうしようとは思わなかった。

母とのこの時間を大事にしたかったからだ。

重苦しい雰囲気を作りたくなかった。

そんな思いに浸ったのには理由があった。

最近、母がやけに痩せてきたことを七海は心配していたからだ。

しかも、足のむくみが最近酷くなって……と口にすることが多くなってきたこともまた気になっていた。

「病院に行ってきちんと検査してみよ」

と七海は、ここ最近、何度もそう言ってきた。

だが母はその都度、

「分かった。ちゃんと行くけん」

と言うばかりでなかなか病院へ足をむけようとはしない。

風邪もめったにひかないし、根っから健康には自信がある母のことである。

大病を患っているとは七海は思わなかった。

しかし、六十二歳になった母も、持病があってもおかしくない。

だから、ちょっとでも長生きしてもらうためには、今からこそ、ケアして欲しい、と思っていた。

──ひ孫の世話もバリバリやらせてもらうから。

それが母の口癖だった。

食事を終えて自分の部屋に戻った七海は、パソコンを立ち上げ、グーグルで〝真田和彦〟の名前を検索してみた。

だが、七海はすぐに溜息をつくことになった。

ヒットしたのは、さっき見た事件に関するニュースばかりで、内容はどれも同じだった。

その他には、同窓会の名簿などのサイトで同姓同名の記述があったが、どう考えても別人だった。

ベッドの上に仰向けに転がった七海は、天井を見つめながら母のことを考えてみた。

父が亡くなって二十年もの間、女手ひとつで自分を育ててくれた母。

自分は、母のすべてを知らないにしても、誠実という言葉があてはまる女性であることは確かである。

自分に対しても常に優しく見守ってくれ、時には厳しく叱ってくれた母。自分の人生の中で、母に一番感謝しているのは、中学時代に同級生からイジメにあった時のことだ。

母には言えなかったが、実は、自殺まで考えたことがあった。

しかし母は、そんな自分の悩みを見抜いていた。

学校から帰ってすぐに自分の部屋に閉じこもっていた時、仕事から帰ってきた母は電気を点けていない私の部屋のドアの前でこう言ってくれた。

「引っ越していいんで。七海ん思い通りにすりゃいいけん」

その言葉で私は救われた。

すべてが吹っ切れたのだ。

今でも母への気持ちは、信頼、尊敬という言葉しか思い浮かばない。

だからこそ、わだかまりを引き摺っているのだ。

——真田和彦ちゅう人物に、母は何を思うちょんのやろ……。

その時だった。

外から車のエンジン音が聞こえた。

咄嗟に立ち上がった七海は窓へ駆け寄った。

カーテンを急いで開けた七海は、その光景がはっきりと目に入った。

一台の乗用車がゆっくりと発進してゆく。

「十日夜月（とおかんやのつき）」に照らされた車のナンバープレートがくっきりと見えた。

――5567！

二日前、ここから見つめた、あの不審車と同じだ、と七海は確信した。

10月27日　火曜　別府中央署

自分の布団を急いで畳んだ涼は、屈伸運動をしている正木の元へ駆け寄った。

「正木主任、熊坂洋平の両手のことは――」

「昨晩寝ずにワシなりの結論をつけた。メシ喰うたら係長に話す」

正木がそう応えた時、

「ちょうどいい」

という声が聞こえた。

振り向くと植野係長が立っており、二人を廊下へと呼び出した。

「主任が依頼していた、真田和彦についての本部警備部への照会に対する回答は、『真田和彦は、四年前まで警備部に在籍していた』――以上だ」

「はっ？　いったいどげなことです？」

植野係長は、正木と涼を屋上に連れていった。

屋上に足を踏み入れた途端、植野係長が振り返った。

「いつもん通り、訳のわからん奴らだ」

植野係長が吐き捨てるように言った。

「しかし、東京での殺人事件の被害者、真田和彦に関する警視庁からの在籍照会に対し、本部は、『警備部に在籍』ちゅう回答しかしなかったのはともかく、同じ県警の、いわば身内に対しちも門前払いん回答とはね――」

正木が表情も変えずに続けた。

「警部、こげなこつが許さるることですか？」

正木の態度に煮え切らなさを感じた涼が堪らず言った。

「参事官から聞いてもろうたにぃ、どうかしちょんよ、あいつら。警備やら公安やら本当に虫がすかん」

そう言って顔を歪めた植野係長はさらに続けた。

「でもマサさん、ウチんヤマと、警視庁が捜査しているそん真田和彦殺害事件とが、どこかで繫がっちょん、そりゃねえんやろう？」

「まあ、そうですが……」

正木が言い淀んだ。

「なら、なし（なぜ）そげえ気になるんです？」

植野係長が聞いた。

「まあ、仰る意味は……」

「熊坂洋平には、尋常じゃない事実があることがわかったからです」

そう口を挟んだのは涼だった。

「尋常じゃない事実？」

植野が訝った。

「熊坂は、自分の両手の全指紋だけでなく掌紋も消しています」

正木が言った。

「なんだって……」

植野が目を見開いた。

「ですから、熊坂洋平に注目せざるを得ん」

正木が語気強く言った。

「さっきここに着いて会議室でまっちょる警視庁の奴らは、ガイシャの大分県警警備部での過去の仕事を調べるだけでなく、熊坂洋平から聴取するために来たんです。熊坂は我々のタマであり、外から触られるのはいい気がしません。ゆえに我々も知っちょく必要があります」

「わかりました。しかし、いつ会わせるんです？　課長からも捜査共助からも、はよう便宜図っちゃれ、と――」

「お聞きになっていませんか？　会議室でお待ちいただいています」

「そうか、良かった」

植野係長は素直に安堵の表情を浮かべた。

「まっ、とにかく、警視庁への対応ははよう終わらせち、本件捜査に集中しようやんか」

植野係長が真顔で言った。

正木が会議室に足を踏み入れると、二人の男が椅子から立ち上がった。

「警視庁の萩原警部補です」

鼻筋の通った男がそう言って名刺を差し出した。

「同じく砂川巡査部長です」

目を輝かせた若い男が頭を下げてから名刺を交換した。

正木が二人に座るよう促した後、腰を落とした萩原は待ち侘びたように身を乗り出した。

「さっそくですが、熊坂洋平は、今、どちらに？」

「調べ中です」

正木が平然とした表情であっさり即答した。

「ついては、そちらが終われば、我々も同席させて頂きたくお願いいたします」

萩原が頭を下げた。

「熊坂洋平につきましては、今、集中的に調べに入っています。明日、こちらから連絡を入れさせて頂きますのでお待ちください。今日は別府の湯につかっち、明日からの鋭気を養うち頂けりゃー」

口を開きかけた萩原に正木が先んじて言った。

「連絡のつく電話番号を教えてください」

正木はにこやかな表情を警視庁の二人に向けていた。


調べ室に戻った正木と涼が完全黙秘を相変わらず続ける熊坂と再び向かい合ってから一時間後、ドアがノックされて、捜査本部の刑事が少しだけ顔を晒し、目配せで涼を呼びつけた。

捜査本部の刑事が去ってゆくと、涼は正木を廊下に連れ出した。

「マズイですよ」

涼が困惑の表情を浮かべた。

「何がだ？」

正木はとぼけている風だった。

「何がっち、警視庁の刑事たちへの対応ですよ」

「今頃、どっかをうろついているわ」

正木は取り合わなかった。

「それが別の部屋でまだ待っているんです」

正木が溜息をついた。

「ほっちょけ（ほっとけ）」

正木は平然と言ってのけた。

「それこそヤバイですよ。署長や植野警部の顔を潰すことになります」

涼が慌てた。

しばらく思案していた正木が尋ねた。

「で、警視庁の奴らはどきおる（どこにいる）？」

正木が訊いた。

「第一会議室に――」

涼が廊下の隅へちらっと視線をやりながら答えてからつづけた。

「どうします？　こんままじゃ一晩でもそこにいる雰囲気ですよ」

正木は溜息を吐き出した。

「なら、呼んじ（呼んで）来てくれ」

頷いた涼は会議室へと急いで向かった。

涼が隣へ視線をやると、コの字型の机の反対側に座る警視庁の二人の刑事に、正木は相変わらず笑顔を向けていた。

背筋を伸ばし鋭い眼光を向ける警視庁の刑事たちとは比べものにならなかった。

「今、熊坂洋平の経歴に不審な点があると仰いましたが、詳しく教えてください」

萩原が厳しい表情のまま尋ねた。

「今、ここん（こちらの）調べ室で、熊坂洋平と名乗りよん男は、こん世には存在せん——」

目を見開いた萩原は頷いただけでその先を促した。

「公的に、自らを証明できる資料も登録もないんです」

涼が引き継いだ。

「戸籍や住民票は？」

砂川が厳しい目を涼に向けた。

「偽造されたものが登録されている可能性が高いです」

「矛盾がありますね。店を経営していたとなると、そんな状態ならば、役所が黙ってないでしょう？」

砂川は納得できない風で涼を睨み付けた。

「あらゆるものが妻名義で、妻がすべて対応してきました。もちろん——」

「しかしね君——」

砂川が涼を問い詰めようとしたのを正木が遮った。

「まあまあ」

「熊坂にも聞きましたが黙秘しております」

「〝自称〟熊坂洋平にも、妻が亡くなったら、店はやっちゆけんごつなるんやねえんかと、もちろん聞きました。しかし、黙秘です。というか、雑談には少しだけ応じるだけで、すべて完全黙秘です」

大きく息を吐き出した萩原は、砂川と顔を見合わせてから正木へ視線を送った。

「では、さっそく、熊坂洋平に会わせてください」

「我々も立ち会わせて頂きます。よろしいですね？」

「こちらは構いません」

警視庁の萩原は即答した。

萩原は、納得できない風のまま後ろからついてきた砂川に目配せし調べ室のドアを開けた。

熊坂洋平の前に座ったのは萩原で、砂川はその傍らに立って見下ろす格好となった。

正木と涼は、ドアの近くで仁王立ちして様子を見守った。

涼は極度の緊張状態の中にあった。

警視庁の刑事たちはどのような情報を持ってきたのか、そのことに大いに期待したし、身構えてもいた。

「警視庁の萩原警部補です。よろしく」

萩原は、熊坂に向かって右手を差し出した。

視線を彷徨わせるだけで熊坂は手を伸ばさなかった。

右手を引っ込めた萩原は、表情ひとつ変えずに熊坂を見据えた。

「今回、大分県警さんのご厚意により、私たちがあなたから、参考人としてお聞きしたいことがあります」

そう言った萩原は、上着の内ポケットから一枚の写真を取りだして熊坂の前にそっと置いた。

「真田和彦が昨日、東京で遺体で発見されたことはご存じですね？」

萩原が投げかけた言葉に、熊坂は何の反応も示さなかった。

だが萩原は躊躇せず、次の質問を投げかけた。

「今月の二日、真田さんがあなたの店に電話をかけて以降、何度か連絡をとっている。それらはどんな用件だったんだ？」

萩原は、熊坂を観察するような雰囲気で見つめた。

涼は驚いた。

〝昼行灯（あんどん）〟の正木の雰囲気とは真逆だからだ。

――これこそ刑事だ！

涼は萩原に羨望の眼差しを向けた。

「それだけじゃない。真田が殺害される前日の十月二十一日、あなたは、真田と会っている。それも杵築で――」

萩原が身を乗り出した。

「その時、何を話した？」

萩原が迫った。

だが熊坂は応えなかった。

「真田とはどのような知り合いなんだ？」

萩原が質問を変えた。

それでも熊坂は口を開こうとはしなかった。

「我々は、当初、あなたが真田さんを殺害したのではないか、と疑った――」

驚いた涼は声が出そうになった。

正木が涼の上着を摑んで押し止めた。

「しかし、それは物理的に無理だと分かった」

萩原がさらに続けた。

「ただ、真田が殺された理由は、あなたと真田との関係に結びついている、我々はそう判断している」

萩原は身を乗り出した。

「真田は、さぞかし無念であっただろう。彼の奥さんの悲しみようも尋常ではない。あなたはそれを分かっていながら協力しようとしないのか？」

その時だった。

熊坂が突然、ガクンと項垂れた。

「あなたは、真田さんの妻、恭子さんもよくご存じだね？」

萩原が急いで言った。

俯いたままの熊坂の口がゆっくりと開いた。

「奴は、自分の命と引き替えに妻を守った」

「何だ？ もう一度――」

身を乗り出した萩原が尋ねた。

「わしは……自分の妻を……守れんかった……」

突然、熊坂が椅子から床にへたり込んだ。

涼が、熊坂の体を抱えて椅子に座らせた時、その体の熱さを感じた。

「主任、熊坂さん、具合が悪そうです」

そう言って涼は熊坂の額に手をやった。

「相当、熱があるようです」

涼のその言葉に正木も同じことをしてみた。

「今日はこれで終わりとする。よろしいな？」

正木が萩原へ同意を求めた。

萩原は渋々といった風に頷いた。

「家まで送ろう。そん後、ワシとお前さんで周辺での聞き込みをする」

正木が涼に向かって小声で言った。

頷いた涼が熊坂を抱きかかえた時、調べ室のドアがノックされた。

ドアが開いて、顔を出した捜査本部の刑事が正木を手招きで呼んだ。

戻ってきた正木が熊坂を抱える涼に声をかけた。

「さっそく行ってくれ。後から追っかける」

涼にそう言った正木は会議室へと戻って行った。


厳しい表情で会議室に足を踏み入れた正木は、しばらく黙って萩原を見据えた。

「提案があります」

萩原が言った。

「どうぞ」

正木が促した。

「お互い、手の内を明かしませんか？」

萩原は正木の反応を窺いながら続けた。

「所詮、組織どうしでは羽織袴を着て、みたいな対応しかできないでしょう。せめて我々とあなた方とだけでも――。いかがですか？」

しばらく萩原を真顔で見つめていた正木は、微笑を作って頷いた。

「いいでしょう」

「さっそく――」

萩原は砂川に指示し、一枚の紙をバッグから取り出させると正木の前に滑らした。

「我が方のヤマの事件概要書です」

「ではこちらも」

正木は一旦、その場を離れて捜査本部に戻ってから再び会議室に現れた。

「こちらの事件です」

正木は熊坂久美殺害事件の事件概要書を萩原に手渡した。

三人の刑事たちはそれぞれ受け取った事件概要書をしばらく黙って見つめていた。

正木の視線は添付された真田和彦の顔写真に真っ先にいった。

六十四歳とは思えない容貌で、髪の毛も黒くふさふさしている。

「まず、私どもから説明いたします。昨夜、電話でもお話ししましたが、我々が、そもそも熊坂洋平に関心を寄せたキッカケは、真田和彦名義の携帯電話の発信記録に、熊坂が営むパン店へ架電があったことからです」

萩原はそこまで説明した後、砂川に目配せした。

「さらに、その他の発信相手が、携帯電話の電話帳に載っている都内に住む知人、友人ばかりであるのに、それだけは、遠く離れた大分県杵築市内に住む相手だった事実に大きな違和感を抱きました」

砂川が説明したことを萩原がさらに引き継いだ。

「しかもその架電が特異なことに注目しました。それまで少なくとも一年間はまったく熊坂への発信記録がなかったのに、真田が殺害される二十日前の十月二日から突然始まり、亡くなる前日の二十一日まで計十回も行われた点です」

萩原は滑舌（かつぜつ）良く説明してさらに続けた。

「そして、真田の自宅での調査で、真田の書斎に杵築へ行ったことを窺わせる書き込みがあり、そこからさらに空港の防犯カメラをあたったところ、今から六日前の十月二十一日ですが、羽田発が午前九時四十五分の便の搭乗口前に並ぶ旅客の中に、真田と似寄り（似ている）の人物がいたのです。さらに目下、捜査を進めていますが、同便には真田の名前がなかったことから偽名を使って搭乗していたとの見立てをしています」

「偽名で？」

「そうしなければならない理由があったということです」

萩原が押し殺した声で言った。

「その真田が杵築へ向かったとして大分空港からの交通手段は？」

正木が訊いた。

「昨夜のうちに空港に支店があるレンタカー会社やタクシー会社にもあたりましたがいずれもナシ。バスを使ったようです」

硬い表情を崩さないままの砂川が説明した。

「では、真田和彦が確実に杵築へ足を運び、熊坂と会ったという確証はない、そういうことですね」

正木は表情を変えずに言った。

「いえ、厳密に言えばそういうことですが……」

萩原は戸惑った表情で砂川と顔を見合わせた。

「こちらからもお伺いしたいのですが、熊坂洋平の携帯電話や店の電話の記録はすでに？」

そう急いで聞いたのは萩原だった。

「もちろん」

正木が頷いてから続けた。

「熊坂が使用しちょんのは、久美名義ですが、あらためて確認しましたが、いずれにしてん、真田への架電はありません」

「そうですか──」

萩原が頷いた。

「真田和彦の妻は……これによれば、恭子、ですか――」

話題を変えた正木は、警視庁の事件概要書に目を落としながら言った。

「こん恭子は、杵築へ行ったことについち、何ち言ってるんです？」

正木が尋ねた。

「夫は家にいたと否定しています」

萩原が続けた。

「しかも、熊坂洋平については何も分からないし、夫からもその名を聞かされたこともないと。真田が熊坂洋平に頻繁に電話をしていた理由についても思い当たることはない――いずれも全面否定です」

「さらに言えば――」

砂川が引き継いだ。

「恭子は、真田が四年前に大分県警を定年退職したことは認め、その時、彼女の実家であって空き家だった今の家に引っ越したと言っています」

「恭子は、夫がどこに所属していたと？」

今度は正木が訊いた。

「詳しくは知らないと言っています。警備部に属していたことも含めてです」

硬い言葉で砂川が答えた。

「そちらでもお調べになったんですね？」

そう聞いた萩原が眉を上げて正木を見つめた。

「そちらでもお感じになられたと同じ無力感に包まれています」

正木が苦笑した。

「ところで、こちらからもう一つ」

萩原が砂川に頷いてみせた。

砂川は、胸ポケットから白い封筒を取り出し、中から二枚の写真を抜き取って正木の前に差し出した。

正木はまず一枚の写真を手に取った。

＜○○○⧗△大

「真田宅の書斎の本棚に差し込まれていた封筒の中にあった『紙片』を複写したものです」

萩原の説明に、

「何かの暗号か符号ですか？」

と正木が訊いた。

萩原は力なく首を振った。

「いろいろ調べてはみたんですが皆目――」

正木はもう一枚の写真を顔の前に掲げた。

「我々が関心を寄せたのは、その封筒です。中にはこの『紙片』しか入っておらず、宛先にはその通り、新聞記事から切り取ったような文字が貼られ、差し出し人は書いてありませんでした。ちなみに複数の指紋が検出されましたが、該当者は見つかっていません」

正木は、自分のスマートフォンでそれらを接写し始めた。

その姿を見つめながら萩原が身を乗り出して口を開いた。

「正木さん、これはまだ推察の段階ですが、そちらの殺人事件と、こちらの事件とは、深い根っこの部分が繋がってるような感じがするんです」

「根っこの部分？」

正木がそう関心もなさそうに呟いた。

その時、真田殺害の事件概要書に目を落としていた正木が小さな驚きの声を口にした。

「どうかしましたか？」

萩原が訝った。

「ここに貼られちょる真田和彦の写真ですが、こん熊坂久美殺しん捜査で、殺される三日前、つまり十月二十一日、熊坂の店先で近所の人が目撃しちょった男の似顔絵とよく似ちょんのです」

「本当ですか！」

砂川が勢い込んで聞いた。

「はい。その目撃された男は、熊坂の店の中で、熊坂洋平とその妻である久美と握手を交わし抱擁しあっちょったちゅうんです」

正木が淡々とした表情のまま説明した。

「ありがとうございます！　やっぱり杵築に来て熊坂と会っていた！」

萩原が目を輝かせた。

「ただ、それが何を意味するか……」

正木が独り言のように言った。

それに応える者は誰もいなかった。

杵築市　文化教育会館

「『しめ縄』などの『縁起物』は、右から左斜めの『左縄』に捻ります。『円座』よりも太めに仕上げますので、捻る作業はなかなか力がいるんです」

七海は縄状にした七島藺を強く引っ張った。

「しかも〝捻る〟と言っても、ただ捻るんではなくて、引っ張りながら捻ります。ですから力がいるんです。かなり捻らないと緩くなって格好が悪くなりますので注意です」

ワークショップが終わりかけた時、質問を受けた七海が答えた。

「七島藺工芸の楽しみですか？　そうですね。育てる楽しみ、それでしょうか——」

塾生たちが感心するように大きく頷いている。

「また、編んだり縫ったりして仕上がったら達成感がある。それこそ最高の気分です」

七海はそう語りながら、今日は、田辺の姿を視界の隅で捉えていた。田辺は、十四人ほどの塾生の一番後ろで自分をじっと見つめている。

「でも、ここで秘密をひとつ。ワークショップで作られたり、ショップで買って頂いた方も、最初、七島藺工芸品は、黄緑色をしています。それが約一年間。しかし、年々、色が抜けていって、ベージュ色となって、最終的には飴色になってツヤが出てくるんです。ですから、年々、変化してゆく楽しみを味わえるわけです」

「それ楽しみね！」

中年の女性たちが歓声を上げた。

「七島藺工芸品は数十年と持ちます。しかしそのためには、ご自分での育て方、いたわり方、それ次第ですので——」

七海は最後に、正月やクリスマスでの飾り付け品や、縁起物として飾られる作品をパワーポイントで映写スクリーンに映し出して七島藺工芸の魅力を紹介した。

「これは、私の新作です。鳳凰の縁起物です」

鮮やかなデコレーションをした七島藺工芸に自分でも惚れ惚れした。

——お父さんがもし生きていたら褒めてくれたかな……。

目頭が熱くなった七海は慌てて次のページへと移行した。

ワークショップが終わった時、七海は片付けをするよりも先に駐車場へ向かった。あの田辺という男は、今日は北九州市から車で来た、というような話をしていたのを休憩時間に耳にしたからだ。

七海は、建物の柱の陰からじっと見つめた。

田辺が建物から出てきて、駐車場へ向かった。そして一台の黒っぽいミニバンの後部座席のドアを開けて上着をそこへ放り込んだ。

七海の目はそこへ吸い寄せられた。

――黒い車！　ナンバープレート５５６７！　間違いない！

昨夜、不審者が運転して自宅の前から発進した車と同じ番号だ！

その他の記号までは覚えていないが、こんな偶然はあり得ない、と七海は確信した。

七海は決意した。

運転席のドアを開けた田辺の背後に立った。

「危ないだろ！　あっ、波田野（はたの）先生……」

田辺が驚いた表情で言った。

「ちょっとお話があるんです」

七海が硬い口調で声を掛けた。

訝る表情を浮かべる田辺に、

「ついてきてください」

とだけ言った七海は先に歩き出して文化教育会館に戻った。

誰かに見られて変な噂でも立てられたらたまらないと思っての七海の行動だった。

玄関から入って二階へ上がる階段の踊り場で七海は振り返った。

「先生、いったいどうしたっていうんです？」

田辺の言葉に、動揺の色があることに七海は気づいた。

振り返った七海が言い放った。

「なぜ、私の自宅を覗いていたんです？」

七海はそう言ってから後悔した。

もっとストレートに言うべきだったと。

「覗いた？」

田辺が怪訝な表情を向けた。

「ええ。昨夜、あなたが乗られた車が私の自宅前から発進しました。ナンバーをはっきり見たんです！」

「ちょ、ちょっと待ってよ」

田辺が苦笑する表情を向けた。

「何のこと？　私がなして、七海さんの自宅へ行く必要がある？」

七海はゾッとした。田辺が自分の下の名前を呼んだのだ。そんな風に声をかける塾生は一人もいないのに――。

七海はすべてをぶちまける覚悟ができた。

そうでもしないと絶対に後悔すると思ったからだ。

「それに、四日前の夜、帰宅途中の私を襲った――」

「襲う？　いったい何のことを……」

田辺は困惑の表情を浮かべた。

「駐車場で車を降りた私は自宅へ向かった、その直後、あなたは私に襲いかかった。でも、知人が私を救ってくれて――」

その時、頭の中になぜかそのことが浮かんだ。

――もしかして、田辺は、そのとき、妨害した熊坂さんを逆恨みし、そして自宅に押しかけて、たまたまそこにいた奥さんの久美さんを……。

「まったく身に覚えがなか！」

気色ばんで田辺は声をあげた。

「それだけじゃない。その次の夜、あなたは、私の家をこっそり見つめていた」

七海が言い切った。

「先生！」

田辺が近づいて来た。

七海は咄嗟に田辺との距離をとった。

「いったいどういうおつもりなんですか！」

そう言って七海は田辺を睨み付けた。

「たいがいにしてくれ！」

そう声を上げた田辺がさらに続けた。

「さっきからいったいどげんしたんです？　まるで私がストーカーだと、そう仰っとぉな……」

「そうです。あなたはストーカーです。しかも極めて悪質な――」

田辺の言葉を遮った七海は、もう後戻りはできないと最後の覚悟を決めてそう言い切った。

「バカバカしか！」

田辺が吐き捨てた。

「この件は、大事（おおごと）にはしません。ですから、もう付きまとうのは止めてください！」

それだけ言った七海は駐車場に駐めた自分の車へと足を向けた。

「ふざけるな！　名誉毀損で訴えてやる！」

田辺の怒声が背中に浴びせ掛けられた。

しかし七海は振り返ることはなく足を速めた。

七海には分かっていた。

足が速くなった理由が田辺から逃れるためだけではないことを。

田辺の本当の恐ろしさに自分はまだ気づいていない、という恐怖心から逃れるためでもあった。

七海は、スマートフォンを取り出すと、涼にメッセージを送った。

日中は連絡をもらっても返信できないことがほとんどだ、と言われてはいたが、それでもいい、この窮状を一刻も早く伝えたかった。

冒頭、昨日は、別府中央署で大人げない態度を取ったことを謝った上で、田辺のことを伝えた。

だが、七海は遅かった。

そのことに気づくのが遅かった。

駆け出してくる靴音に、七海は身が竦んで足が止まった。

咄嗟に背後を振り返った七海の瞳に映ったのは、鬼のような形相をした田辺の顔だった。

別府市内

後部座席に熊坂を横たわらせて車を出発させて、杵築方面へと直結する海沿いの片側二車線の国道10号線に入った涼は、信号待ちの時、スマートフォンにメッセージが入ったことを知らせる点滅があることに気づいた。

日中は、そのメッセージは見ないことに決めていたが、もし妹からだとしたらその着信は気になった。

最近、日田市（別府市から西へ約八十キロ）で暮らしている母親が足の指を骨折し、その世話を、近所に住んでいる妹に任せっきりにしていたことを涼は思い出した。骨折くらいでどうにかなるということがないことは分かっていたが、もし何かあったのなら、後になって妹から不満を並べ立てられるのも嫌だった。

だから返信はしないが見るだけは見よう、と思った涼は、目先にある別府郵便局の駐車場に入って一旦停車した。

腕時計へちらっと視線をやってからメッセージアプリを起動させた。

涼は驚いた。

メッセージは七海からだった。

昨日は、何か気まずい雰囲気となって、ついつい自分もメッセージを送ることを躊躇した。だから今晩にでも様子伺いの連絡をしようと思っていたのだ。

――読むだけや。

そう自分に言い聞かせてメッセージを開いた。

《男に突き落とされて病院へ向かう。でも大丈夫だから》

涼の体が固まった。

息を止めたまま三回、短い文面を読み返した。

ハッとした涼は、自分が今、何をすべきか、というよりも、何ができるか、を必死に考えた。

熊坂を放ったらかして七海の元へ駆けつけることは絶対にできないからだ。

涼は急いで正木のスマートフォンを呼び出した。

「どげえした？」

正木がすぐに聞いてきた。

「七海、いや波田野七海から、男に突き落とされた、と今、連絡があったんです！」

「男？　誰だ？」

「それはなにも――」

「分かった。オレが対応する。お前さんはとにかく熊坂洋平をみていろ」

正木がいつにない真剣な調子で言った。

別府総合病院

無線を終えた三十歳前後の警察官が緊張した表情でメモ帳を片手に尋ねた。

「あなたを突き落とした、そん田辺ちゅう男の勤務先や自宅の住所を知ってますか？」

「ちょっと待ってください」

そう答えた七海が、近くのカゴに入った自分のバッグを取ろうと、救急外来の処置室のベッドの上から半身を起こした時、手摺りに右足の甲が触れて酷い痛みが走り顔を激しく歪めた。

「無理をしなくていいから――」

目の前の丸椅子に座る、五十がらみの制服警察官が心配そうな表情で声をかけた。

「それにしても、さっきも先生が言ってたけど、骨折も靭帯の損傷もねえ、足の捻挫だけで済んだんは幸運としか言いようがねえ」

年配の制服警察官が七海の足の包帯を気にしながらそう続けた。

「お騒がせしてすみません」

七海は小さな声で謝った。

「謝らなくていいよ。あんたは被害者なんだから――」

年配の制服警察官がそう言って笑顔をみせた。

「今回んごと（のように）、十段以上も階段転がったら、もし打ち所が悪けりゃ命を落とすことも考えられました。明らかに事件です。そうです、事件です」

若い方の制服警察官が自分で何度も頷いた。

「これが田辺さんの勤務先の連絡先と住所です」

七海が差し出したスマートフォンの中の住所録を、若い制服警察官が急いで書き留めた。

「顔写真のようなものはありませんか？」

年配の制服警察官が尋ねた。

七海は、スマートフォンの中から、ワークショップで写した集合写真のうち、そこに写った田辺の顔を拡大させてから、その画面を二人の警察官の前に差し出した。

若い制服警察官が自分のスマートフォンで複写した。

「まもなく、別府中央署から捜査員が到着します。あらためて事情をお聞きすることになりますので――」

年配の警察官がそう説明した後、二人の警察官は無線の連絡を始めながら処置室を出て行った。

大きく息を吐き出してベッドに頭を戻した七海は、その時のことをもう一度、思い出そうとした。

しかし、余りよくは覚えていない、というのが正直なところだった。

背後からの強烈な力でバランスを崩して階段を滑り落ちていったことだけは鮮明に覚えている。

だが、さっきは警察官たちにそうは言ってみたものの、顔ははっきりと見たが、それが本当に田辺だと識別できたわけではないことに今更ながら気づいた。

可能性としては、あの時、あそこにいたのは田辺だけなので、疑う余地はない、というしかないのだ……。

それにしても……。

田辺が、やはりストーカーであり、四日前の夜に自分を襲ったのもやはり彼だったとは……。

七海の頭の中でもう一つの記憶が蘇った。

田辺が襲いかかってきた時の、あの凄まじいまでの醜い形相――。

恐怖に苛(さいな)まれた七海は歯を食いしばった。

その時、脳裡に父の姿とその言葉が浮かんだ。それもまた三ヵ月前に見つけた記憶だった。

それは、自転車の補助輪を外した後、練習で膝を擦り剥いて泣きべそをかいた時のことだ。

〈七海ちゃん、どげえ辛えことがあってん、こんな風に歯を食いしばる。そう奥歯にぎゅっと力を入れるんや。そうそう。そうすりゃ、痛みもすぐに消ゆるけん〉

――こんな状況に負けてはいけん！

ショックで、心的トラウマなんて、自分には関係がない！

――空からお父さんが見守っちょってくれちょん。

七海は、突然、そのことを思い出し処置室の衣類入れの中に置いていた自分のバッグへ慌てて手を伸ばした。文化教育会館でのワークショップの後に勤務する予定だった大原邸にまだ電話をしていないので、無断欠勤となってしまっているはずだった。

「あっ、真弓さん？　ごめんなさい！　ちょっと階段を転げて足を怪我してしまって病院に急いで来たけん、連絡できなかったんです。本当にごめんなさい！」

　七海は必死で謝った。

「男とホテルに泊まっち寝過ごしたんかち思うちょったっちゃ」

　大原邸で一緒に働く高橋真弓がニヤついている雰囲気を七海は感じた。

　彼女らしい、と思ったが、七海はとにかく謝るしかなかった。

「それで、足を怪我って、酷いん？」

　さすがに真弓も心配そうな口調で訊いてきた。

「足を挫いちゃって歩けんで――」

　七海は慎重に言葉を選びながら言った。余計なことを言うと、真弓が機関銃のように質問を浴びせてくることが簡単に想像できたからだ。

「じゃあ今日は休みやなぁ」

　真弓の物わかりのいいところが好きだった。

「真弓さんには、ご負担をかけてすみません」

「心配せんでいいっちゃ。今日は団体客の予定も入っちょらんしね。軽い、軽い――」

　真弓はあっけらかんとした雰囲気で続けた。

「それで、観光協会ん方には私が言うちょけばいいよね？　誰かオヤジがちょっとでも難癖つけたらぶっ飛ばしてやるわ」

「申し訳ありません、真弓さん」

「お互い様やろ。気にすんな」

女優の井川遥似の美人である真弓からは、こんな男勝りな雰囲気はいつもながら想像できなかった。

「お大事にね」という真弓の最後の言葉を聞いてちょうど通話を終えた時、七海は急に涼のことを思い出した。

救急車の中からメッセージを送ってしまったことを七海は、実は後悔していた。彼の仕事中に送って困らせることになることを考えず、衝動的になったことが自分でも恥ずかしかった。

ただ、それにしても、まったく返信がないこともまたそれはそれで――。

「波田野さん、いらっしゃるかえ？」

突然、処置室のカーテンが開いた。

顔を出したのは、髪の毛の薄い五十がらみの男と、アラサー風の黒いパンツスーツ姿の女性だった。

七海がぎこちなく頷くと、黒っぽいスーツ姿の二人の男女は揃って警察手帳を広げて見せた。

杵築市　ふるさと産業館前

涼が座る運転席の窓をこづく音とともに正木が顔を出した。

慌てて車から出た涼に、

「熊坂はしゃあねえんか？」

と神妙な表情で真っ先にそのことを聞いてきた。

「はい。熊坂の自宅に、家族ぐるみの付き合いをしているという酒屋の主人がいて、面倒をみてくれるようお願いしておきました。熱も下がっているようでした」

涼の報告に満足そうに頷いてから正木は笑顔を見せた。

「七海さんは無事や。今しがた別府中央署の次長から聞いた」

「ありがとうございます。自分もさきほど、刑事課の同僚から教えてもらいました。捻挫で全治十日間ちゅうことでした」

涼は深々と頭を下げた。

「彼女のところへ行かせられなかったんは堪えちくりい」

正木が言った。

「いえ、これが自分の仕事です」

「彼女に電話したんか？」

正木が尋ねた。

「いえ、それは後でもできます。それより、突き落としたという、田辺についてですが、どうも妙なんです」

「妙？」

「刑事課が、北九州市内の勤務先とされる電話番号に何度かけても誰も出ないので住所からネットのマップで探したところ、朽ちかけた二階建てのビルがそこにあり、一階は錆び付いたシャッターだけがあって廃屋にも見えるらしいんです」

正木が腕組みをして首を捻った。

「とにかく、署の刑事課の連中が向かっています」

涼が説明した。

「もしいなかったら、傷害容疑で指名手配ということになる――」

「えっ？　自分はまだ聞いていません。主任はなぜそこまでご存じで？」

涼が驚いた表情で訊いた。

「まあ、署の上の方から聞いてな」

「上の方？」

涼が怪訝な表情を向けた。

「それより、そんな田辺についてやが重大な疑惑が出てきた」

「重大な疑惑？」

「刑事課が田辺の行方を追い始めた時、お前さんの彼女が提供した写真からの手配写真を見た、ウチの捜査本部の連中が騒ぎ始めた」

涼は正木の言葉の先を待った。

「熊坂久美が殺害された推定時間の前後、地取捜査班が得た、現場近くで目撃された一人の不審者の男の似顔絵と、田辺の顔貌(がんぼう)や人着(にんちゃく)とがよく似ていると――」

「まさか……」

「いや、オレも偶然かとそう思うた。しかしな……」

正木が低い唸り声を発した。

別府総合病院

「田辺が突き落としたんかどうか、正確には分からん、今更そう仰るんですか！」

香川亜美(かがわあみ)巡査長と名乗った若い女性刑事は驚いた表情でベッドの上の七海を見つめた。

「とにかく説明をしてください」

磯村(いそむら)巡査部長と自己紹介した年配の男性刑事が落ち着いた声で言った。

「ですから、今、申し上げました通り、誰かに後ろから押されたこと、それは間違いありません。そして、私の後ろには、彼しか、つまり田辺さんしかおらんかったんも事実です。ですが、田辺さんが自分を押した、その瞬間は見ちょらんちゅうことです」

七海はできるだけ正確な表現で説明した。

香川刑事が身を乗り出したのを身振りで制した磯村刑事が口を開いた。

「背中を押される前、田辺の声は聞きましたか？」

磯村刑事が穏やかな口調で尋ねた。

「ええ」

七海は頷いた。

「どんな言葉を？」

磯村刑事が訊いた。

「ぶっ殺してやる、そんな……ような言葉を……」

磯村刑事は香川刑事と顔をつきあわせて大きく頷きあってから七海を振り返った。

「ご足労やけんど、やっぱし、警察署へ来ち頂くことになります。ここでの治療はいつまで続きますか？」

「いつまでと言われても……」

七海が戸惑っていると、ちょうど治療に当たってくれた男性医師がカーテンの後ろから姿を現した。

医師は二人の刑事にちらっと視線を送っただけで七海に近づいた。

「まだ痛みは酷い？」

白衣の上に聴診器をぶら下げた三十代半ばほどの医師が微笑みながら訊いた。

「ちょっとまだ……」

包帯でグルグル巻きとなった右の足先を、七海はそっと床につけてみた。

「痛っ！」

七海は小さく声を上げた。

「ああ、無理をしないで」

医師が慌ててそう言って続けた。

「恐らく、痛みは二日間くらいは続くでしょう。松葉杖(まつばづえ)は病院からしばらく貸与しますが、やはりお一人ではね。ご家族の方へのご連絡は？」

七海の脳裡に母の顔が浮かんだ。

しかし、心配をかけたくない、という言葉も同時に頭の中に浮かんだ。

でも、このまま帰宅してもどうせ話さなくてはならないことに気づいた。

「自宅は杵築市内ですので、今日はタクシーで帰ります」

その間に、母に連絡しようと思った。

七海はハッとしてそのことを思い出した。

スマートフォンを取り出して仕事関係の電話やメッセージの着信をチェックした後、涼からの受信を探したがそこにはなかった。

「先生、すみません、別府中央署の者ですが――」

磯村刑事が警察手帳を再び掲げた。

「ご存じの通り、事件性があるもんやけん、こん後(あと)、波田野さんからは、警察署でさらに詳しい事情をお聞きしようち思っちょんけんど、それは何時頃が――」

「今日は無理ですね」

医師がキッパリ言った。

「無理？」

怪訝な表情でそう言った磯村刑事が香川刑事と顔を見合わせた。

「強い鎮痛剤を投与しましたので、これから眠気が襲ってくるかと思います」

医師が無表情のまま言った。

「では――」

磯村刑事が医師に顔を向けた。

「まあ、明日、波田野さんのご自宅に伺（うかが）うことにされた方がよろしいかと。歩けるまでに一週間かかる可能性もありますから」

医師の最後の言葉に七海は目を見開いた。

――一週間歩けないって……それじゃあ、観月祭（かんげつさい）での七島藺工芸の実演会や、大原邸での灯籠（とうろう）を並べたりする仕事もできなくなるじゃないの……。

医師は、もう一度、七海を振り返った。

「今、言ったように、ちょっと眠たくなるかもしれない。そんな状態では帰宅時が危ないので、三時間ほどここでゆっくりしていった方がいいです。その頃、また来ます」

医師はそう言って七海の元を離れ、磯村刑事たちに軽く会釈をしただけで処置室を後にした。

「明日は、勤め先を休まれてご自宅ですね？」

そう訊いたのは香川刑事だった。

「自宅から杵築駅まで車を使っているものですから、この足ではアクセルもブレーキも……」

七海は恨めしそうな表情で右足の包帯へ目をやった。

「では、明日の朝、また電話いたします」

二人の刑事が目配せしてから立ち去ろうとした時、七海はたまらず声を掛けた。

「そちらでは、杵築のパン店の奥さんが殺された事件を捜査してらっしゃるんですよね？」

磯村刑事と香川刑事は顔を見合わせた。

「それが何か？」

香川刑事が怪訝な表情で聞いた。

「いや、いいんです」

七海は慌ててそう言ってから背を向けた。

刑事たちの姿が消えてからというもの、七海はそのことが不満でならなかった。

文化教育会館の階段で突き落とされたその時も、また、二人の刑事がやってきた時にしても、涼から一度も連絡が入らないのはどうしたっていうの？

同じ刑事課ならば、いくら捜査本部の仕事が忙しくても気づいてもおかしくないはずである。

昨日ぎくしゃくしたことが尾を引いているとは思えなかったし、思いたくもなかった。

だが、七海はすぐに頭を切り換えた。

相手の態度で一喜一憂する歳でもない、と七海は苦笑した。

ただ、心の中にすき間風が入ってきていることだけはハッキリと自覚した。

だがそれにしても、と七海は脳裡から拭い去った。

精一杯に手を伸ばしてバッグからノートとペンを取り出した七海は、思考をそっちの方向へと無理矢理にもっていった。

つまり、七海がやろうとしていることは、今まで自分の身の上や周りで起こったことを整理することだった。

まず、三週間ほど前、つまり十月の頭くらいの頃より、尾けられているとか、監視されているとか、そんな感覚を抱いた。

しかし、具体的に何かを見たとか、起こったというわけではなかった。

また、ワークショップ以外で田辺の姿を肉眼で捉えることもなかった。

ただ不気味に思う毎日が過ぎていった。

そして、四日前の十月二十三日、ついに、田辺から自宅近くで襲われたのだ——。

車を駐めた「ふるさと産業館」前の駐車場から細い路地に入った先の、左手にある石畳へと涼は正木を案内して進んだ。

涼は、昨年の観月祭で、武家屋敷エリアから零れてくる行灯の光にうっすらと照らされる、竹林に囲まれたこの石畳の坂を七海と初めて登った時のことを思い出した。

七海はここが「番所の坂」と呼ばれるところだと紹介してから、観光協会の三浦詩織という〝先輩格〟の女性から習ったばかりだという観光ガイドになりきっていた。


「杵築の町の中には町の形成に大きな役割を果たした幾つもの坂の存在があるんだけど、その一つがこの番所の坂よ。坂を登りつめたあそこに関所の名残の門が今でもあってね。江戸時代、ここに番人が常駐し、夜中の警戒に当たったほか、人や物資の出入りを厳しく取り締まり、治安を守っていたの――」

正木とともに「番所の坂」を登り切った涼は、この城下町で杵築藩のハイクラスの武士達が住んでいた武家屋敷群のうち「北台」と呼ばれるエリアに正木を案内した。

江戸時代にタイムスリップしたと見紛うほどの重厚な武家屋敷に挟まれた石畳を歩きながら、その「坂」のてっぺんに辿り着いた。

ちょうど反対側に見える「南台」と呼ばれるもう一つの武家屋敷エリアと「商人の町」エリアの真ん中を東西に貫く通りとをつなぐ、土塀と石垣が印象的なこの坂は、観月祭の夜に幾つも並べられた行灯で幻想的に浮かび上がる姿しか涼はこれまで見たことがなかった。

だが、昼間にこうやって見ても、石畳が実に美しい坂道だと涼は思った。

「これが……酢屋(すや)？　塩屋(しおや)？　とかいう有名な坂か？」

正木は辿々しく訊いた。

「杵築に来られたことは？」

涼が訊いた。

「いつでも来られると思っちょったら、ちゅうやつだ」

正木が苦笑した。

「昔、坂を下りたところにお酢屋さんがあったということで『酢屋の坂』です」

涼が説明した。

「で、あっちが？」

正木は、ちょうど反対側に伸びるもう一つの石畳の坂を指さした。

──あの坂を上がったその先で七海が暮らしているんだ。

「『塩屋の坂』です」

そう答えた涼は、浴衣姿の七海による〝ガイド〟をまたしても脳裡に蘇らせた。

「塩屋の坂と酢屋の坂、これら二つの坂は『商人の町』通りを挟み向かいあうように一直線に結ばれちょんやろ。そのそれぞれの坂の上の、南北の高台に屋敷を構える武士たちは、その谷あいで商いをする商人たちの町を挟むように暮らしちょったん」

「じゃあサンドイッチみたいっちゃ」

涼が言った。

「あれ？　知っちょったん？」

驚いた表情で七海が涼の顔を覗き込んだ。

「え？」

涼は素っ頓狂な表情を作った。

「観光協会でその〝サンドイッチ〟ちゅうフレーズ使ってるのよ」

七海が言った。

「知らんかったわ」

涼が小さく笑った。

「本当に美しいでしょ。杵築の城下町――。武家屋敷やその茅葺屋根、町家の家並みに白壁、石垣、竹林……。私はこの街がしんけん好き――」

涼は、行灯の揺らぐ光に頬を染める七海の横顔を眩しく見つめ続けた。

「酢屋の坂」を正木とともに下った涼は、その真ん中ほどで、白い土蔵へちらっと視線を送った。

——七海が働いている大原邸だ……。

本来ならここにいるはずなのだが、あんなことがあって、今頃、病院で治療を受けているのだ。

ふと気配がして隣に目をやると正木はそこにおらず、振り返った涼の目に入ったのは、スマートフォンを耳にあてて「酢屋の坂」のど真ん中に立ち止まっている姿だった。

しかも一度通話を終えた正木は今度は自分からどこかへかけ始めた。

十分ほど後にやりとりをし終えて戻ってきた正木の表情がさっきまでとは一変し、緊張していることが分かった。

「何か？」

涼が堪らず訊いた。

「田辺ちゅう男だが、やっぱりコイツだな」

「奴がホンボシですか！」

涼が声を張り上げた。

だが正木はそれには直接答えずに言った。

「田辺の勤務先とされる所へ捜査員を向かわせた刑事課からの捜査本部への報告では、奴は調査会社を経営している。まっ、有り体に言えば、探偵事務所だ。しかも経営と言っても従業員は奴ひとり。そして、福岡県警に問い合わせたところさらに新しいことがわかった――」

正木は「酢屋の坂」をゆっくりと下りながら続けた。

「調査対象の人妻を脅して体の関係を要求したり、帰宅途中の女子大生を暴行目的で襲ったりと性犯罪に関わるマエが三件あった。一度目は裁判で執行猶予がついたが、二回目も同様の事件を起こして二年の実刑を喰らっている」

「なんちゅう野郎だ」

涼は毒づいた。

「それ以外にも、飲食店で他の客とケンカして怪我を負わせて、半年ほど臭いメシを食っちょる。キレ易い男やったようや」

そう言って「酢屋の坂」を下りきった正木は「商人の町」通りの東と西を見渡した。

「相当な悪（ワル）ですね」

涼が呆れた表情で言った。

「ワルというより、社会のウジムシだ」

正木が吐き捨てた。

「お前さんの彼女、とんでんねえ奴に目をつけられたことになるな」

正木は声をひそめて続けた。

「ところでな、今言った以外にも思いがけないことがわかった。実は、田辺には、別件で、人妻への脅迫容疑があって、本部捜査1課の別の班が内偵しちょった。そん班がこんな話を取ってきた」

涼はしっかりと頷いてその先を待った。

「塗装業に就いている田辺の飲み仲間ん一人が、波田野七海が襲われた翌日の朝、つまり熊坂久美が殺された当日の早朝、こんな目撃証言をしよった。田辺が熊坂パン店の前で、『店主を出せ！』と叫んで熊坂久美と揉めていたちゅう話だ」

「それじゃあ……もしかしち……波田野七海を襲ったんのを止められた、その逆恨みで熊坂洋平の妻を……」

驚愕の表情のまま涼が辿々しく言った。

「そん可能性が出て来た」

正木が満足そうに頷いた。

「しかし、一度、邪魔をされたくらいで……しかも恨むのなら熊坂洋平でしょうし、なしその妻を……」

涼が大きく息を吸い込んだ。

正木がさらに口を開こうとした時、自分のスマートフォンを手にして応対した。

「デスク主任の遠井(とおい)悠生(ゆうせい)さんからだ」

そう涼に囁いた正木は、辺りへ急いで視線をやった。正木は、目の前の「塩屋の坂」の向かって左にある広い駐車場に涼を連れて行き、スピーカーフォンにして音声を涼にも聞かせてやった。

「本部の刑事企画課から新しい情報が捜査本部に入った。熊坂久美の死亡推定時刻の約三十分ほど前、国道10号線の観光港前の信号に設置されたエヌ（ナンバー自動読み取り装置）が、乗用車を運転する熊坂久美と、その後ろからナイフで脅かす氏名不詳の男が映った映像を捉えていた――」

一気に捲し立てた遠井は、

「後からその映像をそちらにメール添付で送らせる」

と付け加えた。

「氏名不詳ですか……」

正木が小さく唸った。

「最後まで聞け。そのナンバーから北九州市内のレンタカー会社を突き止めた捜査本部は、別府中央署刑事課に依頼し、田辺の行方を捜すためにすでに北九州市に入っていた刑事課員に当該のレンタカー会社に急行させたところ、コピーして保管されていた免許証から、借りたのは田辺本人であることが判明し、写真を見せた従業員からも田辺であるとの証言が取れた」

「決まりですね」

頷いた正木は真剣な眼差しを涼に初めて見せた。

通話を終えた正木に涼が尋ねた。

「それにしても動機はいったい……」

「それをこれから捜査する」


「大きな声で言えないけどね」

そんな反応を初めてしてくれたのは、涼が正木とともに杵築市内を歩き回り、百軒近くの民家、飲食店や販売店を訪ねた後のことだった。

「商人の町」エリアからは少し西へ離れた県道沿いで多国籍料理をメニューとする飲食店の、五十がらみのオーナーシェフはそう言って涼たちを店の奥に連れてゆくと窓のブラインドカーテンを一気に下ろした。

「どうぞ」

そう言ってテーブル席を勧めた浅黒い顔の滝川（たきがわ）という男性オーナーはいきなり、

「いましたよ、熊坂久美さんの周りをうろついていた男が――」

と言い切ってから付け加えた。

「この刑事さんが仰るような〝不審〟かどうかはわかりませんけどね」

その言葉に涼は冷や汗が出る思いとなった。

聞き込みにおいては、〝不審〟とか〝おかしな〟とは個人個人の主観であって悪い質問の典型だと教わったことを思い出したからだ。

「見た、感じたことをすべて教えて頂けますか？」

正木が聞き込みの手本とも言うべき質問を投げかけた。

「まずね――」

長い茶色の髪をポニーテールで結んだ滝川は、足を組んで腕組みをしながら天井を見上げた。

「確かあれは、長引いた梅雨が明けた直後だったから……三ヵ月ほど前の……七月の末あたりだったかな……そうそう七月二十日過ぎ――」

滝川は思い出しながら続けた。

「熊坂さんのところのパンはマジに美味しくって、お客さんからも人気でさ。だから、二日に一度は買いに行くんだけど、その日もいつものように店に出向いたわけ。そしたら、店の奥の方から怒鳴り声が聞こえたんだ」

「怒鳴り声？」

復唱することでその先の言葉を涼は促した。

「そうだよ。それも男女の――」

「言葉は聞こえたかえ？」

正木が身を乗り出した。

「なんかね……男の方の声は聞こえたね。金属の破片が入っていたから賠償しろとかどうとか……」

「賠償……」

正木が眉間に皺を寄せた。

「つまり、モンスターカスタマーとかじゃないの？」

「その男の顔は見ましたか？」

涼が急いで訊いた。

「言ったでしょ。店の奥からだもん。わかりっこないよ」

吐き捨てるようにそう言った滝川だったが、

「それでさ――」

と続けた。

「それから一週間くらいした頃かな。その時と同じ男かどうかはわからないけど、ヤツを見たんだよ」

「ヤツ？」

正木が訝った。

「熊坂パン店さんから、『商人の町』通りを挟んで斜め向かいの反対側の、建物の陰からさ。一人の男が写真を撮っていたのは――」

「熊坂パン店を、ですか？」

涼が訊いた。

「そう」

滝川が軽く応じた。

「どんな人でしたか？」

「暗くなってきたんでね……顔は見たんだけど……」

涼はすでに胸ポケットから五枚の写真を取り出しており、滝川の前に並べた。

一枚ずつ時間をかけて見つめていた滝川が、二番目に摑んだ写真を再び取り上げた。

「この男の人。間違いないよ」

正木と涼は短く視線を交わした。

そこに写っているのは、田辺、その男だった。


「まずは重要参考人としての指名手配を打った。ついては、大捕物になる。早く戻って来い」

スマートフォン越しの植野警部の声に、正木は「了解です」とだけ答えた。

「つまり、こういうことですね」

署に向かう車の中で涼が続けた。

「最初、田辺の方が熊坂久美さんに難癖をつけた。金属片など最初から入っていなかったか、買ってから田辺自身が入れたんでしょう」

「そげなところやな」

車窓を見つめながら助手席から正木が言った。

「そこで、田辺は金を要求した。だが熊坂夫妻は応じず脅しをキッパリと拒絶した」

正木が推論を展開した。

「しかも、波田野七海を襲おうとしたのも止められたので完全にキレた。激昂した田辺は翌朝早く、熊坂宅を訪れて洋平を呼び出した。しかしいなかったので代わりに妻の久美を連れ出して――」

涼も引き継いだ。

「恐らく、久美を人質にして洋平を別府まで呼び出そうとした。しかし抵抗されて久美を殺害した――」

正木が最後まで言い切った。

「ただ、波田野七海を二回も襲ったのは、美人である彼女に、ああいう性癖の持ち主である田辺の食指が動いた、そげなことやろうっちゃ。しかしそのお陰で田辺を捜査圏内に入れることができた――」

正木はそのことに気づいて急いで助手席から涼を見た。

「いや、〝お陰で〟というのは不謹慎やった。謝る。しかしそれもまた歴とした犯罪ゆえ、必ず逮捕、検挙する」

その言葉に気にしていない風の涼が口を開いた。

「ただ、熊坂洋平についてはまだ謎だらけですが……」

涼が呟くように言った。

「熊坂？ 我々にとってはもう関係はねえ」

正木がキッパリと言った。

「捜査本部に急ぎ戻れ。これから大捕物や」

そう言って正木は、ダッシュボードから取り出した赤色回転灯を屋根(ルーフ)に貼り付けた。

運転席に座った涼は正木の方を向いた。

「主任、せっかくここまで来たんですから、最後にもう一度、熊坂洋平に会って聞きたいことがあるんです」

「お前さんもしつこいな」

正木が呆れた。

涼は構わず車を発進させた。

「思い出したんです。二十三日に七海を襲った男に熊坂洋平が体当たりした時のことを」

涼は、いつもの彼女の呼び方を使ったことを訂正しなかった。正木に言いたいことで頭の中が一杯だった。

だが正木は外を眺めて答えなかった。

涼は、ふるさと産業館の南側から小道を進みその先で右折すると、七島藺で織った青(あお)筵(むしろ)・青みの残った新しい藁(わら)の普及に貢献した四人を祀っている青筵神社(せいえんじんじゃ)と杵築中央病院とが並ぶ方向へ車を向けた。

「その男の顔を見て、熊坂は酷く驚いた表情を浮かべたんです」

「何が言いてえんや？」

顔を背けたまま正木が訊いた。

涼は病院の先で右折し、「商人の町」の真ん中を走る「商人の町」通りへと続く道にハンドルを切った。

「熊坂は、七海を襲う者について事前に心当たりがあった。しかし、実際は違っていた……」

車は「酢屋の坂」と「塩屋の坂」とを挟む道をさらに進んだ。涼の耳に救急車のサイレン音が聞こえた。

「ご託を並べるのはその辺りでええやろ。ちょうどいい。このまま真っ直ぐ別府に戻れ」

溜息をついた涼が右手の先に、熊のイラストが描かれた熊坂のパン店の看板を見据えた、その時だった。バックミラーに救急車の姿が入った。

脇に寄せて車を停めた涼の真横を抜き去った救急車がパン店の前で急停車した。

血相を変えてパン店から飛び出してきた男が救急隊員たちを大きな身振りと声で呼びつけている。その男に涼は記憶があった。熊坂の面倒を見てくれるように頼んだ酒屋の主人だった。舗道を歩いている観光客たちも何事かと遠巻きに見つめていた。

真っ先に車から降りたのは涼だった。

「どうしたんです！」

涼が男に声を掛けた。

「熊坂さんが大量の血を吐いて――」

顔を引きつらせた男がそう言った時、ストレッチャーを持った救急隊員たちが駆け抜けて行った。

救急隊員に続いて店の中に入った涼の足が向いたのは洗面所だった。

救急隊員たちも思わずその入り口で立ち止まった。

凄惨な光景は、救急隊員の肩の上から首を伸ばした涼の目にも飛び込んだ。

白いはずの洗面台が真っ赤な血で満杯となっていた。

床にへたり込んだ熊坂の顔は真っ白で、顔じゅうに汗をかいていた。

一年前の事態対処医療の講習で、その姿は出血性ショックの徴候であることを涼は思い出した。

口の周りが真っ赤であることから吐血したのだと涼は思った。

救急隊員の動きは素早かった。ベルトや服の胸のボタンを外してから血圧計を腕に巻いた。

「血圧が測れない」

涼はその意味を理解した。まだ出血がどこかで続いているのだ。

「輸血が必要やろうから別府の病院や！」

救急隊員の一人が言った。

ストレッチャーに乗る力もない熊坂は、両腕を救急隊員たちに抱えられ、危なっかしい足取りで救急車まで歩いて行った。

「後で連絡入れます」

やってきた正木にそれだけを言った涼は、熊坂とともに救急車に乗り込んだ。

別府総合病院

松葉杖の使い方を学ぶためにリハビリ室へ向かおうとした七海が救命救急センターの観音開きの出入り口をくぐり抜けた時、スマートフォンが振動し、電話の着信を告げた。七海の耳に、観光協会の詩織の語気強い声が飛び込んできた。

「七海ちゃん、大丈夫⁈」

「すみません、大原邸を休んでしまって……」

そう言って、七海はお詫びの言葉を繰り返した。

「そんなに謝らんでもいいよ。それより、真弓さんから聞いたんやけんど、挫いたっていう足の具合、どんな感じなん？」

「一週間は痛みがとれんかもって先生から言われました」

「歩けるん？」

「今は、ちょっと……」

「じゃあ松葉杖？」

詩織が訊いた。

「今、ちょうどそうです」

「階段を落ちたらしいけど、頭やら打たんで良かったな」

詩織が優しい口調で言ってくれた。

「まあ、そうですが……それより、観月祭まであと三日、私がやることは――」

「それはいいけん」

と詩織が遮ってから続けた。

「七海ちゃんも知っちょんやろ？　この時期、準備はまだむちゃくちゃ忙しいわけじゃないけん。それより、とにかく今日はご自宅でゆっくりしちょって。足は大事やけん」

詩織が諭すように言った。

「確か、二年前にお亡くなりになられた詩織さんのお母さんも、足を骨折されて、それで入院されてから体の調子を悪くされたちゅうお話でしたね？」

「普段、活発に歩きよん人こそ、いざ足の骨を折って歩けんことになったち、おまけにベッドに固定される、みたいなことになると、免疫力が急激に落ちるの。やけん母はそれで幾つもん持病が一気に悪化してな――」

詩織のその言葉に、七海は恨めしそうに包帯で巻かれたギプスを見つめた。

「ごめん、余計な話したわ。とにかくお大事にしてな。明日からんこたあ、また明日、考えよ」

常にポジティブな思考を持つ詩織らしく明るい雰囲気を残したまま話を終えた。

慣れない歩行で、タクシー乗り場の方向へ向かおうとした時だった。

一台の救急車が赤色回転灯の赤い光をまき散らしながら、救命救急センターの前に滑り込んだ。

緊張した面持ちの救急隊員たちがストレッチャーを引き出して、救命救急センターの観音開きの出入口を目指した。

七海はハッとしてその姿にすぐに気づいた。

ストレッチャーの後ろから、いつにない深刻な表情をした涼が付き添っていたのだ。

涼の視線は七海に投げかけられた。

しかし声をかける間もなかった。

涼は、七海に何の反応もせず目の前を通り過ぎ、救急隊員とともに救命救急センターの中へと消えていった。

あっという間の出来事だった。

七海は、正直、わだかまりを覚えた。

さっきまで同じ気分に浸っていたことが原因かもしれなかった。

涼は、さっき、こっちを一瞥した時、絶対に私であることを認識したはずだ。

――だったら、「おお、後でな」、くらいん言葉があってん良かったんやねえん……。

でも、頭では分かっている。

仕事の真っ最中であって、それもあの様子では緊急事態に対応しているのだろう。だから、私に反応する余裕など……。

リハビリ室では無事に理学療法士から松葉杖の使い方の指導を受けられることになったが、その準備を待つ間、だんだん頭にきはじめた。

涼が仕事で忙しいことはわかる。

でも、田辺が見つかったのか、そうならもう大丈夫だとか、そうじゃないのなら、気をつけろ、とか教えてくれてもよさそうなものじゃない？

そして最後には、しょせん、そういう関係だったのかも、と諦めの気持ちとなった。

理学療法士から松葉杖の使い方の指導を受けた七海は、涼へのわだかまりを引き摺りながらも病院前の乗り場からタクシーに乗ってスマートフォンを手にした。

電話のアプリを立ち上げたその時、七海は、ハッとして顔を上げた。

今になって初めてそのことに気づいた。

――涼が付き添ってた、ストレッチャーで運ばれた人、もしかして熊坂洋平さん……。

急病で救急搬送されたのだろうか。

涼がいたということは、熊坂さんの取り調べの中で、何か病気が発症したんじゃ……。

一瞬、涼にメッセージを送ってみたら、という声が頭の隅から聞こえたが、七海は大きく息を吐き出してから自宅へと電話をかけた。

「今日、これから帰るから」

驚く母の声が七海の耳に聞こえた。

「風邪？　そんなんじゃないわ。しゃあねえっちゃ。ちょっと足を挫いただけじゃから。今、病院に行ってきた帰りや」

七海は精一杯明るい声で続けた。

「しばらく、バスで駅まで通うことになるわ」

矢継ぎ早に質問を浴びせかける母の言葉に、七海は、

「じゃあ、後でね」

とだけ言って一方的に通話を終えた。

自宅前にタクシーが到着すると、その音に気づいたのか、急いで母が飛び出してきた。

「七海！」

松葉杖姿の七海を見た貴子は口を開けて目も大きく見開いた。

「本当にしょわねえんかえ（大丈夫なの）？」

慌てて駆け寄った貴子が七海の体を支えた。

「ドジなのよ。ワークショップをやってた文化教育会館の階段、踏み外してしもうて
……」

七海は、やはり母には本当のことは言えない、と思った。

トランクから取り出したバッグを運転手から受け取った貴子は、七海に寄り添いながら玄関の中へとゆっくりと足を進めた。

慣れない松葉杖を使って台所まで辿り着いた七海は、

「よっこらしょ」

と声に出してそう言って、なんとか椅子に腰を落ち着けた。

「ちゃんと説明しなさい」

対面に座った貴子が睨み付けた。

「何なん？　それ？」

七海が呆れたように言った。

「階段を誤ってどうかこうの、ってことやねえことくらい分かるわ」

母が、こういったところで勘の良さを発揮することを七海は思い出した。亡くなった父もさぞかし大変だったろうと思うと思わず笑顔となった。

「人が心配しちょんのに、何よ、笑うち」

貴子が不機嫌な表情を向けた。

「ごめん、ごめん」

七海は笑顔のまま謝った。

「いったいどげえしたん？」

貴子が拘った。

七海は、もはや隠し通すことはできない、と思った。

そもそも母に嘘をつき通すことなんてこれまでなかったからだ。

「実は、ワークショップの塾生でね、田辺さんちゅう人がおるんやけど、わたしにストーカー行為を働いちょってな」

「ストーカー？　聞いちょらんで、そげなこと——」

貴子が眉間に皺を寄せた。

「心配させたくないと思っちょったんや」

「それでどげなこつされたん？」

貴子は瞬きを止めて続けた。

「今日、ハッキリ言うたんちゃ。そん田辺さんちゅう人に。そしたら——」

「階段から突き落とされたんね？」

貴子が厳しい口調で訊いた。

七海は呆れるしかなかった。

ぎこちなく頷いた七海は、母のこの余りの察しの良さを自分は受け継いでいないわ、とあらためて分かった。

「それで、警察が事件としち扱うことになった、そげなことね」

貴子が確信したように言い切った。

「とにかく、怪我の具合はどうなん？　他にどこか怪我をしちょらんの？　頭は打たんかったん？」

貴子が矢継ぎ早に質問を浴びせかけた。

「しゃあねえっちゃ。お医者さんに、レントゲンを撮ってもろうたり、ちゃんと診察してもらったけど、全治十日の捻挫、ちゅうことを言われただけやけん」

七海が慌ててそう言って笑った。

「七海、何を暢気なことを言いよんの！　もし打ち所が悪かったら、あんた、大怪我をしちょったところちゃ！」

「まあね、警察からもそげなようなことを言われたわ……」

「じゃあ、捜査、ちゅうことになっちょんのね？　あっ！　四日前の、襲われたってことも同じ人が？」

貴子が急いで訊いた。

「で、警察はどこまで捜査をしちょんの？　本当に犯人はそん田辺という人なん？」

貴子は捲し立てるように言った。

七海は訝った。

娘を心配しているのは分かるが、どうしてこんなにしつこく聞いてくるのだろうか……。

「捜査って、まあ、そげなようなことに……なっちょんのやねえかな……」

七海は辿々しく言った。

実際、警察がどう動いているか、まったくわからないからだ。

――こげな時こそ、涼がおっちくれたら……。

そう思った七海は、その思いを素早く脳裡から拭い去った。

――もはや彼をアテにしたところで何にもならんわ……。

「まだ、痛むん?」

穏やかな表情に変わった貴子が、七海の右足の包帯へ目をやった。

「まあね。二日は痛みは残るやろうってお医者さんが――」

そう言って七海は小さく溜息をついた。

「で、そん田辺さんて人、捕まったん?」

貴子が聞いた。

「それが、行方不明だって……」

「つまり逃げたってこと?」

「さあ……。どうだか……」

七海は正直に言った。

「あなた、ほんと、他人事ね」

苦笑しながら立ち上がった貴子は、コーヒーメーカーへ足を向けた。

「ちゅうことで、しばらく、仕事は休むけん、よろしく」

七海が軽く言った。

「そりゃそうやろ」

カップに入れたコーヒーを貴子は七海の前に置いた。

「ありがとう」

「でも、しばらくって、そんなことでいいん？　観月祭での七島蘭の実演の仕事、しゃあねえんかえ？」

「それについては、まっ、いろいろありますが、しゃあねえっちゃ」

おどけた口調で言った七海に、貴子は呆れた表情で溜息をついた。

「なら、夕ご飯は、早めにしようね」

そう言って立ち上がった貴子は冷蔵庫のドアを開けた時、ふとその言葉を投げかけた。

「ところで、熊坂洋平さん、それからどうなったんか、涼さんから聞いちょらん？」

「そう、そう――」

病院に運ばれたのを説明しようとした七海は途中で言葉を止めた。

母のその言葉に違和感を抱いた。なるべくさりげなく聞こうとする努力をしている気がしたからだ。

「昨日から熊坂さんのことえらい気にしてるけど、どうかしたん？」

「別に……」

冷蔵庫の中を探っている貴子がそれだけを口にした。

貴子の背中をじっと見つめていた七海はしばらくして言った。

「夕飯まで、二階でちょっと仕事してくるけん」

「ちいと待っち、手伝うけん」

貴子は慌てて冷蔵庫の扉を閉めて振り返った。

「一人でしゃあねえっちゃ。これから、毎日、自分でやらないけんから練習せんと」

七海はそう言って松葉杖で立ち上がった。

だが貴子は駆け寄ってきた。

「いいこと？　昇るときは、両手でしっかりと松葉杖が動かんごと固定して、先に左足を段に上がるんよ。それから、左足じ支えて松葉杖を上げる――」

七海は驚いた表情で貴子を見つめた。

その方法は、理学療法士の指導とまったく同じ、というより、母の説明の方が理解し易かった。

「それで、降りる時は、左足で身体を支えて、松葉杖を先に段に下ろす。で、両手でしっかりと松葉杖が動かんように固定しち、左足を下ろすん。大事なことは、昇る時も、降りる時も、必ず右足を着かんようにして浮かすること。ほいち、階段に引っかからんように注意することが肝心なんよ」

「お母さん、なしそれを？……」

七海が目を丸くして訊いた。

「言わんかったっけ？　お父さん、七海がまだヨチヨチ歩きん頃、仕事で転んで、今んあんたんごつ右足を捻挫しち、数日間だけ松葉杖をついちょったん。そん時、医師の方から教わったんや」

「お父さんが仕事中に怪我？　どんな仕事をしちょった時？」

七海は興味を寄せた。

「なんか、どこかを修理しようと、雨でぬかるんだ土の上を歩いた時に踏み外して、ギクッてなったやら、そげなようなことを言うちょった……でも、詳しいことはもう忘れたわ」

貴子はそう言って苦笑した。

「なら――」

七海はそこで言葉を止めた。

実のところ、七海は、父のことについてほとんど何も知らないのだ、とあらためて思った。

仕事のことはもちろん、病気で亡くなったことは知っていたが、臨終に付き添ったりした記憶はほとんどない。

ただ家族葬とも言うべき空間で、母に抱かれて泣いていた感触は今でもはっきりと記憶にある。

ただ、父が病気で苦しんでいる姿は憶えていない。

恐らく、母が、父のそんな姿を私に見せないでいてくれた、ということだと理解していた。

だから、父のことをすべて知らなくても不満はなかったし、母の気持ちを大事にして問いただすこともこれまでなかった。

それよりなにより、父の言葉とその時の優しい表情は、今はたくさんの記憶に刻まれている。

どんな時でも、私を支えて、励ましてくれた父。

その言葉のお陰で自分はこれまで支えられてきた。

それを思う度に、私は幾つもの困難をくぐり抜けてこられたのだ――。

「お父さんが使ってた松葉杖、まだ家にあるの？」

七海が訊いた。

貴子は微笑みながら左右に首を振った。

「どっかにあるかもしれんけど……三十年近うも前んことやけんな……」

「ねえ、探しちみて」

七海が言った。

「探す？　でもどこやったか……」

貴子は困惑の表情を浮かべた。

「こん松葉杖、病院から借りちょんけん、近く返さないけんの。やけん、家にあったら買わんじ済むし――」

「まあ、そげなことならな……」

貴子は苦笑した。

「それに、お父さんのもん、触れてみたいん。あんまり、思い出んもんがねえけん……」

七海は寂しい笑顔を作った。

「でも、お父さん、松葉杖、あんまり好きやなかった……」

貴子が遠くを見る目をして言った。

「松葉杖って、よだきい（面倒くさい）よね」

七海が首を竦めた。

「松葉杖でしか立っちいられんけん、あんたを抱っこしてあやすことができないっち、お父さん、いつも愚痴っちょった」

「とにかく、探してよ、ね、お願い」

拝むような真似をした七海は、貴子が渋々頷くのを見届けてから階段へゆっくりと向かった。

母のアドバイスを思い出しながら、時間をかけて二階へ昇ることができた。

途中、一度、バランスを崩しそうになったが、高校時代、剣道をしていた時に身につけた腕の筋肉のお陰か、なんとかふんばることができたのだった。

別府総合病院

「熊坂洋平の容態はどうだ？」

スマートフォンから正木の声が聞こえた。

「胃に腫瘍があってそこから出血し、それで大量の吐血を——」

そう言いながら涼は病院の玄関から外へ出た。

「腫瘍？」

「医学的に言う終末期の胃がん、そういう診断です」

「終末期……」

「現在、輸血中ですが、予断を許さないということです」

「首藤、そこで止まれ！」

正木が命じた。

「こっちだ」

正木のその声で振り返った時、正木が運転する車が車寄せに滑り込んできた。

運転席から降りた正木は、身振りで運転を代わるよう促している。

「お前さん、熊坂に対する関心を引き摺っちょったが、もう諦めろ」

助手席でシートベルトを締めながら正木が言った。

「分かってます。で、主任はなぜここに？」

涼が訝った。

「捜査本部だけでなく別府中央署の署員も入れて、田辺の大捕物がすでに始まっちょんが、ついさっき田辺名義のスマートフォンの微弱な電波をキャッチした。奴は今、東九州自動車道を、佐賀県の鳥栖に向かっち車で走りよん。隣県手配はすでにした。ワシらも行くぞ」

捜査本部の植野係長から無線が入ったのは涼が車を発進させて間もなくのことだった。

「田辺の車両が発見された」

「車両？　田辺は？」

正木が確認した。

「大分駅近くで乗り捨ててあったのが見つかった。だが奴をまだ発見できていない」

植野係長の声が終わらないうちに涼はアクセルを踏み込んだ。

しかし、それから深夜まで繁華街を中心に田辺を探したが発見することはできなかった。

ネオン街を恨めしく見つめながら涼が呟いた。

「街に溶け込んでしまった……」

突然、そのことに気づいた涼はスマートフォンを手にした。

七海の無事を確認することだ。

気まずい雰囲気で別れたままだったが、その考えはすぐに頭の中から消えた。

「七海、やっぱり、熊坂久美殺しの犯人は田辺だった」

涼が告げた。

「ああ……そう……」

七海は深い溜息を引き摺った。

「それに、七海を襲ったんも間違いなく奴だ」

七海は何も言えなかった。

だが涼は構わず続けた。

「指名手配がなされたが、田辺は行方不明のままだ。戸締まりをきちんとするんだ。少しでも不審なことがあったらすぐに連絡しろ。ひと晩中、起きてるから――」

涼との通話を切った七海は窓に立った。

家の外を見渡したが、不審な男も車もなかった。

だが「十一夜月（じゅういちよのつき）」を黒い雲が覆い始めていることに、得体の知れない恐怖で心が重くなっていった。

10月28日　水曜　杵築市内

足を使わずに腰を落としたまま階段を一段ずつ降りた七海は、寝間着代わりに着たTシャツとスウェットパンツのまま、寝ぼけ眼をパチクリさせて台所と居間を見渡した。

どこにも母の姿はなかった。

七海は、あっ、そっか、と、昨夜、寝る前に母が言っていた言葉を思い出した。

――明日は朝早うから、商工会女性部の事務所へ出かくるけんね。

七海は、台所の壁に掛けられたカレンダーへ目をやった。

十月に入ってからというもの、毎日の日程の中に、母の予定がギッシリ詰まっている。

それもこれも、今月末と十一月の最初の日の欄に書かれた「観月祭」の準備のためだ。

二日間に渡って開催される観月祭では、約一万個もの行灯（あんどん）や竹灯籠（たけとうろう）の、雅（みやび）で幻想的な光が城下町の漆黒の夜を埋め尽くす。

その行灯や竹灯籠に火を灯して廻るのが、母を含む杵築市商工会女性部の女性たちである。

ただ彼女たちの役目はそれに留まらない。

観月祭の本番を迎えるための広報活動に始まり、チラシの配布なども、市の観光協会と一緒にやることになる。

だから観月祭の半月ほど前から毎日、忙しくなるのだ。

――母が観月祭に携（たずさ）わっちからどれくらいたつやろうか……。

父が亡くなって後、母は仕事で朝から夕方まで家を空けるようになった。だから自分は、いわゆる鍵っ子で、朝は一人で玄関のドアを閉めて、家に帰っても夕方に母が帰宅するまでずっと一人だった。

そして毎年十月に入ると、夕方に帰ってきた母は、私に食事を作ると、観月祭の準備のためまた外出して行った。

その観月祭までの一ヵ月間、何かと声をかけてくれたのが、あのパン店の熊坂のおじさんだった。

「七海ちゃん、お留守番、一人で偉えなぁ」

そう言って訪ねてきてくれた熊坂のおじさんは、菓子パンやらジュースやらを二つ、三つ置いていってくれたものだった。

その時、七海の脳裡に、ストレッチャーで運ばれてゆく熊坂のおじさんの姿が浮かんだ。

――しゃあなかったんかな……。

七海は涼に様子を訊いてみようかとふと思った。

でもすぐに頭を左右に振った。

一昨日の署でのことを涼が謝ってくるかと思っていたがいまだにない。

――なら自分から連絡することはねえわ。

小さく溜息をついた七海は、杵築名産のかまあげちりめんに大根おろしをたっぷりのせ、刻みネギを加えた大好物のおかずだけでご飯を二膳も平らげた。

ごちそうさま、と独り言を言って食卓に立てかけていた松葉杖を摑んだ七海は、自分の食器を台所に片付けてから階段を登った。

昨夜よりもそう無理をせずに階段を登ることができた。

廊下を進んで自分の部屋へ入ろうとした時、七海の視線がふとそこへ向かった。

いつもなら閉まっている母の寝室の向こうの、重厚感がある納戸の木製の扉が開いている。

ただ、納戸と言っても、七海に言わせれば本来の意味である衣服や調度類を納めておく室という雰囲気ではない。単にガラクタだらけの部屋だと七海はいつも母にそう軽口を叩いていた。

しかし母はいつもそれには何も応えなかった。

今になって思い出せば、どこか寂しそうな表情をしていた記憶があった。

七海は松葉杖を駆使して納戸へゆっくりと歩いて行った。納戸の中を覗き込むと、入り口にある品々が左右に退けられているような雰囲気に七海は気がついた。

——通りやすうしたんやろか……。

七海は思い出した。

昨日、父が生前に使っていた松葉杖を探して欲しいと強請ったことで、母がさっそく探してくれたのだろう。

その時の母の姿が七海の頭の中で容易に想像できた。

自分のわがままを聞いてくれた母はさっそく朝から探してくれた。でも見つからなかったことで、商工会女性部で集まる時間に遅れそうになって慌てて家を出た——。

日頃、几帳面な母にしては珍しいことだった。

でも、観月祭への思いがどれだけのものであるかを知っている七海は、ふと母がかわいく思えて微笑んだ。

七海の足は自然と納戸の中へ向けられた。

そう言えば、最後にここに入ったのは、もう随分前だったことを思い出した。

確か、中学生の頃だったか。

秋の文化祭に出展した科学研究で使い終わった工作品を置く場所に困った七海は、母の許しを得ないままここへ押し込めた――。

その時から足を踏み入れたことがないはずだわ……。

現実に戻った七海は足を踏み出した。

しかし、三歩足を進めたのが精一杯だった。

堆く積まれている、プリザーブドフラワー――昔の結婚式で持ち帰った引き出物のようにもはや使いようもない――などの品々に松葉杖が何度も当たって上手く進めなくなったからだ。

溜息をついた七海は、諦めて入ってきた扉を振り返る――その直前だった。

右手側に積まれた書籍の一番上に、三個のブルーのリングがデザインされた「トキハ本店」（大分市の代表的デパート）の紙袋があることに目が止まった。

その紙袋は一見して、目新しいものであることがわかった。

その時、七海は、二週間前のことを思い出した。

お気に入りの黒いパンプスのヒールが劣化して歩き難くなっている、とぼやいていた母がそのデパートに行ったのだ。

観月祭で灯籠などに火を灯す時、メインの「酢屋の坂」や「塩屋の坂」の坂はこれでは登れない、と言っていた母。いつもなら出不精にもかかわらず、こと観月祭のことに関してゆえに背中が押されることになったのだろう、と七海は思っていた。

ただ、ちょっと妙なことがあった。

大分市へ行くと言ったその日、母は自室でこんな独り言を口にして慌てて家を出ていった。七海はたまたま近くを通った時にそれを耳にしていた。

「あら、もうこんな時間、三時までに間に合うかな――」

七海は意味がわからなかった。

トキハ本店はそんなに早く閉まるはずもないのに……。

しかしそれ以上、七海はそのことを気にすることはなかった。

母は久しぶりに大分市へ行くのだ。

きっと、やりたいこと、行ってみたいところ――もしかすると、ひとりでゆっくりデザートでも食べてみたくて、その閉店時間を気にしていたのかもしれない――。

ただ、七海の視線は紙袋から離れなかった。

紙袋のことだけならすぐにそこを立ち去っていただろう。

狭い空間で松葉杖を何とか駆使して紙袋に近づいた七海の目にずっと入っていたのは、古めかしい革造り風の小さなバッグだった。

縦と横がそれぞれ十〜二十センチほどで、その茶色のバッグは、表面の至るところが剝がれて灰色の裏地が剝き出しとなっている。

今風のデザインとも明らかに違い、かなり年を重ねた様子の代物だとわかった。

七海の目が釘付けになったのは、バッグを開ける部分にしっかりと固定されたダイヤル式の鍵だった。

それも、ダイヤルは普通ならば、三桁か四桁のものがほとんどであるのに、これは六桁もある。

さらに目を近づけると、同じタイプの鍵が四個も設置されてあることがわかった。

もうひとつ気づいたことがあった。

このバッグは長い間、二つ折りにされて狭いところに押し込まれていたらしい、ということだ。

バッグの真ん中の深い窪みが、左右に伸びているからである。

さらに、バッグに近づいた七海は何の躊躇もなくバッグを手に取った。

ずっしりとした重さがあった。

匂いを嗅いでみた。

本革造りである匂いがした。

とすれば相当、高価なものである。

しかも二十年か、それ以上前のものとすれば、当時としてはかなり値段が張るものだったのだろう。

その時、七海が想像してみたのは、これを手にして歩く父の姿だった。

母がこんな無骨な物を持つはずもない。

十年以上も前に他界した、二人の祖父の遺品とも思えない。

なぜなら、父がとても几帳面だった記憶が残っている七海にとって、今、手にしている物はそんなイメージと余りにも一致するからだ。

裏表を返してじっと観察した七海はこのバッグが非常に気になって仕方がなかった。

松葉杖にしてもそうだが、父の遺品が余りにも少ないことも七海の興味を湧き立たせた。

七海はバッグをそっと自分の頬にあてた。

父の温もりを感じるような気がした。

父が吸っていたタバコの香りがする――そんな思いに浸った。

そんな父への郷愁とともに、七海が興味を注ぐことになったのは、バッグの開き口に掛けられた四個の鍵だった。

好奇心が湧いたのは、これだけの鍵をかけているその意味だ。

――中身はよっぽど大事なモノが入っている、そう考ゆるんが自然やわ。

七海の頭は好奇心で一杯となった。

しかしその一方で、開けてはならない、という声が頭の中で聞こえた……。

自分が知ってはならないものがここにある――そんな思いもまた心をざわつかせた。

さらに、この鍵と、父の仕事との間の大きなギャップが脳裡でせめぎ合った。

母は、いつものように昨日も、父の生前の仕事について私にこう説明した。

〝県庁は県庁でも共済組合や〟

――会計の帳簿かなんかかな……そうやったら大事やもんな。

しかし母の言葉は、これだけ厳重に鍵をかけることとどうしてもイメージが合わなかった。

階下で物音がした。

真っ先に七海が気づいたのは玄関が急いで開かれる音だった。

母が戻って来たのだろう。

忘れ物にでも気がついたのかしら……。

しかし、観月祭の前の準備の最中、母が自宅に一時的にでも戻って来たことなどこれまでに一度も――。

七海は、自分はここにいてはいけないのだ、となぜかそう思った。

顔を歪めながら松葉杖を使って何とか納戸を出た七海は急いで廊下を進んで自室に向か

った。

部屋のドアを閉めた直後、七海はドアに耳をあてた。

その足音は忙しないものだった。

七海は耳をそばだてた。

ドタバタという音の後で、何かが開く音が聞こえた。

――さっきの納戸やわ……。

七海はそう確信した。

すぐに今度は何かが閉まる音がしたと思った直後、階段を駆け下りる音の次に、玄関方向へ走る足音を七海ははっきりと耳にした。

玄関のドアが閉まる音がしても、七海はしばらく辺りの音に聞き入った。

突然、机の上に置いていたスマートフォンが振動した。

今、それに対応する気にはなれなかったが、迷った末、とりあえず、スウェットパンツのポケットに放り込んだ。

静寂が完全に戻ったことを確かめた七海はもう一度、松葉杖を手にして廊下へと出てみた。

向かったのはもちろん納戸だった。

納戸はきちっと閉められていた。

ギィーという注油が行き届いていない蝶番の音とともに七海はそっと納戸の扉を開けた。

さっきと同じ光景が目の前に広がっている。

しかし、七海の目的はそれではなかった。

視線は自然とそこへ向けられた。

トキハ本店の紙袋はあった。

しかし中に、さっきのバッグがなかった。

答えは明白だった。

さっき戻って来た母が持ち出したのだ。

七海はわだかまりを抱いた。

母は、あのバッグを家から持ち出すために、忙しい中、わざわざ戻ってきたということである。

——お母さんにとって、あんバッグはいったい何やち言うん？

七海は、その答えを必死に見つけようとした。

ただ、想像するにも、余りにも謎が多すぎる……。

七海はこの数日の、〝母の変化〟をあらためて思い出してみた。

熊坂のおじさんの奥さんが殺された頃から母の言動もいつものものと変わった。熊坂のおじさんに対する警察の取り調べについて、いやに拘って、しかも表情を一変させて私に聞いてきた。また昨日など、関心がない、といった風の〝演技〟をすることもあった。

そして何より、東京で殺されたとされる、真田という人物との関係だ。

母は、その殺人事件の記事を熱心に見ていた。

しかし私が帰ってくると慌ててそのことを隠した。

さらに、さっきの母の一種異様な行動――。

――これらはすべて何かに繋がっちょんのか、そうやねえんか……。

さらに七海は、自分の身に起こったことを思い出してみた。

そもそもの始まりは三週間前。誰かに尾けられているんじゃないか、誰かに監視されているんじゃないか、今思えば、それを感じた時よりすべては始まった。

そして五日前、ワークショップの塾生の田辺が自分に襲いかかった。

そしてその翌日、親しくしていた熊坂久美さんが殺された。涼によれば、田辺が殺ったと警察は重要参考人扱いにしている。

それらの事件と〝母の変化〟とは何か関係があるのだろうか……。

突然、一階で物音がした。

だがその音は、母が戻ってきた時の音とは明らかに異質なものだった。

なにより、玄関が開く音が聞こえなかったのだ。

七海は気づいた。

その音は、できるだけ物音を立てまいとするものだ。

つまりは侵入者……。

思わず唾を飲み込んだ七海は、足手まといとなる松葉杖を急いで近くにそっと置くと、片足と腕の力だけで納戸の奥へと必死に進んだ。

使い古した小机に右足がぶつかり激痛が走った。

七海は手で口を被って声を出すことを堪えた。

何とか納戸の一番奥にあった、上にヤカンなどを載せられるようになっている古い型の石油ストーブの裏側に潜り込めた時、忍び足のような音が二階にやってきたことがわかった。

動き回る様子がわかった。

二階の部屋を何かの目的で回っている……。

そのことに気づいた七海は全身の鳥肌が立った。

――自分を探している！

もはや自分は緊急事態に陥っている、と七海は確信した。明らかに違法に正体不明の人物が侵入し、自分を狙っている！

七海の脳裡には当然その顔が浮かんだ。

――田辺が今、そこにいる！

恐らく、玄関の鍵は、慌てた母が掛け忘れたのだろう。

いつも私には施錠のことを口うるさく言う癖に自分のことになると、こんな時にまったく！

しかし、今、そんな愚痴を考えている場合ではない、と七海は自分を叱った。

恐らく、田辺に見つけられたら、タダでは収まらないだろう。

田辺が自分を突き落としたと厳密に言えるかどうかなんてもはや意味はない。

絶対にアイツなのだ！

七海がとった行動は自分でも驚くようなものだった。

スウェットパンツからそっと取り出したスマートフォンで涼を呼び出した。

メッセージアプリは選択しなかった。

もし襲われたのなら、通話状態としておくことで、その証拠を涼に伝えたかった。二人の関係に残された優しさがあることに賭けた、わけでもなかった。七海の頭にあったのは、自分の命を守るためにすべきこと、それしかなかった。

体格のいい田辺に対して、女の力で何とかなるものではないことは明らかだからだ。

別府中央署

「昨日は、発見できなかったが、全国指名手配を打ったんで、今日こそ決着をつける。今、管理官が仰ったように、しばらく帰宅できんことを覚悟しろ」

植野係長が増員された捜査員たちに言い放った。

「第一容疑者とした田辺の所在を一刻も早う確認し、発見したならば、まず熊坂久美殺害容疑で直ちに連行し、容疑が固まり次第逮捕する。起訴後も、今度は波田野七海に対する傷害容疑で引き続き取り調べる」

植野係長はそう続けて〝雛壇〟の席から勢いよく立ち上がった。

会議が終わって捜査員たちとともに駐車場へ向かいながら、涼は興奮していた。

「これが捜査の熱気ちゅうやつですか！」

涼は紅潮した頰をして正木に言った。

「お前さん、コロシ（殺人事件）は初めてだったか――」

腕時計を見つめる正木はそう関心もなさそうに言った。

「はい、自分、これだけん大規模捜査に加わったんも初めてです」

「やったら、七海とかいう、あんかわいこちゃんに、今すぐ電話し、当分、遊べんと言うんやな」

正木は抑揚もなくそう告げた。

「いえ、遊ぶなんて、まったく頭にもありません。よって連絡などしません」

涼が慌てて言った。

「ところで、さっき決まった班編制通り、ワシらは――」

正木がそこまで言った時、涼のズボンのポケットでスマートフォンが振動した。

涼は表情を変えなかったが、一瞬、視線がそこにいったことに気づいた正木が言った。

「電話に出ちゃれ」

「いえ、仕事中でありますがゆえ——」

「ここしばらくずっと連絡しちょらんのやろ？　家族は大事や」

「いえ、実は、昨夜も——」

「ごたごた言わんとはよ！」

正木は涼の肩をポンポンと叩いてから、人だかりができているデスク主任の方へ足を向けた。

涼は頭を下げてからスマートフォンを手に取った。

案の定、ディスプレイには七海からの電話着信の表示があった。

あれから気まずい思いが二人の間に立ち込めたことは分かっていた。

当然、怪我をした七海のことがずっと心配でたまらなかった。

しかし、早朝から深夜までの毎日の余りの忙しさで、思考が途絶えてしまっていたのだった。

せっかく正木警部補が時間を与えてくれたのだ。

ここはその言葉に甘えて、二日前の夜からの七海とのわだかまりを払拭したいと気持ちを切り替えた。

電話に出た涼は最初、七海が何を言っているのかまったくわからなかった。ぼそぼそという音しか聞こえなかったからだ。

「七海、どうした？　はっきり言えよ」

涼は苛立った。

「こ、ろ、さ、れ、る」

今にも消え入りそうな七海の声が聞こえた。

「なんだって？」

涼が訝った。

「た、な、べ、がここに――」

表情を一変させた涼は、正木に目配せしてから送話口を手で囲んで小声となった。

「七海。喋るな。オレの方から言う。合っていたら息だけを吐き出せ」

涼はできるだけ声のトーンを抑えた。

「田辺がそこにいる？　そうなんだな？」

涼の耳に、七海が息を吐き出す音がはっきりと聞こえた。

「わかった。落ち着けよ」

そう言いながら涼は思考を必死に巡らせた。

涼は七海が怪我をしていることを思い出した。

「七海、お前は今、自宅にいる――。そうだな？」

さっきよりも大きな息が涼の耳に響いた。

杵築市内

レンタル着物で着飾った女性観光客たちがそぞろ歩きする「商人の町」の雅やかな風情を、けたたましいサイレン音が蹴散らした。

突進するように「塩屋の坂」の下に停まったパトカーから飛び出した、二名の杵築署の制服警察官は一気に石畳を駆け上がった。

七海の自宅の玄関を見通せるところまで辿り着いた時だった。

頭まですっぽり被うフード付きの黒いジャンパーを着た正体不明の何者かが、一人の女性の首元を摑んで地面を引き摺っていた。

女性は手足を激しく動かして抵抗している。

制服警察官は一瞬で、その女性が本部指令センターからの指示の中にあった波田野七海だと分かった。

「おい！　お前！」

そう叫びながら全速力で走る制服警察官たちの視線は、玄関の右側に停車している黒っぽいミニバンに向いた。

ミニバンの後部ドアが大きく開け放たれている――。

――波田野七海を拉致する気だ！

〝フードの男〟は、制服警察官の声に気づいて振り向いた。

だがフードを目深に被りサングラスをかけているので顔つきは認識できなかった。

〝フードの男〟は七海とミニバンを激しく見比べた後、七海をその場に放り出し、ミニバンの運転席に走った。

エンジンは掛けっぱなしにしていたのか、ミニバンはすぐに発進。五十メートルほど先の四つ角を左折し、制服警察官たちの視界から消えた。

「至急！　至急！　杵築中央PB、田中PMより本部！　杵築市大字南杵築×××の民家前にて女性に対する誘拐未遂事件発生！」

田中巡査が緊急無線を発信した。

「マルヒ（被疑者）は盗んだ車で逃走。車はトヨタの黒色ミニバン。車種は不明。ナンバー、大分×××――」

もう一人の制服警察官である鈴木巡査長がアスファルトの上に倒れている七海の元へ駆けつけた。

鈴木巡査長は、本署からの手配どおりの右足に巻かれた包帯を確認した。

「あなたは波田野七海さんですね？」

青ざめた顔をして髪の毛がくしゃくしゃのまま目を見開いた七海は大きく頷いた。

「怪我はありませんか！」

鈴木巡査長はそう聞いてから呆然とする七海の全身に急いで目をやった。腕に幾つもの擦過傷と皮下出血が見受けられた。

鈴木巡査長が慌てて救急車の手配を要請しようとしたが荒い息を整えながら七海が押し止めた。

「救急車は結構です。大丈夫ですので——」

「しかし念のため病院で診察を受けた方がいいですよ！」

鈴木巡査長が説得した。

「本当に大丈夫です。歩けますし」

そう告げた七海は、鈴木巡査長に支えてもらいながらも、歯を食いしばるような表情で立ち上がることができた。

「何があったか話せますか？」

七海の瞳を覗き込むようにして鈴木巡査長が訊いてきた。

七海は大きく息を吐き出してから口を開いた。

「とにかく突然でした——」

七海は激しく噎せ返った。

「これが私の家で——」

七海は自宅を振り返って説明を続けた。

「その時、二階にいたんですが、家の中に侵入者がおる、と気づいた時には、私、すぐに二階にある納戸の中に隠れたんです……」

七海は整理して話そうと心がけた。

まだ混乱している七海の雰囲気を察した鈴木巡査長は黙って頷いて先を促した。

「それで、その納戸の中で息を殺してじっとしちょったんですが……結局……」

七海は大きく肩で息をしてから続けた。

「後は、引き摺られるままに玄関まで連れて行かれ、その後、ここまで……」

「で、それは田辺智之だったんやね？」

鈴木巡査長が急いで訊いた。

七海の耳にさらなるパトカーのサイレン音が聞こえた。

「たぶん……」

髪の毛を激しくかきむしった七海は顔を左右に振った。

「たぶん？　はっきりと顔は見らんかったんか？」

「頭から黒っぽい何かを被うちょったし、サングラスもかけちょったけん……あっ、間違いありません！」

「なぜ、間違いないと？」

「口臭が……」

「口臭？」

田中巡査が訝った。

「田辺さん、いつも口臭が強かったけん……そう言えば、五日前に襲われたあの時も……」


鈴木巡査長が何かを語りかけようとした時、そのイヤホンに無線指示が飛び込んだ。

無線を終えた鈴木巡査長は緊迫した表情で田中巡査を振り返った。

「県内すべての主要道路で検問を開始した。わしらもマルヒを追う」

その時、一人の女性が「塩屋の坂」がある方向から走って来るのが目に入った。

「七海！」

血相を変えた母親の貴子が七海のもとに駆け寄ってきた。

「さっき警察から連絡があって——」

貴子は七海の全身を見回した。

「また怪我したの！」

体中に目をやった貴子が驚いた表情で訊いた。

「しゃあねえっちゃ、かすり傷やから」

七海の体を支えながら家のリビングに足を踏み入れた貴子が呆然と立ち尽くした。

「こりゃいったい……」

椅子やポールハンガーなどが散乱し、テーブルから落下して割れた幾つかの食器の破片が散らばっている。

「で、七海、どうなん？　本当に怪我は大したことはねえん？」

振り返った貴子は七海の手を取って何度も擦った。

「うん」

七海は頷いた。

「でも、手のここが擦り切れちょんし……前に怪我した足は？」

貴子が七海の手足に忙しく視線をやった。

「ちょっと擦っただけっちゃ……挫いた足も何とも……」

七海はぎこちない笑顔を作った。

だが母は七海を強く抱き寄せた。

困惑する七海をよそに、母はしばらくそのままでいた。

だが突然、貴子は今度は七海の目をじっと見つめた。

「あんたを襲うたんな、本当に田辺ちゅう塾生の人なんね！」

それは質問というより詰問の雰囲気だと七海は驚いた。

「どうなん！」

貴子は両手で摑んだ七海の肩を揺さぶった。

「た、たぶん……」

七海は驚いた表情で貴子を見つめた。

こんな形相の母を見たことがなかったからだ。

いや、違う、と七海は頭の中で即座に否定した。

熊坂洋平さんに対する警察の捜査について聞いてきた、あの時の母の顔つきと同じだ……。

「ちゃんと話しち！　本当に田辺ちゅう人やな！」

じっと見つめる母の瞳に、七海は猛禽(もうきん)に睨まれた小動物になったような錯覚に陥った。

「そうや！」

七海は強い口調で言い返した。

母の表情が一変し、柔らかなものになった。

七海の肩を引き寄せた母はもう一度、七海を強く抱き締めて安心した風に言った。

「良かった……」

七海は確かに聞いた。

耳元で囁いた母のその言葉を――。

――こんな目に遭(あ)ったんに、〝良かった〟っていったいどういうこと？

だが七海はそのことに思いを巡らせた。

母は、無事でいる自分のことを喜んでくれたんで、思わずそんな言葉が口から出たのだ――。

さっきの姿にしても、田辺が自宅まで侵入したことによるショックが母を襲ったのだろう。

「ごめんね、七海……。あんたばかりに迷惑をかけて……」

母が涙声であることに七海は気づいた。

「迷惑かけてって、お母さんが悪いんじゃないし――」

「本当にごめんなさい……」

母はそう言って優しく七海の髪を撫でた。

「私もごめんね、心配させて……」

七海はなぜか涙声となった。

「あんたが謝ることやねえわ。本当に良かった……」

母もまた声に出して泣いていた。


緊急走行で車を走らせている涼の視線の先に、大分空港道路の杵築ランプへ繫がる幅広の一本道を完全に封鎖した数台のパトカーの周りで検問を実施している大勢の警察官たちの姿が目に入った。

「あれだけガチガチにされたら、奴は大分空港道路には乗れちょらんです！」

規制ラインの手前で涼が車をUターンさせた時、助手席から正木が警察官たちに機敏な動作で敬礼を送った。

「なら一般道や！」

正木が勢い込んで言った。

「しかし、我々の担当は大分空港道路ですが……」

涼が戸惑った。

ナビゲーションシステムに一度手が向いた正木だったが、すぐに諦めて自動車地図を手にして急いでページを捲った。

「小倉方面や福岡市なら国道10号線、別府や大分市方面なら県道……どちらに行ったか……」

正木が困惑した。

「鑑識から届いた田辺のスマートフォン履歴を憶えてますよね！　福岡市ん博多へよう出かけちょったです！」

「冴えちょんど、首藤！」

正木が叫んだ。

ピーピーピー。

無線の呼び出し音が車内に響き渡った。

「別府7や、どうぞ」

無線機を握った正木が応答した。

「田辺の車をJR杵築駅前付近で発見との通報が今しがた入電した！　最優先で向かえ！」

「了解！」

正木が声を張り上げた。

「田辺は列車に乗ったんですね！」

涼が言った。

「とにかく、駅員から聞き込んで、大分市方面か小倉方面か、どちらん列車に乗ったか、それだけでん確かめる」

正木が押し殺した声で言った。

緊急走行で車を走らせた涼が杵築駅前に捜査車両を到着させたのはその十分後だった。

駅前にはパトカーはまだなかった。

瓦葺き屋根がある武家屋敷風の佇まいをした駅舎入り口前の広い敷地に車を滑り込ませた涼はすぐに飛び降りた。

駅舎の中へ飛び込んだ涼は、〈きっぷうりば〉と書かれた硝子張りの窓口の向こうに座る若い駅員に最初に声をかけた。

涼は警察手帳を掲げてから、大分県警察本部から届いていた田辺の写真を、切符や金銭のやり取りをする小さな隙間から差し入れた。

「この男、今から三十分以内の列車に乗ったんです！ どっちんホームに向かったか見ていませんか？」

質問というより詰問口調になっていることに気づいた涼だったが、コトは一刻を争うのだと気に留めなかった。

受け取った写真を見つめていた駅員は首を傾げた。

「小倉方面か、別府、大分方面か、どっちかの列車に間違いなく乗ったんです！」

語気強く言った涼がさらに続けた。

「昼間の時間帯に乗客はそんなにおらんかったはずや！」

涼が勢い込んだ。

「そう言われましても……」

そう言った駅員だったが、命令口調の涼の言葉に不愉快な表情を浮かべた。

「本当に見ちょらんか！」

涼が畳みかけた。

「さあ……」

駅員は首を捻った。

「もういっぺん、どうか、もういっぺん、よく見て！」

駅員は顔を左右に振った。

「やけん！　ちゃんと見て！」

涼は駅員に突っかかった。

「首藤――」

正木が声をかけた。

「どうや！　こん男、どっちの列車に！」

涼の勢いは止まらなかった。

「首藤、止めろ！」

正木が涼を駅員から強引に引き剝がした。

「どげえしたっちゅうんや？」

正木が咎めた。

「奴の行き先を確認したいんです！」

涼が声を張り上げた。

「まあ落ち着け」

正木が落ち着いた声で言った。

「しかし――」

「冷静になれ！」

正木が叱った。

「刑事さん――」

駅員が声をかけた。

涼は目を輝かせて駅員を振り返った。

「私も、駅のセキュリィティーを担うちょん職員の端くれです。一日の乗降客ん顔ぶれは最低限憶えちょります。ゆえに、こん写真の男はここを通過しちょらん、そうはっきりと言えます」

改札口を指さしながらそう捲し立てた駅員は、写真を涼に返した。

涼はそれでも諦めきれない雰囲気でホームへと飛び出した。

そこは小倉方面行きのホームで列車はなかった。

右手の階段を登って反対側二番線と三番線のホームが別府、大分市方面行きの乗り場であり、そこには、二両編成のワンマン仕様で、オレンジ色のドアの各駅停車の列車が停まっている。

涼は腕時計を見つめた。

もちろん、目の前の列車に、田辺が乗っているはずもないことは涼にも分かっていた。

「小倉駅にも、大分駅にも、大勢の警察官が待っちょる」

正木が背後から声をかけた。

「もし途中で下車しちょったら？」

涼は不安げな表情を向けた。

「捜査本部の要請で、県警本部はすでに田辺のスマートフォンの電波追跡を開始しちょん。確保するのは時間の問題や」

そう言って正木は大きく頷いた。

ハッとした風な表情を作った涼が再び駅員に詰め寄った。

「防犯カメラ、ありますよね？」

「ええ……ただ、改札口を映したものだけですが……」

駅員は戸惑いがちに答えた。

「それでいい。すぐに見せてください!」

涼がそう叫んだ時だった。

パトカーのサイレン音が近づいてくるのがわかった。

思わず駅員とパトカーとを忙しく見比べたが、結局、真っ先に駆けだしたのは涼だった。

速度を上げて駅舎に向かって接近してきた一台のパトカーがそのままの勢いで滑り込んできて、涼の前で急停車した。

ドアを開けたパトカー乗務員に涼が駆け寄った。

「通報の車はどこです?」

「こん近くの民家に乗り捨てられちょんと通報があったんですが……」

制服警察官は辺りを見渡した。

「こっちだ!」

咄嗟に振り返った涼の目に、白髪の男が大きな身振りで手招きしている姿が入った。

涼と制服警察官がすぐに走り出し、正木も遅ればせながら続いた。

〝白髪の男〟が案内したのは、駅舎に背を向けて右側に連なる住宅街の一角だった。

「勝手にウチの駐車場に停めやがっち!」

「あなたが警察に通報を?」

涼が訊いた。

〝白髪の男〟は案内しながら訴えた。

「ワシの車は息子が乗っていっちなかったんに、突然、こん車がここに――」

二階建て住宅に附属する、屋根付きの駐車場に一台のミニバンが停まっていた。

「手配対象車です！」

息を切らしてやってきた正木に、涼がナンバープレートを指さしながら厳しい表情で告げた。

「ここの現場保存をお願いします」

涼は制服警察官たちにそう言って、正木を振り返った。

「自分、他の目撃者を探します。田辺の人着などの情報がとれるかもしれません」

「よし、ワシもやる」

正木が応じた。

涼が走り出そうとした時だった。

「これ、なんやろ……」

ミニバンのマフラーの前でしゃがみ込んだ涼が土の地面を見つめた。

ドス黒い液体が溜まっている。

涼はゆっくりと顔を上げた。

そこには後部ドアがあった。

そのすぐ下にあるリアバンパーから、赤褐色の滴がポタポタと地面に滴り落ちていることに涼は気づいた。

涼はそっと人差し指をリアバンパーへ伸ばした。

リアバンパーの〝滴〟に指が触れた。

指に付いたものを、陽の光に掲げて見た。

指の腹には真っ赤な液体が付着していた。

目を見開いた涼は、急いで立ち上がるとバックドアガラスから車内を覗き込んだ。

だがバックドアガラスはUVカットガラスとなっており薄暗くて中の様子は分からない。

「これは……」

正木を振り返った涼が瞬きを止めて掠れた声で言った。

同じ行為を繰り返した正木は、すぐに車を回ってすべてのドアを開けようと試みた。

だがどのドアにもロックがされている。

正木は、涼と意味深な表情で頷き合った。

「金槌を持っちょったら貸してください」

涼は勢い込んで〝白髪の男〟に頼んだ。

「ほいたらこき（それならここに）——」

駐車場の隅に置いてあった工具箱から金槌を取り出した〝白髪の男〟は涼に手渡した。

「まさか、ここで窓を……」

制服警察官が驚いた表情で涼を見つめた。

「こん中に尋常やねえ状態の人間がいます。やむを得ん。あなたの駐車場の中で申し訳ないんですが、いいですね？」

涼は、駐車場の持ち主である〝白髪の男〟に了解を求めた。

〝白髪の男〟は一度唾を飲み込んでから、

「ど、どうぞ……」

小さな声で応えた。

「やる！」

そう言い放った涼は金槌を握った手を振りかぶって、右手後部座席のリアドアガラスに思いっきり叩きつけた。

クラッシュ音がしてガラスの一部が割れると、涼はさらに金槌を使った。

最後のガラス片を金槌で蹴散らした涼は、慎重に手を車内に伸ばしてドアロックを解除した。

後部座席に入った涼は、ガラス片に気をつけながら一番後ろの荷物を載せるラゲージスペースを覗き込んだ。

目の前の光景を見つめる涼は、仰向けとなってカッと目を見開いて虚空を見つめる男が田辺であることがすぐに分かった。

「逃げ切れんち思うたんやろ……」

正木がしんみりと言った。

涼は、腹部に突き刺さっている真っ赤な血にまみれた包丁様のものを握っている、田辺のその両手から目が離せなかった。

陰りつつある陽の光に照らされながら縁側で足を投げ出して座る七海は、貴子が探し出してくれた父の形見とも言える松葉杖を愛おしそうに指で触れながら、庭に伸びる長くなった母の影を漠然と見つめていた。

洗濯物干（ものほし）台から取り込んだ乾いた洗濯物を両手に抱える母が振り向きざまに言った。

「気持ちいい夕方やけん、久しぶりに、お抹茶（まっちゃ）をたてようかえ」

ちょうどその時、七海の頬を緩やかな風が撫でていった。

朝は少し寒さを感じたが、午後になると過ごしやすい陽気となった。

「それ、しんけん（すごく）いいわ」

七海は屈託のない笑顔を作った。

居間の奥に消えた母がしばらくして戻って来た時、その手には、茶碗、抹茶の入った缶や茶筅（ちゃせん）などの道具が載せられたお盆があった。

「七海は足もソレだし、ここでええわな」

七海の隣に正座した母が言った。

「もちろん」

七海が微笑みながら応えた。

一服分の抹茶を茶漉に入れてお茶碗の中に篩い落とした母は、計量カップに用意してきたお湯をそっと注いだ。

茶筅でお茶碗の底にある抹茶を分散させるようにゆっくりと混ぜ、さらに細かい動作を繰り返してから茶碗を七海の前に静かに置いた。

七海が目配せすると、母は笑みを浮かべながら頷いた。

丁寧な扱いでお茶碗を右手で手に取って左手にのせ、さらにそこに右手を添えた七海は一礼をした。そして、時計回りに二回、お茶碗を回してから口を付けた。

時間をかけて飲み干した七海は、飲み口を右手の指で軽く拭ってから、今度は反時計回りに二回回して縁側の板の間の上に置いた。

「結構なお点前でございました」

そう口にした七海は母に向かって頭を垂れた。

「あんたん柄にもねえわ」

母が苦笑した。

「これでも、大学ん頃はまじめに茶道やったたんやけん――」

七海は首を竦めた。

「お母さんのお茶は？」

七海が訊いた。

「ここに座ってたら、なんか気持ちようなっちしもうて……」

「そうやなあ」

七海は穏やかな表情の母を見つめた。植木鉢が並ぶ庭をじっと見つめた。

母はしばらくそのままにして、その出来事についてあれからまったく聞こうとしなかった。

気持ちが落ち込んでいるであろう自分を気遣っている、という母の愛を七海は深く感じていた。

「最近、突然思い出したの。お父さんと手を繋いで歩いた最後の観月祭——」

七海がふとそう口にした。

「最後って、あなた、そん時んこと憶えちょんの？」

母が驚いた表情で訊いた。

「ええ。すごく楽しかったから」

七海の脳裡に、いつもぼんやりと思い出すあの映像が蘇った。

尺八や篠笛（しのぶえ）（日本の伝統的な竹造りの木管楽器）の音色を聞きながら、着物姿の父と母に手を引かれて満面の笑みで歩いた行灯が並ぶ石畳。色とりどりの「絵付きの行灯」を見つけた私は思わず走り出してしまった。観光客の中に私を見失った母が慌てて追いかけてきた。

私も辺りを見渡して一人になってしまったことに泣きべそをかきだした。

「七海ちゃん、ここにおったんやな」

そう優しく声をかけてくれたのは父だった。目の前にしゃがみ込んだ父は、まだ細く柔らかい髪の毛を優しく撫でてくれた。

ふと見上げると安堵した表情で微笑んでいる。

「さっ、七海ちゃん、綿飴、買いに行こうかえ」

父が声をかけた。

父はいつもそうだった。私のことをいつも〝七海ちゃん〟と呼んでいた。叱るその時も〝七海ちゃん〟だった。

「お母さんには初めて言うけんど、観月祭はね、実は、私にとっては辛え思い出でもあるんや」

現実に戻った七海が続けた。

「だって、その観月祭の翌日にお父さん亡くなってしもうたけん……観月祭は私とお父さんの最期の思い出なん……」

母は急に目頭を押さえた。

「やけん、正直に言うたら、観月祭ってお父さんへの悲しい思い出でもあるけん……」

七海は微かに微笑んで母を見つめた。

母の手が伸びて七海の手をぎゅっと握った。

「観月祭が終わったら、すぐにお父さんの命日やな」

七海がぼそっと言った。

その時は小さくて葬儀や納骨のことをよく憶えていなかったが、父が亡くなったのが、二十年前の観月祭の翌日であったことは今でもしっかりと記憶にあった。

七海の言葉に、母は目を閉じて小さく頷いた。

「もう二十年か……。おおかた四半世紀ちゅうわけよね……」

独り言のように七海が言った。

ふと気配がして七海は母を振り向いた。

項垂れた母は、額を押さえて顔を歪めている。

「痛いの？」

七海が心配そうに訊いた。

「ちいと軽い頭痛ちゃ」

そう言って母は明るい表情で顔を上げた。

そうしてまた二人にまったりとした沈黙が続いてからのことだった。

「お母さん、お父さんとの結婚を決めた時、何かキッカケとなったもんがあったん？」

七海は、オレンジ色に染まりつつある空を見上げながら訊いた。

「最近、変なことばっかり聞くなあ。なんなんいったい？」

母は七海を振り返らずに言った。

「憶えちょんのやろ？」

七海は急かした。

「だあれも同じことっちゃ」

母はぶっきらぼうに言った。

「今更、照れる歳でもないでしょう？」

七海が口を尖らせた。

「本当に、最近変な子ね……」

母が呆れた表情で振り返った。

首を垂れた母は、しばらく黙ったまま、何かを懐かしむような穏やかな表情をして、右手の甲を左手の指で撫で続けた。

七海は母の言葉を静かに待った。

「この人が死んだら自分も死ぬ――。そげな感じじゃ」

もっとかわいい言葉を聞けると思っていた七海は、思わず母の顔を見つめた。

母の顔には笑顔はなかった。

虚空を見つめる真剣な眼差しがあった。

「自分も死ぬ、か……」

七海は自然と母の言葉を繰り返した。

七海は思った。

涼に対して、自分はそこまでの強い感情を持っているのか……。

その時、肯定すべきじゃない、という声が頭の中で響いた。

しかし七海は正直になろうと自分に言い聞かせた。

素直に自分自身を見つめようとも思った。

死ぬとか、そこまでの強い表現はできない。

でも、かけがえのない存在――その言葉が相応しい感情を涼に抱いていることは間違いないと思った。

だが、その〝かけがえのない存在〟にしても、じゃあ、どこまでの気持ちか、と聞かれれば、確かな答えを見つけることはできない、とも正直に思った。

「やったら、お父さんが亡くなった時、お母さんな、どうやったん?」

自分でもその言葉が口から出たことに驚いた。

その質問は、これまで母との間では、互いに暗黙の了解みたいな感じでタブーであり、七海は一度としてそれを聞いたことがなかったからである。

七海は横目で母の反応をうかがった。

母はまた表情を緩めて、オレンジの陽光に頰を照らされている。

「最期の別れの時、どれほど泣き腫らしたか……」

母が静かに言った。

七海は驚いた。

その言葉はまったく想像をしていなかった。

たぶん初めて、母が父に対する赤裸々な感情を露わにしたことを――。

七海は想像できた。

恐らく、葬儀場などで出棺前のお花入れの後、永遠の眠りについた父の顔を見つめながら母は人目を憚らずに泣き崩れたのだろう――。

だが〝泣き腫らした〟という姿は、幼かった七海の記憶には残っていなかった。

「お父さん、最期、苦しんだ？」

ずっと聞けていなかった質問を七海は母に投げかけた。

母は目を瞑（つぶ）って顔を左右に振った。

「お父さん……」

しばらくの沈黙の後、七海が呟いた。

そして、父の松葉杖を手に取ると、脇当ての部分で頬を撫でてみた。

母が七海の肩を優しく抱いた。

七海も思わず母の腰に手を回した。

そして自分の頭を母の肩にもたれ掛からせた。

「お父さんがのうなっちから（亡くなってから）しばらく経った頃、あんた、夜、なんべんも起ききち、泣いちょったなあ………」

「そのことも最近思い出したん。微かに憶えちょん。お父さんに逢いたいって泣いた、その時の話やろ？　でもお母さんがやさしゅう抱き締めちくれたよね……」

七海が言った。

「わたしは何もできず、ただ七海の背中を擦っち、一緒に泣いちょっただけや……」

「そうやったっけ……」

七海が微笑んだ。

「もう一つ、思い出したことがあるんや」

七海が続けた。

「それもついこの間、思い出したんや。私、小学校の頃、この縁側から空を見上げてずっと思っちょった。お父さん、今、どこの空にいるのかな……家の上の、あの雲の上かなって……」

「今でもちゃ。お父さんな、七海をずっと見守っちょんわ」

母が強く七海を抱き寄せた。

「逢いたいよ、お父さん……」

ふとそんな言葉が七海の口から出た。

思ってもみないことだった。

物心ついてからというもの、亡くなった父に対して、そんなセンチメンタルな言葉を口にしたことが一度もなかったからだ。

母が七海の体をぎゅっと抱き締めた。

「〝最近思い出した〟やらとか、ここ数日、そげな訳んわからんことをずっと言うちょるけど、七海はまだ小さかったけん、お父さんの思い出、それでも少ねえんやな……」

涙が頬を伝った母が続けた。

「でもね、いつもいつも言うちきたとおりな、お父さんな、ずっとずっと、七海んことを見守っちくれちょんのや」

母が涙声ながら優しい口調で言ってくれた。

「そうやなあ……」

そう言った七海も、母の身体に手を回して力強く抱き締めた。

「もうすぐ観月祭やな」

七海が言った。

母が小さく頷いた。

七海が続けた。

「ここ数年、十月の初旬から中旬に催されちょったけど、今年は満月の月齢（げつれい）の関係で、こげえ遅うなってしもうたなぁ」

「今年もようけの人が楽しみにしちょんわ」

母の温かみに包まれた声が聞こえた。

「お母さんも準備で張り切っちょんよな」

「まあな」

太陽が沈んで、夜の訪れを告げる幾つもの景色が浮かんでいた。

七海は、生前、父がいつも夕方になると自分に語りかけてくれた言葉を思い出して言った。

「すっかり青夕方(あおゆうがた)になったね」

別府中央署

涼は捜査本部にいる捜査員たちを何気なくぐるっと見渡した。

多くの捜査員の顔が今までの緊張から解放されている——涼はそう感じた。

もちろん笑みを浮かべている奴はいない。

しかし明らかに安堵する雰囲気を涼は多くの捜査員の姿から感じ取った。

被疑者死亡によって捜査本部は解散——そんな言葉さえも脳裡に浮かんだ。

「まずは、鑑識課主任、死体検案につき報告を——」

事件捜査を指揮する植野警部が雛壇から告げた。

制服姿の鑑識主任が勢いよく立ち上がった。

「詳しゅうは明日の司法解剖を待たなければなりませんが、検案での検死官の見立てでは、肝臓動脈損傷によっての大量出血、出血性ショックによる心不全が死因とされちょります。

そして、そん刃物には、田辺の指紋のみが遺留しており、争った形跡もなかったことから、自殺の可能性が高いとの判断がなされました。尚、直腸温度の測定からして、発見さるる三十分以内に田辺は自傷したと考えられるという結果も出ちょります」

「わかった。で、車の所有者は？」

植野係長が訊いた。

「盗難車です。北九州市内の駐車場から盗まれています。尚、同駐車場には防犯カメラは設置されちょりません」

鑑識課主任が淀みなく答えた。

「車内の遺留指紋は？」

植野係長がさらに尋ねた。

「幾つかの種類を検出しまして、明日、所有者周辺の指紋と照合予定です」

満足そうに頷いた植野係長は正木と涼の二人へ視線を送った。

「現場におった、正木主任と首藤刑事、きみたちん意見を聞きたい」

正木が肘で涼の腹を突いた。

「お前さんが説明しろ」

戸惑っている涼に正木が囁いた。

「何か意見はないのか？」

植野係長が急かした。

「はい、自分が報告します」

涼が直立不動となった。

緊張気味の涼が頭を整理しながら口を開いた。

「臨場した時、周囲には不審人物はおらず、車内にも特異な状況はありませんでした」

「ごくろう。では、明日一番で、田辺宅のガサに入る。その担当も含め、明日の捜査事項については、これからデスク主任と協議して伝ゆるけん、それまで、各自は報告書をまとめてくれ。では一旦解散――」

雛壇から植野警部をはじめ、署長や管理官が立ち上がってゆく光景を見つめる涼は、彼等にしてももはや、事件は一件落着した空気を漂わせている、と思った。

植野警部は〝明日の捜査事項〟という言葉を口にしたが、被疑者死亡で検察庁に送検するための残務整理くらいしかやらないはずだ、と涼は思った。

多くの捜査員たちも、窓の前に立って背を伸ばしながら欠伸をしたり、何人かで談笑しあったりしている。

敢えて言えば、まったりとした空気が漂っている、そんな感じを涼は受け取った。

「そげなことや（そういうことだ）」

正木は涼の肩を軽くポンポンと叩いて立ち上がった。

「複雑な気分です」

涼がボソッと言った。

「せっかくの大捕物がのうて拍子抜け、ちゅうわけか？」

正木が苦笑した。

「ええ、まあ……」

涼が正直に認めた。

「逆やろ。お前さんの彼女の危険が去った、それを喜べ」

正木が諭した。

「はあ」

涼が首を竦めた。

「早う、言うちゃれ」

正木がそう言って廊下に向かって顎をしゃくった。

「えっ？」

涼が驚いた表情で正木を振り返った。

「お前さんの、かわいいあの子に決まっちょんのやねえか」

「しかし、報告書が——」

涼が言い淀んだ。

「もちろんお前さんが書くんや。だが、そげなん、大した時間もかからんやろう。やけん、犯人が捕まった、安心しろと早う電話をかけちゃれ」

「あっ、ありがとうございます」

深々と一礼してから涼は捜査本部を飛び出した。

警察署庁舎の外階段の踊り場に出た涼は急いでスマートフォンを取り出し、七海を呼び出した。

涼がふと首を回すと、辺りはすっかり闇に包まれて、幾筋か立ち上る灰色の湯煙が月明かりに浮かんでいるのが見えた。

呼び出し音ばかりで応答がなかなかなかった。

涼は上着の袖を捲って腕時計を見つめた。

——まだ眠る時間やねえよな……。

溜息をついた涼がスマートフォンを上着の胸ポケットに入れた、そのつもりだったが誤って床面に落下させた。

しまった！

慌てて拾い上げると、心配したディスプレイにはヒビはなかった。だが角の部分が少し削れている——。

——中の部品は壊れとるんやろうな……そうやったら、せっかく撮影した七海の写真も消えてしまったおそれも……。

その時、ある光景が突然、涼の頭の中に蘇った。

それは、自分が、車内で田辺を発見した時、傍らに転がっていたスマートフォンのことだ。

　ハンカチでくるんでスマートフォンを持ち上げると、ディスプレイをはじめ、至る所が壊れているのが見えた。

　いや、壊れていた、という程度じゃない。アスファルトの上に落したくらいではあんな酷い状態にはならないはずだ。

　あれはまさしく、ハンマーのようなもので激しく叩きつけたような……。

──なぜスマートフォンにあんな真似を？

「もしもし──」

　スマートフォンから声が聞こえた。

「あっ、オレや」

　涼が慌てて応答した。

「何かあった？　どうしたん？」

　七海が矢継ぎ早に質問してきた。

「結果的ちゅうことなんやけんど、七海、もう危険はねえけん」

　涼がまずそれだけを答えた。

「結果的に危険はねえ？」

　七海が訝った。

「田辺は死んだ」

　涼が静かに告げた。

「えっ！　死んだ？」

七海が声をあげた。

「自殺したんや」

「自殺……」

七海の声が掠れた。

「そうじゃ。数時間前、車の中で発見した」

「〝した〟って、涼、あんたが？」

「ああ……」

「薬でも飲んで？」

「いや……刃物で自分の腹を刺した——」

七海が訊いた。

しばらくの沈黙の後、

「やっぱし、私を襲ったんも、熊坂さんの奥さんを殺したんも、ぜんぶ、田辺さんがやったん？」

と七海は口にした。

「詳しゅうはこれからじゃけんど、ほぼ間違いない……」

「でも、そもそもは、熊坂さんが私を助けようとしたことから始まり……私のために久美さんが……」

「七海、お前が責任を感じることはないっちゃ」

涼の優しい言葉が聞こえた。

「とにかく、もう怖がることはなにもなくなった」

涼が言い切った。

「じゃあ、正木刑事さんは、もう私を疑っちょらんな?」

「疑う?　最初からそりゃねえよ」

涼が慌てた風に言った。

「まっ、そりゃいいわ。ところで――」

七海の声のトーンが変わった。

「田辺さんにご家族は?」

七海が訊いた。

「そんなこたあ七海が気にするようなことじゃ――」

「いいけん教えて」

七海が強引に促した。

「……東京に母親が一人……」

「あの人もお母さんと二人……」

七海が呟いた。

「お前、そいつに殺されかけたんだぞ」

涼が叱るように言った。

「でも、お母さんはお気の毒に……」

七海の沈んだ言葉に、涼はさらに何か言おうとしたが口を噤んだ。

その代わりに口にしたのは、

「七海、すべて終わった。もう安心ちゃ」

という優しいフレーズだった。

「本当に？」

七海が応えたのはその言葉だった。

「本当も何も、犯人は死んだんや」

「……」

「オレがこん目で確かめた――」

涼が語気強く言った。

「母も安心するわ。一番、心配しちょったけん」

「そうやな……でも……心配していたのは――」

「わかってるって。ありがとう、涼――」

穏やかな声が涼の耳に響いた。

「すべては元のとおりや」

涼が明るい声で言った。

「そうじゃな」

その七海の言葉に続いて、オレたちも元の通りに——という言葉を涼はさすがに飲み込んだ。

「もう少ししたら、仕事も落ち着くやろうけん、飲みに行こ！」

涼が言った。

「ウン。連絡して」

満面の笑みの七海の顔を涼は想像してみた。

「あらっ、急に空が暗くなってきたわ……」

七海がスマートフォンを耳にあてたまま窓に立った。

「十二夜月（じゅうにやつき）」が灰色の雲の中に消えていった。

「きっとすごい雨が降るよ。お母さん、しゃあねえかな……」

七海が不安そうに言った。

「お母さん、外に？」

「そう、観月祭の準備で——」

「もう八時や。こんなに遅くまで？」

「たぶん、商工会女性部ん知り合いとどこかでご飯食べよんのよ。今日は、遅うなるけん作っちょった夕ご飯を食べてと言いよったから」

七海がそう答えた時、涼の頭から大粒の雨が降りかかった。

「こりゃすげえ雨や。お母さんを早く迎えにゆかないとダメだ。……ああ、その足では無理か……」

涼が低い唸り声を上げげた。

「でも、傘を持って行っちょらんし、もし土砂降りになったら……あっ、雨の音が……」

七海がその音の方に目をやると窓に大きな雨粒が叩きつけ始めていた。

「じゃ、七海、また明日、連絡するけん」

涼はそう言っただけで慌てて通路の中に戻った。

七海は松葉杖を頼りに玄関まで向かった。

傘立てから薄いピンク色の傘を取ろうとした時、突然、玄関の扉が開いた。

「やられたわ」

ハンカチを頭に被った母の貴子が飛び込んできた。

髪の毛だけでなく、羽織ったベージュのコートは雨にしっかりと濡れている。

松葉杖から手を離した七海は、フローリングの廊下に手をついて四つん這いでタオルを探しに向かった。

「七海、そげなことまでせんでいいけん。うわ、バッグん中もぐっしょり!!」

一人で騒ぐ母の声が七海の後ろから聞こえた。

大分空港

バスに揺られながら萩原の表情は険しいままだった。

隣席から砂川が二度ほど声をかけたが、萩原は、雨が激しく打ち付ける窓を向いたまま振り返ることはなかった。

いや、口を開かないのは昨日の夜からだ、と砂川は思い出した。

別府駅東口にあるアーケード商店街、その脇道にあった大衆居酒屋に入った時より、萩原とはほとんど会話らしい会話をした記憶が砂川にはなかった。

大分空港の車寄せの指定場所に停まったバスから降り立った萩原は、新聞を頭に載せて土砂降りとなった雨の中をロビーまで突っ走った。

空港ビルの中に入った萩原は、ハンカチで濡れたスーツを忙しく拭った。

「それにしても、あの正木という主任、昼行灯かと思ったら、ゾッとするような厳しい目を向けることもある。よくわかりませんね」

遅れてやってきた砂川も自分の服の雨を払いながら言った。

「ああいうのが一番デキる刑事だ」

萩原が短く言った。

「そんなもんでしょうか……。ただ正木についている首藤という奴。チャラチャラしていて気に食わないです」

　砂川が続けた。

　しかし萩原はそれには応えず、硬い表情のまま近くのベンチを指さした。脱いだ上着をベンチの肘掛けにかけた砂川が訊いた。

「大分県警は被疑者死亡で送検、それで終わりということでしょうが、我々はすべては振り出しに――。そういうことですか……」

　砂川は溜息をついて萩原の隣に座った。

　だが萩原は無言のままで、日本航空の女性地上係員の機敏な動きを漫然と見つめている。

　それでも砂川はひとり話し続けた。

「熊坂洋平にしてもＩＣＵに入ったままですし、一旦、引き揚げとなったのも仕方ありませんね。それに、もはや当の熊坂にしても――」

「熊坂は、真田和彦殺しの犯人（ホシ）じゃない――」

　萩原が遮った。

「しかし、熊坂洋平と真田和彦との間に繋がる線の先に、真犯人（ホンボシ）が必ずいる」

「しかし、これだけ熊坂の周辺を洗っても何もでない以上はもはや……」

　砂川は、その先の言葉はさすがに飲み込んだ。

　だが萩原は再び黙り込んだ。

「萩原主任、率直に申し上げてよろしいですか？」

砂川の言葉に萩原は黙って頷いた。

「熊坂に入れ込み過ぎじゃありませんか？」

萩原の反応がないので砂川は構わず続けた。

「ガイシャの真田と熊坂洋平との間に不可解なことが多いことは自分も引っ掛かっています。しかし、〝華のカンイチ（鑑取捜査第1班）の捜査対象を、今や意識のない熊坂一本に絞るのはいかがなものかと――」

「まったく見えていない」

萩原はロビーの大きな窓に時折吹きつける強い雨を見つめながら言った。

「見えていない？」

砂川は怪訝な表情で聞き返した。

「真田側には、自分からばかり、しかも頻繁に熊坂に連絡をとらなければならない明白な理由があった。しかし我々にはその理由が見えていない」

腕組みをした萩原がさらに続けた。

「さらに言えば、その熊坂にしても正体不明であり――オレたちは、真田和彦と熊坂洋平を結ぶ線が見えていない」

砂川は堪らず、萩原を真正面から見据えた。

「萩原主任、線が見えないと仰いましたが、この際、はっきり聞かせてください。真田と熊坂との関係についての主任の見立てはいったいどうなんです？」

「熊坂と真田の間には隠された何かがある——今、分かっているのはそれだけだ」

萩原は正直に言った。

「分かっています。そのために、熊坂が意識を取り戻し、一般病棟に移ったら至急、ここに連絡してくれるように、大分県警の正木主任に何度も念を押してきました」

砂川は自分のスマートフォンを翳した。

「よくやってくれた」

萩原は砂川をそう労ったが、前屈みとなって腕を組むと表情はさらに厳しくなった。

「だが、意識を取り戻しても熊坂はもはや何も言わない」

萩原が決めつけた。

「いや、そう判断されるのはまだ早いかと——」

砂川が慌てて言った。

「熊坂は、死期が近いことを悟っている。ゆえにすべてを墓場まで持ってゆく覚悟はもはや揺るぎない——」

「確かに。黙秘を貫くあの頑強さはその思いがあるからですね」

砂川が納得した風に頷いた。

「主任、自分は、こう思うんです。根拠のない推察ですが話してよろしいですか?」

砂川の方を向かないまま萩原は頷いた。

「熊坂という男は、昔、重い罪を犯し、検挙されずに逃亡している——自分はそう思うんです」

そう言ってから砂川は自分の両手を広げてさらに続けた。

「その根拠の一つは、熊坂が自分の両手の全指紋と掌紋も消すという、尋常ではない真似をしていたことです」

砂川が自分の言葉に納得するように頷いてからなおも話を続けた。

「そこから導き出されるのは、それだけするには理由があった、ということです」

「何が言いたい？」

萩原が訊いた。

「例えば、です。逃亡している殺人犯であればそれだけのことをすることに合点がゆきます」

萩原は黙って聞いていた。

砂川が続けた。

「しかし、真田は何らかの方法で、熊坂の居場所を知った。だから杵築へ行った」

砂川は萩原の反応を窺ったが、黙ったままだった。

砂川は構わず続けた。

「で、熊坂と会って問い詰めた。しかし熊坂は従わなかった。だから、真田は東京に戻ったが、それからも熊坂宅に電話をかけて追及した――」

「ちょっと待て。正木警部補によれば、熊坂夫婦が杵築にやってきたのが二十年前――。

君の推察によれば、罪を犯したのはその前だろ？　時効が成立していないにしても、指紋を消したりなどここまで身分を隠して暮らしてるというのは、単に警察に捕まることを避けるためだとは思えない気もする……」

萩原が顔を歪めた。

「被害者遺族からの民事提訴に時効はありませんしね……」

砂川がそう言って萩原の反応を窺ったが、窓越しに雨で霞む景色を見つめていた。

砂川はさらに推察を続けた。

「そもそも殺人犯という過去をバラされたら世間体（せけんてい）というものに関わったでしょうし……」

「今、君が立てた筋読みは一理ある。しかし――」

「しかし？」

砂川が眉を上げた。

頷いた萩原が続けた。

「矛盾するところも多い」

「矛盾？　どこがです？」

砂川が不満そうな表情で訊いた。

「例えば、真田が杵築にやって来た時の話だ。憶えているだろ？　大分県警の調べによれば、真田は、熊坂の店の中で、熊坂洋平とその妻である久美と握手を交わし抱擁しあっていたのが目撃されている。その光景は、追及している元警察官と、逃亡中の男とその妻とのシーンとしては余りにも違和感がある――」

萩原は振り返って続けた。

「ともかく、真田と熊坂の関係において、我々は何も見えていないも同然だ」

「それに、指紋がありませんので警察庁での照合もできないし……」

砂川が顔を曇らせた。

「それはもういい」

萩原がそう言ってさらに続けた。

「やることは一つしかない」

砂川は黙って萩原の言葉を待った。

「真田和彦の交友関係をすべてあたる」

萩原が押し殺した声で言った。

「しかし知人と友人には、カンニ（鑑取捜査第2班）とカンサン（同第3班）がすでに一通りはあたってますが……」

砂川が戸惑った。

「さっき係長に訊いたら、特異なことはまだ何もないと――。遅すぎる！」

萩原が苛立った。

「誰かが持っている」

「誰かが？　持っている？」

　砂川が萩原の瞳を覗き込んだ。

「犯人を捜査圏内に入れるためのタマを、真田和彦の交友関係の中で誰かが持っている。捜査本部がまだそこへ行き着いていないだけだ」

　萩原は言い切った。

　地上係員のアナウンスが人気のない空間に響き渡った。

　萩原たちが乗る予定の羽田行き最終便への搭乗が始まったことを告げた。

「じゃあ、自分は過去の未解決事件で、熊坂洋平とリンクするものを探してみます」

　砂川がそう言った時には、すでに萩原は立ち上がってスマートな動きで歩き出していた。

　ベンチに干していた上着を摑んだ砂川は慌てて萩原を追いかけた。

10月29日　木曜　杵築市内

　七海はカーテンを勢いよく左右に開いた。

　昨日の夕方から夜中にかけての土砂降りが嘘のように目映い。一気に陽が差し込み、七海の周りを一瞬で光の世界に変えた。

　七海は、昨夜、涼から言われた言葉をまざまざと脳裡に蘇らせた。

　――七海、すべて終わった。もう安心ちゃ。

熊坂さんの奥さんが亡くなったこと、息子を亡くした田辺のお母さんには気の毒だが、約一ヵ月前から七海の周りにとりついていた恐怖がすべて消え失せ、安堵の気持ちで一杯だった。

誰かに後を尾けられている、遠くから見られている、そんな気配を感じていた中で、先週の金曜日、ついに、その〝誰か〟であった田辺が自分に襲いかかってきた。

そして、そこからこの一週間足らずの間に起きた数々のことを思い出すと、一年間にも及んだ経験のように感じた。

その時、父の声が頭の隅で聞こえた。

〈七海ちゃん、終わりよけりゃあ全部よし。その気持ちがあれば、これからも、元気でやってゆくるっちゃ〉

「そうやね、お父さん……」

微笑んだ七海は一人でそう口にした。

——ただ、怪我をしたこの足はどうしようもないけん……。

七海は、あっ、という小さな驚きの声をあげて自分の足元を見た。

数歩にしか過ぎなかったが、ベッドから窓際まで松葉杖なしに歩いてこられた——。

心が弾んだ七海はさらに歩き出した。

「痛っ！」

七海は小さく声を上げた。

だが昨日までの痛みとは明らかに違った。

勇気を持ってさらに足を前に踏み出した。

――歩ける！

足の甲に痛みはまだある。

でも、さらに歩けるように思えた。

壁伝いに寝室から自分の部屋に入った七海は、上下のスウェットから、秋の清々しい風を思わせる淡い紫のブラウスと白色の膝丈までのヒップボーンスカートに着替えた。

机の上に充電したままのスマートフォンを手に取った七海は、痛みを引き摺りながらも階段の手前まで歩くことができた。

七海は一階を見下ろした。

そのまま一気に降りるだけの自信はさすがになかった。

昨日までの通り、腰を落としながら一段ずつ下って行った。

時折、刺すような痛みはあった。

でも、思ったほど時間をかけずに降りることができた。

――治った！

完全ではない。

でも、松葉杖なしに歩けたのだ。

台所にもほとんどスムーズに足を運べた。

母の姿はそこにはなかった。居間にもいなかった。

ふと居間の壁に掛かる時計へと目をやった。

――えっ、もう八時すぎ？　寝過ごしちもうた！

固定電話が置かれている台の上に留められたカレンダーへ、七海はふと目をやった。

ぎっしり書き込まれたスケジュールの中でその二日間だけが、ひと際大きな赤い丸印で囲まれている。

――十月三十一日と十一月一日の二日間。

城下町を幻想的な灯り(あか)に包む観月祭が、一年ぶりにあと二日で開催される。

去年の観月祭が台風の影響で一日だけの開催となったので、観光協会や市役所のスタッフの方々はこれまで以上に張り切っている。

観光協会の勤めに入って五年目を迎える七海にとっても、一年でもっとも心躍らせる、しかし最も忙しい日を迎えるのだ。

しかも、この足で本当に歩けるとしたら、と思うと七海の中で急に大きな力が湧いてきた。

七海はもう一度、階段へ戻った。

そして、今度は、普通の歩き方で登ってみた。

いきなりはやり過ぎか、とは思ったが、想像以上にスムーズに二階に辿り着いた。

二度ほど、顔が歪むほどグッとくる痛みは走ったが、それはほんの瞬間的なことだった。

思わず微笑みがこぼれた七海は、調子に乗って、それから、二回、上り下りを繰り返した。

――しゃあねえっちゃ！

七海の顔に微笑みが零れた。

――町に出よう！

そう決めた七海は、自分の部屋で化粧をした上で玄関へ向かった。

下駄箱から最近履いていない白いスニーカーを取り出し、スマートフォンだけを手にして玄関のカギを閉めてから七海は外へと出た。

七海は、最初はやっぱり恐る恐る足を一歩ずつ踏み出していった。

時折、鋭い痛みが走った。

しかしそれにしてもさっきと同じく一瞬だけだった。

最初の角を左に曲がって、「家老丁」の小路に入るまで立ち止まることはなかった。

右手にある小径に入った七海は、「きつき城下町資料館」と、その先にある「南台展望台」へゆっくりとした足取りで辿り着いた。

間近に望む杵築城と杵築大橋の向こうに広大な豊後水道がどんと広がり、右手には大分県の佐賀関、左の奥には遠く愛媛県の三崎町が見通せた。

大きく深呼吸をした七海は、再び「家老丁」の通りに戻ると、少し歩いた先で石畳を一歩ずつ下りはじめた。

手にしていたスマートフォンに電話の着信が入った。

杵築市観光協会という文字がディスプレイにあった。

「七海ちゃん、朝早うからごめんなさい。今、いい？」

滑舌のいい、観光協会の詩織の声が聞こえた。

「おはようございます。どうぞ」

「昨日、なんべんも電話したんやけど？」

詩織がまずそのことを言った。

「すみません。昨夜は、疲れて九時には寝てしまって……」

実際、昨日は、昼間から夕方までの幾つもの出来事――しかも夜は夜で土砂降りにあって大騒ぎする母の面倒をみてやったり――で精神的に疲れ果て、スマートフォンの呼び出し音もバイブレーションも切って九時過ぎにはベッドに入っていた。

「昨日、パトカーが来たりと……いろいろ聞いたわ。大変やったわね」

詩織が七海の反応を待たずに続けた。

「それに、さっきニュースでやっちょったけんど、熊坂さんの奥さんを殺した犯人が自殺したやら……」

「そうみたいですね」

七海は曖昧に応えた。

「この静かな街が物騒なことよね……でも七海ちゃんには余計なこたあ聞かん。ただ、七海ちゃん、大丈夫？」

「ええ。ご心配をおかけしてすみません」

スマートフォンを持ったまま七海は無意識に頭を下げた。

「本当にいろいろ大変だったわね……」

詩織が優しい口調で言った。

「ありがとうございます」

七海はまたしても頭を垂れた。

「じゃあ、仕事の話をするね」

詩織の口調が変わった。その切り替えの良さも七海は嫌いではなかった。

「まず、怪我した足の方はどう？　仕事はやっぱし無理かな？」

「それが、今朝、治ったみたいなんです」

七海が弾んだ声で言った。

「治った⁉」

詩織の驚く声が返ってきた。

「ええ。痛みはちょっと残ってますが、大丈夫です」

「歩けるん？」

詩織が訊いた。

「ええ」

「でも大変なら正直に言って。二日前ということで今日から準備は本番やから人の配置を今日じゅうには決めないけんの。けど七海ちゃんには無理をさせたくないいっちゃ。どう?」

詩織が一気に捲し立てた。

いつもズバズバ言いたいことを口にする詩織らしいと七海は思った。

「詩織さん、私、今、どこにおると思います?」

七海が石畳を踏みしめながら明るい声を出した。

「ん?」

「私、今、『塩屋の坂』を下りているところなんです」

「えっ、そうなん? 私も、今、『おわたり』の前をそっちに向かっち歩いてるとこっちゃ」

詩織が驚いた声を上げた。

七海は、この石畳を「商人の町」まで下りきって、東へ二百五十メートルほどいったところにある洋食店「おわたり」の前を、いつもの速い足取りで歩いている詩織の姿をすぐに想像できた。

七海が最後の段を目の前にした時、自分の名を呼ぶ声がした。

「七海ちゃん!」

目を向けると、「商人の町」通り沿いの舗道から詩織が大きな身振りで手を振っていた。

「塩屋の坂」に向けて大勢の観光客が押し寄せて来たのが分かった七海は、石畳を下りきった左手にある和菓子屋「松山堂」の前で詩織を待った。

「ほんと、治ったんね！」

目を見開いた詩織は、七海の足元を見つめながら言った。

「完全に治った、ちゅうわけじゃないんですが、自分でもビックリしてます。病院の先生は、歩くるまで一週間かかることもある、ち言われてましたんで……」

「なのに、こんなに早く？」

詩織は不思議そうな眼差しを七海に向けた。

「きっと心の中にいる父の支えがあったからだと思います」

七海が神妙な表情で言った。

「そうやね、きっと……」

詩織は微笑みを送ってくれた。

しかも七海は、あの松葉杖を使っていた父が力をくれたんだ、とも信じて疑わなかった。

「とにかく良かったなあ！　心配してたのよ！」

詩織が笑顔をみせた。

「皆さんにはご迷惑をかけてすみませんでした」

七海は頭を下げた。

「そのことはいいんや。それより、じゃっ、覚悟を決めて、お仕事、がんばってね！」

シロクロをはっきりさせないと気が済まない詩織らしい言葉で結論を急かした。

「ええ、この通りです」

そう言って詩織はその場で跳ねてみせた。

鋭い痛みが走った。

しかし七海は表情には出すものかと必死に痛みに堪えた。

それを見透かしたように詩織は苦笑した。

「もういいちゃ。歩けることは分かったけん」

詩織の言葉に、七海は首を竦めてみせた。

「じゃあ、今から本番よ。行灯は間もなく私たち観光協会の手で運び入れるから、例年通り、後はよろしくな」

「もちろんです」

七海は笑顔で答えた。

「それと、観月祭の二日目に大原邸で行う、今回が最初の七島藺工芸の実演、楽しみにしてるわよ。応援するからね！」

「バッチリです！」

詩織が満足そうに大きく頷いた。

七海は一度腕時計に目を落としてから言った。

「今日はまず、大原邸で行灯を待ち受け、行灯の掃除や組み立ても私がすべてやります。真弓さんには本当に迷惑かけちゃってますので──」

七海はそう明るく言って、「塩屋の坂」の反対側にある「酢屋の坂」の中腹ほどの右手を見上げた。

そこには大原邸の玄関から裏手にある白黒の大きな土蔵と、主屋の入母屋造り茅葺き屋根が間近に見えた。

「詩織さんこそ、これから大変でしょ！」

詩織へ視線を戻した七海が言った。

「毎年のことだけど、トラブルってつきものね。紙の行灯の一部の修復ができてなくて。朝から飛び回ってもう暑くて暑くて。だから今日はこれ一枚――」

詩織はそう言って、〈杵築〉の漢字がプリントされた黒いTシャツの首元をパタパタさせた。

「それにしても、それ一枚ですか？」

七海は呆れた。

「暑いくらいちゃ。じゃあ、よろしゅう」

そう言って詩織が市役所の方へ歩きかけた時、ふと立ち止まって七海を振り返った。

「それはそうと、先週、私に言いかけてたけど、東京に来ないかってどこからか誘われているんでしょ？　どうするか決めたの？」

「いえ、それがまだ……」

七海は言い淀んだ。

「私は正直言って七海ちゃんには杵築に残って欲しいけど、結局、あなたの人生なのよ。早く決めちゃいな。時間の無駄、無駄、無駄――」

いつもの、意志の強さを物語る詩織の姿は颯爽としているとしか言いようがない、と思いながら、七海は羨望の眼差しでその背中を見送った。

そうしてから七海は、「商人の町」通りをふと見渡した。

観月祭まであと二日だというのに、商店や飲食店の店先に観月祭の開催を告げるポスターが貼られているほかは、派手な飾り物があるというわけではない。

しかし、自分も職員ながら観光協会が作ったポスターだけでも七海にとっては心躍らされるものがあり、観月祭まで〝あと二日〟という響きもまた落ち着きをなくす気分にさせた。

その時だった。

七海の脳裡で、三ヵ月前に浮かび上がった記憶の中に、その匂いと音が蘇った。

屋台で焼かれたイカや焼きそばが焦げる匂い……どこかの武家屋敷で奏でられている篠笛の音色……。

そしてその姿もまた同時に頭の中に浮かんだ。

浴衣姿で手を繋ぐ七海が見上げたそこには、着物を着た父が自分に向けてくれる満面の笑みがあった。

3 生首（なまくび）

東京都　JR総武線

電車の揺れに大きくバランスを崩した砂川は、ぶつかった隣に立つ男性に謝った。

「主任、やはり、斉藤係長を説得して、人手をかけるべきじゃなかったですか？」

砂川が顔を歪めた。

「まさか、その若さで、歩きすぎて足にきたのか？」

つり革に掴まる萩原がそう言って苦笑した。

「いえ、そんなことありません！」

砂川は真顔で否定した。

「とにかく、捜査本部の今の流れは、殺された前日の夜、防犯カメラに映っていた、最寄りの東急多摩川線の下丸子駅改札口の前で真田和彦と言い争いになった若い男だ」

萩原が腹立たしげな口調で言った。

「デスク主任の榎本警部補が引っ張っているアレですか。ベテランの榎本さんにはイッカチョウ（捜査第1課長）も一目置いていますからね」

砂川が萩原を見つめながら言った。

「ベテランというのは危ういところもある。鋭い筋読みで成功することもあるが、今回のように間違った見立てで全部を誤った方向へ引き摺っていってしまう――」

「ではやはり主任は――」

砂川が萩原の顔を覗き込んだ。

「とにかく、我々は、捜査圏内に誰も入れていない。間違いないのはそのことだ」

萩原の言葉に砂川は大きく頷いた。

萩原は胸ポケットから紙の束を取り出した。

「だからこれを徹底的にあたるんだ」

「真田和彦と恭子の知人と友人には、捜査本部ではすでに一通りはあたってますが、それをさらに範囲を広げてということですね」

頷いた萩原が険しい表情を作った。

「徹底的に交友関係を洗い出す。どこかで熊坂洋平との繋がりがあるはずだ」

「それにしても、途方もない数ですね」

そう口にした砂川を萩原が振り返って言った。

「たった二人でな」

東京都江戸川区平井

JR総武本線平井駅に降り立った萩原と砂川は、歩いて二十分ほど行ったところの、建て込んだ住宅街の中にある一軒の平屋造りの民家を訪れた。

インターフォンで身分を名乗った萩原たちの前に、そっと開けたドアから顔だけ出したのは、白髪の女性だった。

萩原はあらためて警察手帳を掲げた上で尋ねた。

「あなたは、幸子さんですね？　真田和彦さんの大学時代のご友人の？」

だが女性はそのことに直接答えず、

「ああ……真田さん、亡くなったんですよね」

と聴き取り難い小さな声で言った。

「ええ。残念ながら。ですので、その捜査のためにいろいろなご友人の方からお話を伺ってまして」

半分だけ開けられた玄関ドアの向こうに萩原は片足を突っ込んだ。

「私はあまりよくは……」

女性が逡巡した。

「真田さんご夫妻と何人かで写真を撮られたことはありませんか？」

「いえ、もう、二十年近く、互いに連絡をとっておりませんでして……」

「熊坂洋平さんという方の名前をお聞きになったことは？」

女性は力なく頭を振った。

萩原とともに民家を離れた砂川は、持っていた一覧表の一番上の氏名の上に横線を走らせた。

「まず一人目、最近の付き合いはナシと――」

砂川はそう言って大きく息を吐き出した。

「次、二人目は――」

萩原が訊いた。

「この先の、江戸川（えどがわ）を渡った、千葉県市川（いちかわ）市です」

砂川が遠くを見据えて言った。

東京都世田谷区

「ここで何人目だ？」

萩原が煉瓦壁の高層マンションを見上げた。

「四十二人目、真田和彦の母方の従兄、橋本雅彦（はしもとまさひこ）、六十七歳です」

砂川が一覧表に目を落としたまま答えた。

「じゃあ行こう」

一階のオートロックエントランスで身分を明らかにした萩原たちは、間もなく三階の橋本宅の前に立った。

「この度は、和彦のことでいろいろご面倒をおかけしております」

出て来た橋本は真っ先に謝った。

「真田和彦さんは、大分県の警察にお勤めでしたが、どんなお仕事をされていたか聞いてらっしゃいませんか？」

「昔、警察官をしてたことは知っていましたが、それ以上のことは何も……。あのー、あなた方、警察の方でしたら調べればすぐわかるんじゃないんですか？」

橋本は萩原たちの顔を交互に見た。

「ちょっと離れているんでこっちも詳しくは――」

適当に誤魔化したのは砂川だった。

さらに幾つかのことを質問した後、萩原は写真のことを聞いた。

「写真？　ああ、なんかありましたね」

橋本はしばらくの間、家の奥に入ったまま出てこなかった。

玄関で待っていた砂川が、呼びかけようとしたが萩原が身振りで制した。

橋本が再び姿を見せたのはそれから五分ほど経った頃だった。

「これなんですがね」

橋本は一枚のスナップ写真を見せた。

「二、三年前だったか……。親戚が集まって上野の桜を観に行った時のものです」

そこには、真田夫婦のほか、十人の男女が写っていた。

萩原はその一人一人について橋本から説明を受けた。すべてが親戚関係にある者たちだった。

「最後のこの方は？」

橋本が訊いた。

「ああ、この人だけは親戚ではないんです」

「親戚じゃない？」

そう訊いたのは砂川だった。

「確か、和彦の近所に住んでいる釣り仲間だとか――」

「御名前は？」

萩原が先を促した。

「写真を裏返してみてください」

萩原が急いで裏を見た。

写真に写る十人の姿のフレームがそれぞれ一本線で書き込まれ、その一つ一つに名前が振られていた。

「すると、この方は――」

萩原は写真とその裏を何度も見比べた。

「佐伯（さえき）さん……」

萩原はそう口にして、メモ帳を用意していた砂川に記録させた。

「どうしてこの方がご参加を？」

萩原が尋ねた。

「その時、和彦は、奥さんの次に信頼している方だと紹介していました。それも、長い間家を留守にする時は、大事なものを預け合う仲だとも――」

橋本のその言葉に、萩原と砂川は思わず目を見合わせた。

杵築（きつき）市　北台武家屋敷　大原邸

正面玄関である長屋門（ながやもん）を見据えたその時、スマートフォンが振動した。

涼（りょう）からの電話だった。

「今、忙しい？」

涼が訊いた。

「少しならいいよ」

「今夜、久しぶりにメシ食わない？」

涼の弾んだ声が聞こえた。

七海は、涼のタイミングの良さに感じ入った。すべての不安が消え、恐ろしいこともなくなり、そして足が治りかけている、そのタイミングで会えることは何より嬉しかった。

「いいよ」

時間と場所を約束した七海が最後に言った。

「驚かせることがあるから」

「なんだよ」

涼が訊いてきた。

「じゃあ、今夜ね」

そう言って七海は先に電話を切った。

長屋門を七海がくぐり抜けた時、真っ先に駆け寄ってきたのは、同僚の真弓だった。

「もう治ったの？」

真弓は驚いた風に七海の全身へ忙しく視線を向けた。

「ちょっと痛みはあるんですけどね」

そう言った時、痛みが走って七海は少し顔を歪めた。

「本当に、大丈夫？」

心配そうな表情で真弓が訊いた。

「ええ。それより、さっきそこで詩織さんと会ったんですが、間もなく行灯が到着するそうです」

「それがね、予定より二時間以上も遅れているの」

困ったような表情で真弓が言った。

「なにかご予定でも？」

七海が訊いた。

「まあ……いや……」

真弓が言い淀んだ。

「もし私が代わってできることでしたら何なりと――」

「あの～実はね、中学生の娘が夕方に大分市内で講習があって、で、その前にご飯食べさそうと思っていたんだけどね……このぶんじゃ行灯が届いてから掃除を始めたら間に合いそうにもないかなって……」

「真弓さん、どうせ行灯の掃除は今日全部できないんですし、どうぞ、いつもよりお早めにお家に帰ってあげてください」

「これから一番忙しくなるのにいいの？」

「ええ、もちろん。一昨日からほんとご迷惑をおかけしましたし、それから先週の土曜日、弟の命日でもわがままを聞いてくださって。ありがとうございました」

七海の言葉に真弓がニヤッとした。

「そお？　なんか悪いわね」

「娘さん、まさに育ち盛りですか……」

「それがさ、女の癖にもう大食漢でね。学校から帰って来たらまず食パン一斤をペロッと平らげて、夜は夜でどんぶりみたいな器に盛ったご飯を……。食費がバカにならなくて……」

「どうぞ帰ってあげてください。ところでカレは？」

真弓の表情が一瞬で輝いた。

「作品作りに精力的よ、昨日も特殊な絵の具が足りなくなったんで大分まで買いに行くって言うから私の車を貸してあげたんだけど、凝り性なのね、カレ」

「それはそれは」

七海は呆れた風に笑った。

「でさ、昨夜、娘にちらっと話をしてみたの。そしたら東京って聞いたらまんざらでもなさそうな雰囲気だったの――。あっ、そんなことより！」

真弓がつづけた。

「パン店の奥さんを殺した犯人、自殺したんだってね？」

真弓は辺りを見渡しながら声のトーンを落とした。

「そうらしいですね……」

七海は適当に誤魔化した。

その時、お揃いの〈杵築〉の文字が入った黒いTシャツを着た職場の観光協会の職員たちが幾つものプラスチック製の軽量コンテナボックスを抱えて姿を見せた。

その最後に現れたのが詩織だった。

「組み立て前の行灯の到着です。よろしくお願いします」

「こちらへどうぞ」

詩織はそう言って、コンテナボックスを持つ職員たちを主屋(おもや)の右手一番奥に位置する台所に案内した。

「お疲れ様でございました」

七海は職員たちを労(ねぎら)った。

詩織をはじめとする観光協会の職員たちが去ってゆくと、七海はシャツの腕を捲(まく)った。

「さっ、まずお掃除ね」

七海は、まず一つのコンテナボックスの中を覗いた。

箱の中には、バラバラのままの、紙の行灯の部品が整頓して並べられている。

七海が手を伸ばそうとした、その時だった。

ふと振り向くと、入り口に近い「玄関の間」付近で人の気配があった。

ガイドの仕事も担っている七海は急いでそこへ足を向けた。

別府中央署

廊下の隅に立つ涼は、五十メートルほど先の部屋を激しく出入りする記者たちやテレビクルーの姿をじっと見つめていた。

「まっ、被疑者死亡とは言っても――」

その声で涼が振り返ると神妙な表情で正木が立っていた。

「早期に犯人を特定し、事件は解決できた。あん署長も熱弁をふるってるやねえか」

「自分はこげな派手な場は苦手です。現場がいいです」

涼が会見場の方向から顔を背けた。

「一生、刑事のままでいいんか？」

「いえ別に、そういうわけでは――」

涼が言い淀んだ。

「オレが若え頃世話になった〝オヤジサン〟（ベテラン教育係）も、一生デカんままでいい、ちゅうんが口癖やったが、定年退職する前日、オレと二人で飲んだ時、しんみりとしてこう言うたで。〝いっぺんでいいけん捜査の指揮をやっちみたかった〟――」

涼は神妙な表情で頷いた。

「それより、こっちの仕事はまだ残っちょんど」

正木が語気強く言った。

「波田野七海を階段から突き落した田辺智之の傷害容疑と拉致監禁未遂の両方の立件ですね！」

涼は勢い込んで言った。

「ちょっと待て。いわばお前さんの身内が被害にあった事件や。感情が高ぶり過ぎちょらんか？」

正木がじっと涼の瞳を見つめた。

「これも成長するための試練と思っております」

「格好をつくるんじゃねえっちゃ」

正木が苦笑した。

「じゃ、やるなら早う動こう。お前さんの所属長は、熊坂久美殺害事件の書類送検の方で頭が一杯だ」

「鑑識に行って、もう一度、疎明資料となるものを探してきます」

そう言って涼は背筋を伸ばした。

「よし、なら鑑識関係資料のインデックスをこれから作る。リストアップしてきてくれ」

「了解です！」

鑑識課の部屋に入った涼が、真っ先に探したのは鑑識課員の酒田巡査部長の姿だった。同年配で酒飲み仲間でもある酒田に頼めば、仕事が早く済むはずだと計算したからだ。

堆く積まれた書類の中で、一枚の透明なビニール袋を手にとって眉間に皺を刻んでいる酒田の背後に涼は近づいた。

「それ、なんだ？」

ビニール袋の中にあるものに目を細める涼が訊いた。

驚いた表情で酒田が振り返った。

「一昨日、署(ウチ)で倒れた後に病院に担ぎ込まれた熊坂洋平が、調べ室に置いていった持ち物の一部ちゃ」

涼は、酒田に断ってからビニール袋を手に取った。

「なんやこの記号……」

涼はビニール袋の中にある紙片を指さした。

長さ五センチ、幅一センチほどの小さな紙片に小さな記号みたいなものが書き込まれている。

＜○○○⧖△大

目を近づけた涼は息が止まった。

「熊坂洋平が容疑者に挙がっていた時は、ネット検索もしてみたことがあったんやけど、やっぱり訳がわからん。これが入っちょったこの封筒にしてもよくわからん……」

溜息をついた酒田は、さっきより一回り大きなビニール袋を掲げた。

中にあったのは一枚の封筒だった。

「これって……」

涼は口を開けたまま呆然とした。

「お前、読めるんか？」

酒田は目を見開いた。

「いやそうじゃなくて……」

涼は言い淀んだ。

「なにか心当たりがあるんか？」

立ち上がった酒田が詰め寄った。

周りの課員から視線が二人に集まった。

慌ててスマートフォンを取り出した涼は、アルバムというアプリを起動させて、警視庁の萩原から提供を受けたという、正木から送られてきた二枚の画像を選んだ。

そして大きく頷いて酒田を振り向いた。

「どちらも一緒だ……」

涼がディスプレイを酒田に見せつけた。

「どこで写した？」

驚いた表情で酒田が聞いてきた。

だが涼はそれには応えず、二つのビニール袋の中身をスマートフォンで写真に収め、鑑識課を飛び出した。

いったい何を求めようとしているのか涼は自分でも分からなかった。すべては直感がそうさせたとしか言いようがなかった。

涼は急いで正木を探した。

捜査本部の中で片付けを進める女性警察官の手助けをしながら相好を崩した正木を見つけると涼はすぐに駆け寄った。

「これ、見てください！」

スマートフォンのディスプレイを見せつけながら涼が声を上げた。

ちらっと視線をやっただけで正木は表情を崩したまま再び女性警察官との談笑に戻った。

涼は堪らず声を上げた。

「取り調べ中に倒れた熊坂洋平が調べ室に残していった荷物の中に、これが隠すように仕舞うちあったんです！」

「それがどうかしたか？」

正木は振り向こうともしなかった。

「真田和彦殺人事件でガイシャに送られてきた不審な封筒の中にあった記号、それとまったく同じものを熊坂洋平が隠し持っちょったんです！」

何も反応しない正木に、涼は今度はディスプレイに別の画像を映し出した。

「これら二つの記号はまったく同じじゃないですか！」

正木は緩慢な表情でディスプレイにちらっと視線をやった。

「しかも、封筒にしてもそうです。まず熊坂が持っていた、封筒の宛先のここを読んでください」

正木は横目でディスプレイを覗いた。

苛立った涼は自分で声に出して読み上げた。

「新聞記事から切り取ったと思われるレタリング文字、消印には《20・10・1 12〜18 蒲田》――」

涼はさっきと同じように警視庁の刑事たちが持ってきた画像をディスプレイに表示した。

「どうです！ 真田和彦の元へ送られた封筒とすべてが同一なんです！」

正木の手の動きが突然止まった。

女性警察官に愛想笑いを作った正木は、涼の上着の袖を摑んで強引に通路へと連れて行った。

「今の話は本当か？」

そう訊いた正木の表情は一変し、険しいものとなっていた。

「ただ具体的な根拠はありません。まだ自分の推察です」

それでも涼の目は鋭さを増していた。

「わかった。今回だけは聞いちゃる。そん推察ってやつを話しちみい」

正木はぶっきらぼうにそう促して涼を通路の奥へと連れていった。

「熊坂洋平がこれを持っていたということを知って、自分、考えてみたんです」

涼は、暗号が書かれた紙片が映るディスプレイを差し出してから続けた。

「つまり、同じ郵便局から、同じ日付、そして恐らく同じ時間に、熊坂と真田の両方に宛てた、同じ中身の封筒を何者かが投函した。仮にその〝何者か〟ちゅうのを『X』としまず」

「何が言いたい？」

正木の顔が歪んでいった。

「真田和彦と熊坂久美のヤマが、同一犯による連続殺人事件の可能性についてです」

「ちょっと待て――」

「そうなると――」

涼は正木の言葉を遮って続けた。

「真田和彦殺害事件についちは、すでに田辺と熊坂洋平のアリバイは証明されているので、この二人は連続殺人事件のホンボシにはなり得ません」

「お前さん、自分で何を言ってるのかわかっちょんのか？」

正木は瞬きを止めた。

「つまり、少なくとも熊坂久美殺人事件のホンボシは、田辺ではなく、別にいるということです」

涼はキッパリと言いきった。

言葉を継ごうとした正木は突然苦笑し、顔を左右に振った。

「その筋は通っちょる。しかしそこで止まりや。物証がねえ」

「仰る通りです。しかし、今、主任も何かを感じられましたね？」

涼は、正木の顔を覗き込んだ。

溜息をついた正木は涼を睨み付けて言った。

「今、こん下で何やりよんか知っちょんやろ？　お偉方がズラッと顔を揃え、誇らしげな表情で、田辺をホンボシだと発表しよん記者会見や」

「ですが――」

「やけん待て、と言いよんのや」

腹立たしげな表情で正木が続けた。

「こげなたった一つん紙切れで、これだけの動きを始めよん警察の態勢をひっくり返せると本気で思っちょんのか？」

正木は強い言葉で言った。

「それを仰るのなら、田辺にしてん、結局、状況証拠しかねえじゃありませんか！」

涼は詰め寄った。

正木はさらに廊下の隅へと涼を強引に連れて行った。

「お前さんとあんカワイイ子との将来のために言うちゃる。ここでは軽々しゅうそげなことを口にしなさんな」

正木が諭すようにそう言った。

杵築市　城下町

古民家風の店構えをしている「芳の芽」の入り口をくぐった涼は、座敷席の上で先に待っていた七海を見つけると、ちょうど歩いてきた店員に「とりあえず生ビールを」と声をかけてから急いで靴を脱いだ。

そこに七海が立ち姿で迎えた。

「おっ！　歩けるやん！　治ったんか？」

涼が驚いた。

「痛みはまだちょっと有るけどね」

「これが、驚かすることやったんやな」

「まあね」

涼は円卓の前の畳の上に座るなり口を開いた。

「遅くなって悪い。残務整理がいろいろあってな」

「ここまで来ちしもうて大丈夫なん？」

そう言って七海は円卓に置いていた自分の生ビールをひとくち飲んだ。

「ああ」

涼は曖昧に返事してから笑顔をみせて続けた。

「とにかく、七海の顔をゆっくり眺めてみたいなと思うてさ」

「よう言うわ」

七海は苦笑しながら食事のメニューを涼に手渡した。

七海は、急に鼻をくんくんさせた。

「なあ、涼、あなたなんか臭うよ」

七海が顔を歪めた。

「まあ、四日間、家に帰らず、道場に泊まっちょっとけんな」

何かを言いかけたのを涼は身振りで制した。

「風呂は一回入った。下着もコンビニで買って二回穿き替えたよ」

涼は軽くそう言ってつづけた。

「それより、観月祭、もう明後日やな。準備は順調か?」

メニューに目を落としたまま涼が訊いた。

「大原邸やそこに並ぶ行灯の準備は観光協会ん方々がやってくださるの。後は、当日、私らとお母さんたち商工会の女性部の方々が並べち行灯に火を灯すだけっちゃ。でも今回は、観月祭の二日目に七島藺工芸ん実演もするんでそっちがね」

大丈夫です、と詩織には言ってみたものの不安なことがあった。

「なにか問題でもあるん？」

　そう聞いた涼は手招きで店員を呼んだ。

「ついさっき電話があったんやけど、ヘルプで入っちくれる予定やった工芸士の方がね、久留米に住むお母さんの具合が悪うなったって、当日、来てもらえんようになったんよ……」

　七海はそう言って溜息をついた。

　涼が口を開きかけた時、店員がオーダーを取りにきた。

「七海はなに注文する？」

「私は、まずチキン南蛮。自家製のタルタルソースがたっぷりかかったこん店自慢の品で、柔らこうてね、しんけんジューシー」

　女性店員は笑顔で頷いた。

「じゃあオレは、ノドグロの塩焼き。これが食いとうてさ」

　店員が去っていってから涼が真顔になって口を開いた。

「で、足、本当に大丈夫なんか？」

「まっ、やるしかないけん」

　七海は、捻った方の足を叩いてから、今度は生ビールを豪快に呷った。

　しばらくの沈黙後、運ばれてきたビールを一気に喉に流してから涼が口を開いた。

「どげえ？　今、気持ち、落ち着いちょん？」

涼が言葉を選ぶようにして訊いてきた。

「気持ち？　ああ、田辺さんのこと？」

七海が逆に質問した。

涼は辺りをちらっと見渡した。

「スッキリ、ちゅうわけやないやろうけど、どんな様子か思うて……」

「終わったんやろ？　じゃあもういいんやねえん？」

七海はあっけらかんと言った。実際、明後日の観月祭のことで頭はすでに一杯になっていた。

「ならいいが……」

涼がボソッと言った
「それより、涼、あなたの方がさっきから変ちゃ」

七海が言った。

「オレ？　いや、別に……」

涼は言葉を濁した。

まさか、真犯人は田辺ではなく、別にいる可能性が出てきた、なんてことは言えるはずもなかった。

「まっ、仕事でいろいろあったちゅうことね」

七海が気遣った。

涼は複雑な表情で頷いた。

ちょうどその時運ばれてきたチキン南蛮に七海は小さく歓声を上げた。

「おい、並べちゃ。記念に撮っちょこう」

涼はスマートフォンを取り出して、チキン南蛮の皿を顔の横に持ち上げるポーズをするよう身振りで七海に指示した。

「なんの記念なん？」

呆れる七海をよそに涼はカメラのシャッターをきった。

「七海、お前、歌手の太田裕美（おおたひろみ）の若い頃に似てるってよく言われるけど、それより相当美人やん」

涼はスマートフォンのディスプレイを見せつけた。

だが映ったのは別の画像だった。

「違うっちゃ」

と七海が咎めた。

「ああ、すまん」

涼は慌てて画面をスワイプして別の画像を探した。

だが七海は強引に涼のスマートフォンを奪った。

「おい！」

涼は奪い返そうとした。

「見られちマズイことでもあるわけ？」

「そうじゃないけど、いろいろ被害者の凄惨な写真もあるんで――」

涼の言葉が終わらないうちに、画面をスワイプしていた七海の指が止まった。

「そうそうこれ、さっき目にしたんわ……」

＜〇〇⧖△大

涼は七海の席に回り込んだ。

「まさか、知っちょんのか？」

涼が画像と七海の顔を急いで見比べた。

「これどこで？」

七海が訊いた。

「いや、それは……それより、七海こそどこで見た？」

「たぶん、あれや……」

七海は何かを思い出した風にして言った。

玄関ドアを開いた貴子が驚いて思わず後ずさりした。

「ご無沙汰しちょります。夜遅く失礼します！」

そう言って先に靴を脱いで家の中に上がったのは涼の方だった。

「ただいま！」

七海が後に続いた。

「七海、あなた足は？」

貴子が目を見開いた。

「ああ、もうしゃあねえっちゃ。ごめん、急ぐけん」

七海が廊下を急いだ。

「どげえなっているのか心配しちょったけんど、二人、仲良うやっちょんやん」

貴子がそう言って微笑んだ。

「えっ？　なにか言った？」

リビングの手前で七海が振り返った。

「いいけん、早く行ってあげてよ」

貴子が諭した。

七海は、一度、首を竦めてみせただけでリビングへ向かった。

リビングに入ると涼が所在なげに立っていた。

「どこでもいいから座ってて」

七海はそう言うなり自分の部屋に足を向けた。朝よりもさらに具合はよく
なっていた。
階段を上る時に足に気を遣ったが、まだ痛みはあるものの、朝よりもさらに具合はよく
なっていた。

七海がリビングに戻ってきた時、母の貴子は台所に立って洗い物をしていた。

七海は手にした資料を抱えたまま涼の前に座った。

「その資料にこの記号が?」

涼が急かした。

「その前に教えち」

七海が厳しい表情で言った。

「教えち? 何を?」

涼は怪訝な表情を浮かべた。

「涼、さっきは誤魔化したけど、この記号はどこにあったん?」

七海が詰め寄った。

「店を出てから説明したごと、ある事件現場にあったもんで——」

「熊坂久美さんの遺体に残されちょったんやな」

七海の洞察の鋭さに涼は咄嗟に何も応えられなかった。

「でもなんで? 犯人は田辺さんちゅうことで終わったやろ? なしまだ捜査を?」

身を乗り出した七海は涼に迫った。

「それはやな……つまり事後捜査ってのがあって……裁判の資料とするために——」

「今回は被疑者死亡——」

涼の言葉を遮った七海が続けた。

「それくらいのことは私も知っちょる。やけん裁判ないよね？　だからもしかしたら——」

七海の顔が迫ってくることで涼が仰け反った。

「実は真犯人は別にいるとか？」

突然、硬いモノが割れる激しい音がした。

七海が音がした方に目を向けると、母が慌てて台所で食器を拾い集めていた。

「ごめんなさい」

母が謝った。

「食器割ったんよね？　大丈夫？　怪我しちょらん？」

七海が立ち上がった。

「こっちはいいけん、どうぞお話の続きを——」

母は背を向けたままそう言った。

七海は、涼に視線を戻した。そして一つの冊子を涼の前に置いた。

「これはね、七島藺マイスター資格をとるために、ペーパー試験用の教科書として使いよった杵築市の資料なんやけど——」

表紙に〈杵築七島いの歴史〉と書かれた冊子を七海は急いで捲った。

「試験では、暗号のことまで憶えんで良かったんやけんど、見た記憶があったん」

ページを捲りながら七海が言った。

「やっぱし暗号か……」

七海の隣に移動した涼が目を輝かせた。

「あったわ。ここちゃ」

目的のページを開いた七海は目を近づけた。

「え～、七島藺の昔の呼び方、七島筵の買い付けを行って大阪や関東に卸す仕事をしていた問屋や仲買人の間で、秘密の価格の数字を話し合うために、特別な記号を使った符牒があった、つまり『暗号』が使われていた――」

七海はそこに紹介されている「暗号表」を涼に見せつけた。

そこまで読んだ七海はすくっと立ち上がり、近くの電話台の上にあるメモ帳と鉛筆を手にして急いで戻ってきた。

「涼、さっきの見せて」

涼は慌ててスマートフォンを取り出して、紙片に書かれた「記号」の画像を七海に見せた。

七海は紙片の「記号」と「暗号表」とを一生懸命に見比べた。

「やっぱしこれだ！」

張り上げたその声は二人同時だった。

「これに合わせれば――」

七海が続けた。

「数字の2、0、0、そして、8、3、1」

七海はすべての暗号が示す数字を解読してメモ帳に書き込んだ。

「つまり、2000831」

涼が七海が解読した数字を読み上げた。

「なんのことやろ……」

涼の眉間に皺（しわ）が刻まれた。

「金額？　なら、二百万八百三十一円……」

涼がそう言って首を捻（ひね）った時、ふと母の姿が目に入った。

さっきまで忙（せわ）しく動いていた母の手が止まっている。

視線こそ壁を見つめているが、こっちの会話に耳をそばだてているような気がした。

「借金を返せとかの脅し？　まさかな。それがどうした？」

涼が訊いた。

「いえ、別に――」

七海は視線をメモ帳の数字に戻した。

「これって、もしかすると、日付やねえ？」

七海は思いついたままを口にした。

「2000年の8月31日——」

七海が続けた。

「この日付で検索してみて」

スマートフォンを操作していた涼は、しばらくして顔を上げて力なく顔を左右に振った。

「ウィキペディアでも調べたけど何もないわ」

「じゃあ、2000年8月31日アンド日本、これならどう?」

「七海、お前もしぶといね」

苦笑しながら涼は操作を続けた。

スクロールしていた涼の手が止まった。

「はあ? さすがにこりゃ関係ねえな」

涼が鼻で笑った。

「どうかした?」

七海が、涼が手にするディスプレイを覗き込んだ。

「いや、全然、見当違い。もっと他を探すっちゃ」

溜息を吐き出した涼がスマートフォンをテーブルの上に置いた。

「私にも見せてよ」

スマートフォンを勝手に奪った七海は、涼が見ていたものを探した。

「今、見ちょったのはこれ？　《2000年8月31日　革命軍のメンバーである米倉裕史逮捕》……」

「やけん、それやねえって」

涼が鼻で笑った。

「どこかで聞いたことがある。確か、ハイジャックやら爆弾事件やら……」

「遥か昔の、オレたちとは別世界の話や」

涼がそう吐き捨てるように言った。

七海はそのサイトを見つめたままだった。

「だから、そんな余計なこと考えずに、ちゃんとこの数字のこと考えようや」

「でも、こん革命軍って、つまり犯罪者やろ？　じゃあ警察官の涼にも関係する話やねえん？」

七海が拘った。

「あのな、オレの仕事はな、市民の安全を守るために殺人犯や強盗犯をふん捕まえること。こういった訳のわからん奴らを相手に、暇に飽かして追いかけるのはコウアン（公安）ってところで、それもまた訳のわからん奴らの集まりで――」

そこまで言った時、涼の脳裡に、突然、ある光景が蘇った。

そのシーンは、正木主任の要請を受けて捜査本部の植野警部が、大分県警察本部警備部に、真田和彦のことを照会した、その結果を聞いた時の話だ。本部の警備部は、過去に在籍していたことを認めただけで、具体的な所属先を明らかにせず、門前払い同然の態度をみせたのだ。

それを正木に知らせるため、捜査本部の植野係長が正木主任を屋上に呼び出してこう吐き捨てるように言った。

〝いつもん通り、訳のわからん奴らだ〟

そもそも、〝真田和彦は大分県警の警備部に属していた〟という事実は、真田和彦殺しの捜査を行っている警視庁の萩原が摑んできた事実だった。しかし、同じ大分県警と聞いて、警視庁に自分の家を荒らされるようで気分を害した正木主任は、自らもまた把握しておきたかったのである。

そして今、涼の頭の中に出現したのは、その警備部に属するある組織の名称だった。

――警備部公安課。

と同時に涼の脳裡に蘇ったのは、真田和彦の事件概要書に貼られていた、その顔だった。

呆然とする涼の横で、七海は、再び、母の背中を見つめた。

母は急いで手の滴をエプロンで拭うと、そそくさと自室へと入り、ドアを勢いよく閉めた。

七海はしばらくそのドアを黙って見つめていた。

七海は涼をふと振り返った。

「どうかした?」

呆然としたままの涼は七海の言葉にはなにも応えなかった。

「今晩は、みんななんかおかしい……」

涼は、七海のその言葉は頭に入っていなかった。

その時、涼は、心の奥底で小さなざわめきが立ち上ったことをはっきりと感じていた。

「ちょっと署に戻る」

涼が立ち上がった。

「この時間から？」

壁に掛かる時計にちらっと目をやった七海は、涼の真剣な眼差しに怪訝な表情を浮かべた。

「ちょっと忘れちょった仕事を思い出してさ――」

そう言うなり涼は急いで玄関に向かった。

「お母さん、涼が仕事に戻るって――」

七海が母の部屋に向かって声をかけたが反応はなかった。

駐車場まで送りに行こうとする七海を、涼は玄関先で押し止めた。

「確か、観月祭の明日は、朝早くから大原邸でずっと行灯の準備やな？」

「そうだけど、何？」

七海が訊いた。

だが涼はそれには応えず、

「七島藺の実演の準備はどこで?」

と訊いた。

「青筵神社前の準備室よ。それも明日。もちろん行灯を全部組み立ててからな」

「そうか……」

「やけん何ちゃ?」

「本当は泊まってでもいきたかったんやけど……」

涼は、一度言い淀んだ後で、真顔となって七海をじっと見つめた。

「七海、周りを十分気をつけろ」

いつにない涼の真剣な眼差しに七海は戸惑った。

「どういう意味?」

七海が怪訝な表情で見つめた。

涼は七海の両腕を掴んだ。

「いいか、とにかく、明日、周りに変な奴がおらんか気をつけろ。もし、ちょっとでも変なことを感じたら、オレにすぐ連絡するんや、分かったな?」

「やっぱし、熊坂久美さんの事件でまだ何かあるんやな?」

七海が言った。

「とにかくそういうことだ」

涼はそれだけ言うと暗闇の中へ駆けだして行った。

闇に浮かぶ大分空港道路を飛ばしながら、涼は最後に七海にかけた言葉を頭の中で反芻(はんすう)していた。

あんな言葉を七海に投げかけたのは具体的になにか理由があったからじゃなかった。ただ、急に、心の中で得体の知れない〝ざわめき〟を感じただけだった。

しかし、それでもその〝ざわめき〟は今、涼を突き動かしていた。

大分空港道路を経て、一時間をかけて車を走らせた涼は、大分市内に入ると、大分城址(おおいたじょうし)公園前の幅広い昭和通りを進み、その途中にある威風堂々とした高層の本部庁舎の一角へと車を滑り込ませ、一台のパトカーの傍らに駐車した。

車を降り立った涼は、繁華街からは離れているのでひっそりとしている空気を頬で感じた。そして空に浮かぶ、満月についで美しいと言われる「十三夜月(じゅうさんやづき)」を見つめて、満月に近い観月祭で行灯の光が灯るまでには絶対に一連の事件の真相解明に繋がる物を見つけなければならないと腹に力を込めた。

事前に知らせていたので夜間通用口での手続きはスムーズにゆき、涼はすぐに本部庁舎に入ることができた。

目的の部屋に足を踏み入れた涼は、その姿を見つけると急いで駆け寄り、真っ先にその場に土下座して謝った。

大分市大手町　大分県警察本部

「本当にすまん！　同期のよしみちゅうだけで、どんだけむちゃくちゃなことを頼んだかよう分かってる。この御礼は必ずする！」

聞こえたのはまず大きなため息だった。

「先にここまでやられたら、怒りようもねえやろうが」

総務課の衛藤(えとう)巡査部長が仏頂面で吐き捨てるように言った。

「すまん！」

涼は床に頭を擦りつけんばかりにして謝り続けた。

「女房から不満タラタラ言われたよ。後日、お前から詫びの電話を入れてくれよな」

衛藤がため息をついた。

「もちろん！」

涼は大きく頷いた。

「で、退官行事の写真だってか？　仕方ねえな。とっととやろうぜ」

衛藤はそう言って、書類が堆(うずたか)く積まれた机の中に埋もれたラップトップのパソコンを振り返った。

すでにパソコンは本部の秘匿性が最も低い庶務系ネットワークにログインされていた。

「四年前だったな」

衛藤はマウスを操作してパソコンに保存しているフォルダーを手繰った。

頷いた涼は、ある情報が脳裡に蘇った。

《真田は今から四年前、大分県警を警部補で定年退職している》

「これや」

そう言って衛藤が目当ての西暦が名付けられたフォルダーを開いた時、涼が席を替わるよう急いでせがんだ。

「たくさんあって見切れないぞ」

衛藤が涼の後ろから言った。

涼の瞳に、画面一杯に並ぶ画像ファイルが映った。

「オレは帰るど。終わったらログアウトとシャットダウンし、部屋の電気もちゃんと消して、部屋のカギは通用口の守衛室に返せよ」

背中を向けたまま涼は礼を言った。

「この貸しは高いぞ」

衛藤は最後にそう言い残して部屋を後にした。

片手を上げただけで応えた涼は、膨大な写真群にかじりつくように見つめ続けた。

10月30日　金曜　大原邸

真弓よりも早く大原邸に〝出勤〟した七海は、すべての雨戸を開けて、藁を燻しての虫除けを終えるまでの日課である仕事を一人で終えた。これまで何度も彼女に負担をかけてきたことを悪いとずっと思っていたからだった。

そして、長屋門をくぐった先のすぐ左手にある中間部屋に仕舞っておいた幾つものコンテナボックスの前に七海はしゃがんだ。

七海はコンテナボックスから、行灯の骨組みとなる四本の割り箸、《観月祭》と黒字で書かれた白い紙、さらにそれを固定する土台の薄い板、そしてロウソクを支える、お弁当の中に入れるような小さなアルミケースを取り出して、柔らかな刷毛でほこりを払い始めた。白い紙には去年のものと思われる零れたロウソクも付着していて、それはカッターを使って慎重に取り除いた。

すべての掃除を終えた七海は、さっそく一つ目の行灯を組み立て始めた。

白い紙で巻かれた最初の行灯ができると、ふうぅと息を吐き出した。

——我ながらキレイにできたじゃない。

微笑んでそう感心した七海は、勢い込んで二つ目の仕事に入った。

「なに、七海ちゃん、早えなぁ！」

振り向くと真弓が驚いた表情でやってきた。

「いろいろご迷惑をかけましたので、せめてこれくらいは——」

「そんなこと気にすんなよ」

真弓は並べられた行灯を見渡した。

「じゃあ、私もやる」

真弓はそう言って急いでコートを脱いだ。

「あっ、その前に、長屋門の前、落ち葉が積もってるんで掃除しちくる」

やけに真弓がニコニコしていることに気づいた七海は声をかけた。

「昨夜はさぞかしイイことがあったんですね？」

初めて見せる照れくさそうな微笑みを浮かべてから真弓は玄関へと駆け出していった。

七海が二十個の行灯を組み立て終えた時だった。

真弓の叫ぶ声が玄関の方から聞こえた。

七海がそこへ急ぐと真弓が地面に尻餅をついていた。

慌てて七海が体を抱きかかえて起こすと真弓が毒づいた。

「あの野郎、ふざけやがって！」

「どうしたんです！」

「急にぶつかってきやがってよ！」

「ぶつかって？　どんな人でした？」

「長い白髪の髭面（ひげづら）のジジイ！」

「で、その男は今どこに？」

七海は辺りを見渡した。

「門から飛び出して西の方へ行ったたっちゃ」

「それで、どこか怪我は？」

七海が訊いた。

「それはいいんやけど、それよりさ――」

身を起こした真弓は目を見開いて七海を見つめた。

「そのジジイ、あんたを、あそこの陰からじっと見ちょったっちゃ」

「私を?」

「ストーカーだな、あのジジイ、憶えはない?」

真弓のその言葉で、七海は息が止まり全身が固まった。

「やっぱし思いあたることがあるんね。気いつけな。最近のストーカーは相手を怪我させたり、拉致して殺してしまう奴もおるからな」

「あ、ありがとうございます」

七海に言えたのはそれだけだった。

大分県警察本部

洗面所で顔を洗ってきた涼は、溜息をつきながらパソコンの前のパイプ椅子にだらしなく座った。

――すべてが無駄だった……。

涼はもう一度大きく息を吐き出した。

数百枚に及ぶ写真のいずれにも真田和彦の姿がなかったのだった。

四年前のこの年に退官したことは間違いない。警視庁からの公式な照会に対し、本部が嘘を言うことはさすがに考えられないからだ。

退官する警察官は、毎年、本部一階の広いホールで大勢の拍手の中で、金モールが胸に飾られた警察礼服を着用して勢揃いする。県警の音楽隊も演奏する立派な式典である。それもこれも、まさに警察活動に人生をかけてきた者たちにとって最後の晴れ舞台だからだ。その後に、記念の写真撮影もするわけだから、病気である場合以外は出席を断る者などいないはずである。

だから真田和彦は絶対に出席していると確信していた。

そして出席していたのなら、その周りに立つ県警の職員たちの中に、もし涼が知った県警職員の顔があれば、その職員から真田和彦についていろいろ聞きだそうと思っていたのだった。警備部には名前を知っているような知り合いはいないが、顔を見れば、話をしたことがあることを思い出すかもと涼は期待していた。

実際、涼自身もこれまで何人もの親しく付き合いのある先輩の退官式典を人波の隙間から観覧してきたのだった。

――隙間？

涼は頭の中に浮かんだその言葉が引っ掛かった。

涼は腕時計に目を落とした。

早い職員ならあと三十分で出勤してくる。

だから、あと十五分、と自分に言い聞かせて再びパソコンに向き合った。

今度は、警察礼服以外の男たちに目をやった。つまり、式典を遠巻きにしている者たちに目を凝らした。

フォルダーの中をまた見始めてから十分が経った頃だった。

マウスを手にする涼の手が止まった。

涼は自分の目が捉えている部分を拡大した。

式典を見つめる大勢の職員たちの一角に、その二人の男は余りにもひっそりと立っていた。まるで目立つことを極力さけるようにして——。

ふさふさした黒い髪の男が真田和彦であることはすぐに分かった。

そして、その隣に立つマスクをした男の顔をさらに拡大した。

涼は息が止まった。

——まさか……。

想像もしていなかった男がそこにいた。

顔貌が熊坂洋平と酷似している——。

涼は慌てて胸ポケットから多摩川ガス橋下元警察官殺人事件の事件概要書を取り出し、貼り付けられている被害者の顔写真をディスプレイ上のその男の顔の横に並べた。

だが確信はもてなかった。顔貌の全体がやはり鮮明ではないからだ。

さらに他の画像を必死に探した。

涼は見つけた。

そこには、マスクをした同じ男が横を向き、真田と握手をしている場面が小さく写っていた。

――間違いねえ……。

顔全体が見えなくても、高い鼻筋がキレイで、整った眉、垂れ目の、かつてイケメンだったろうその顔を涼は忘れるはずもなかった。

しかも、別の写真では、その男は真田の周りに立つ同僚たち――つまり同じ公安課と思われる男たちとも握手を交わして……。

スマートフォンが電話着信を通知した。

七海からだった。

「なにかあったのか？」

涼は急いで訊いた。何かあったら電話するように伝えていたことを思い出した。

七海は大原邸であったことを話した。

「えっ！　不審者が？」

涼は思わず声を上げた。

「それで？　うん、うん、そいつは逃げた？　じゃあ、七海はよう見らんかったんやな？で、真弓さん、どんな男やと？　長い白髪で髭面の年配の男やな？　とにかく、一人になるな、絶対に。夜、家に顔出すけん」

通話を切った涼は考えざるを得なかった。

──もしかしち事件はまだ終わっちょらん……。

だがその先へ思考を及ぼすだけの材料はなかった。

振り返った涼は、パソコンのディスプレイで拡大された、マスクをしたその男の顔を凝視した。

──熊坂洋平。すべてを解明するにはやっぱしあの男に聞くしかねえ……。

東京都大田区

「預かっている?」

萩原がそう声を上げて砂川と顔を見合わせた。

「ええ、ご主人がお亡くなりになられて、すぐのことです。恭子さんがウチに荷物を持って来られて──」

真田和彦の自宅からほど近い住宅街の一角に住む佐伯(さえき)は応接室で向き合う萩原にあっさりとそう言った。

今でも中堅の運送会社の代表取締役に就いてはいるが経営はすべて息子に任せているという佐伯は、真田夫婦がいかに睦(むつ)まじく、自分たち家族ともどれだけ仲良くしていたかを縷々語り始めた。

　砂川は溜息が出そうになるのを我慢しながら部屋の中をそれとなく見渡した。壁には何枚かの魚拓と、釣りの時の写真が掲げられている。その一つに、海に面した岩場でライフジャケット姿の真田和彦と二人で写る写真もあった。

「佐伯さん、すみません」

　萩原が、佐伯の話の長さに耐えきれずに遮って続けた。

「真田さんの奥さんから預かってらっしゃるという、その荷物、拝見したいんです」

「えっ、今、見せろと？」

　佐伯は驚いた表情を浮かべた。

「どうか、是非に」

　萩原と砂川が同時に頭を下げた。

「困ったね。奥さんの同意を得ないと何とも……」

　佐伯は視線を彷徨わせた。

「佐伯さん、これは殺人事件の捜査なんです。非常に急ぐんです」

　萩原が勢い込んで言った。

「そう言われても、プライバシーの問題だからな……それに信義上の問題もある……」

　逡巡する佐伯に、萩原は身を乗り出して言った。

「奥さんに見たことは絶対に言いません。ここに来たことも申し上げません。何卒お願いします」

萩原は深々と頭を垂れた。

溜息を吐き出した佐伯はすくっと立ち上がって黙ったまま応接室から姿を消した。

「怒らせましたかね？」

砂川が囁いた。

「とにかく待とう」

萩原が小声で諭した。

再び佐伯が姿を見せた時、その手には、玉紐で綴じられたB４サイズの封筒があった。

「ちょっと用事を思い出した。三十分後に戻って来る」

佐伯は不機嫌な声でそれだけ言うと封筒をテーブルに置いて部屋を出ていった。

萩原は、ぐるぐるに巻かれた紐を急いで外し、封筒の中の物をテーブルの上に並べた。

真田夫婦の結婚式のアルバム、二人で旅行した時のものと思われる観光施設の入場券や小さな夫婦の置物など夫婦にとっての記念の物が多数見受けられた。

「真田恭子は恐らく夫である和彦の物はすべて庭で燃やしたんだろう。我々が家宅捜索をする怖れも感じ、何かを隠した。しかし――」

萩原が続けた。

「夫婦の絆だけは残しておきたかったんだ。それが恭子のせめてもの思いだったんだろう……」

「主任、これ」

砂川がそう言って差し出したのは丸められていた二枚の表彰状だった。

萩原がまず一枚目に目を落とした。

「大分県警察本部、警備部、公安課、真田和彦警部補……真田は警備部の『公安課』だったんだ……」

萩原が大きく息を吐き出した。

「ここです」

砂川が表彰状の一部を指さした。

「ん？ 警察庁長官……長官！ これ長官賞詞じゃねえか！」

萩原が小さく声を上げた。

「それっていわゆる最高の表彰状ってやつじゃないですか。日付は……平成十二年、つまり二〇〇〇年、十月三日——」

砂川の声は上擦ったままだった。

「《右の者ほか三名は、一年間に及ぶ職務において重要な結果をもたらして日本国の名誉を守り——》……」

萩原は長官賞詞を声に出して読み上げた。

「〝日本国の名誉〟ってたいそうな言葉ですね……この男、いったい何をやったんです？」

「『職務』ってあるだけでそれは書かれていない……」

そう言ってから萩原は急いで二枚目の表彰状を手に取った。

「こっちは、警察庁警備局長名だ。すげえな……」

萩原が驚きの声を上げた。

「警備局長って、公安警察の親玉ですね？」

砂川の言葉に萩原が大きく頷いた。

「で、なんて書いてある？　え〜と、《一年間に及びSR（エスアール）において優秀な結果を収め――》」

「SR？　なんですそれ？」

砂川が訊いた。

萩原は首を振った。

「警部補昇任のための、中野の学校での研修の時、同室の公安のやつにちらっとだけ聞いたことがある」

萩原の話に砂川が瞬きを止めてさらに聞き入った。

「SRとは、たぶん『シーズンレポート』の略だ。数ヵ月に一度、警察庁で密かに行われる報告を兼ねた表彰会。つまり、公安警察の最大の任務である、協力者の運営によって得られた情報なりの成果がそこで評価される」

「つまり、公安で言うところの、協力者、つまりS（エス）の獲得（カクトク）ですね？」

砂川がしたり顔で言った。

「いや、公安（ハム）では協力者のことを『モニター』と呼んでいるらしい」

萩原が訂正した。

「早い話、真田和彦という男は、相当優秀な公安警察官だったというわけですか……」

砂川は独り言のように言った。

「こりゃあ、ヤマが大きく動き出したぞ――」

萩原が二枚の表彰状を見比べながら興奮気味にそう口にした。

萩原の視線がふと横に流れた。

砂川が黄ばんだスナップ写真に目を落としている。

「どこにあった？」

萩原が訊いた。

「この封筒に一枚だけ――」

「貸してみろ」

そう命じて萩原が受け取ったのは、《国家公安委員会》《警察庁》と書かれた二つの看板を背景にして並んで立つ、スーツ姿の四人の男たちを写したものだった。

「かなり前の写真のようだが、この一番左は間違いなく真田和彦だ」

「その右隣のイケメンは誰でしょう？」

砂川が覗き込んだ。

「わからない。さらにその隣の男にしても、今回の捜査では登場していない――」

萩原が四人の男の顔に目を近づけた。

いずれの顔にも満面の笑みがあった。

「あっ！」

砂川が声をあげた。

「どうした？」

萩原が訝った。

砂川はバッグから一枚の紙を急いで抜き出すと、萩原に向かってテーブルの上を滑らせた。

「かなり若い頃のものでわかりにくいですが、真田和彦の隣に立っている、このイケメンは、間違いなくこいつですよ！」

砂川が指さしたのは、別府中央署作成の、熊坂久美殺人事件の事件概要書に貼られている一人の男の顔写真だった。

「熊坂洋平……ここで繋がるのか……」

萩原は目をひん剝いたまましばらく身動きしなかった。

「自分の推察が当たったんです。やっぱり、大分県警の警察官だった熊坂洋平は何らかの凶暴事件を起こして逃走し、そして居場所を知った元同僚の真田和彦が説得に杵築へ行った……きっとそうですよ！」

砂川が一気に捲し立てた。

「だから、それについては一昨日、大分の空港でも言っただろ？　杵築での真田は、説得するどころか、熊坂夫婦と店先で握手して抱擁しあってた。だから、その推察はもう早く捨てろ」

「しかし主任、その男にしても、似ている、というだけで――」

砂川は、自分の言っていることが、もはやこの段階では理にかなっていないことに気づき口を噤んだ。

「ああ、そういうことか……」

萩原の目が輝いた。

「こいつらが警察庁の玄関前にいるということは――」

萩原はテーブルにある二枚の表彰状のうち、長官賞詞の方を急いで手に取った。

「ここだ。《右の者ほか三名は》――」

萩原は長官賞詞の一節を口にしてからこう続けた。

「たぶんこうだ。この晴れやかな表情を浮かべている四人は、いずれも大分県警本部警備部に属する公安課の奴らで、あるモニターを使って重要な――公安のやつらがよく使う言葉で、つまり、何らかの『作業（サギョウ）』を行っていた。そして成果を出し、長官賞詞を得た――」

萩原の頭の中で激しく思考が巡り廻った。

「それも、長官賞詞を頂くくらいだから、その〝成果〟とは極めて重要な作業だった――」

砂川は目を見開いて頷いた。

「この四人の繋がりが真田殺しの核心にある――。オレは間違いなくそう思う。だから残りのこの二人の人定が絶対に必要だ」

萩原がそう言って、スナップ写真に写る氏名不詳の二人の男の顔を指でこづいた。

目の前のすべての物をスマートフォンの写真に収めるよう砂川に萩原が指示した直後、ズボンのポケットに入れているスマートフォンが振動した。

手に取ると電話の着信だとわかった。

「ん？　カンニ（鑑取捜査第2班）の小川からだ」

砂川にそう告げてから怪訝な表情で萩原は電話に出た。

「恭子が動いた？　お前、今、何やってんだ？」

小川の説明をしばらく聞いていた萩原は苦笑いを浮かべた。

「わかった。実はオレたちは真田宅の近くにいる。追いつくから逐一、恭子の動きを教えてくれ」

「どうしたんです？」

通話を終えた萩原に、写真を撮り終えた砂川が訊いた。

「斉藤係長が、カンニの連中に恭子を張らせていた」

萩原が苦笑しながら説明した。

「班長が？　なら、我々の見立てを理解してくれていたんですね」

砂川が言った。

「素直じゃねえな。それならそれで面と向かって言えばいいものを――」

そう言ってみたものの萩原は心の中で斉藤係長に感謝した。

「行くぞ。頻繁に恭子の尾行点検をやってるらしい。何かあるぞ」

萩原はそう言うなり立ち上がって応接室を出ると、家の奥に向かって礼の言葉を投げかけただけで玄関から飛び出した。


恭子が姿を見せたのを飲料水の自動販売機の隅から確認した萩原は砂川とともに郵便局に飛び込んだ。

郵便局には客はいなかった。

「さっき出ていった女性、何をどこへ送りましたか？」

萩原は警察手帳を掲げた。

「いくら警察の方でも通信の秘密というものがあり、お伝えできません」

中年の女性職員は表情ひとつ変えず毅然と返した。

躊躇った萩原だったが、意を決して言った。

「私どもは殺人事件の捜査を行っているんです。ご存じでしょ？　今週の月曜、ガス橋の下で――」

女性職員の背後から局長らしき男性職員が近づき、彼女から事情を聞いた。

「残念ながら、そう仰いましても……」

男性職員も萩原の要請を撥ね付けた。

「主任、アレです。彼女が持っていたのは――」

隣から砂川が囁いた。萩原が視線を向けると、三つに重ねられた小包のうち真ん中の一つがそれであることが萩原にも分かった。

頷いた萩原は男性職員の方へ身を乗り出した。

「あの重なっている小包の上から二つめの物、それを伝票を上にしてそちらへ入れてくださるだけで結構です」

萩原は自分の位置から近いところに置かれた、淡い青色の集積箱を指さした。

「どうせ後でそこへ入れるんでしょ？　どうかお願いします！」

萩原と砂川が同時に頭を下げた。

女性職員と一度顔を見合わせた男性職員は肩をすくめてみせてから小包へと手を伸ばした。

ずっと後尾(あとづ)けしていた萩原たちが声をかけたのは、恭子が自宅の門扉に近づいた、その時だった。

「奥さん、またしてもすみません」

萩原が穏やかな口調で声をかけた。

恭子は何も応えず、そのまま門扉に手をかけた。

「今、郵便局に行かれてましたね」

萩原が言った。

門扉にかかっていた恭子の手が止まった。

「どこかに小包を送られた。どなたに？　それに中身は？」

萩原が矢継ぎ早に尋ねた。

「入院中の母へ果物を送りました」

それだけ言って再び歩き出した恭子は、玄関前アプローチへ繋がる門扉を押し開いた。

門が開ききる途中で萩原の手が押し止めた。

突然、萩原の背後から白い乗用車が真田宅の前に滑り込んできた。車の中から姿を見せた小川たち二名の捜査員と砂川が素早く恭子を取り囲んだ。

「奥さん、一度でも嘘をつかれるとすべてを疑わなければなりません」

萩原がさらに続けた。

「杵築の波田野七海さんに書類を送られましたね。何の書類です？」

恭子は応えなかった。

「署で詳しいお話をお聞かせ願えますね？」

萩原が語気強く言った。

下丸子警察署

「あの写真を——」

萩原がそう指示すると、砂川は佐伯宅で撮影したものをプリントアウトした写真を手渡した。

受け取った萩原は、恭子の目の前に置いた。

「警察庁で見つけました」

萩原はその嘘を躊躇わずに言えた。

身を固くしたままだった恭子が初めて反応した。

顔を背けたのだ。

「この方は、あなたのご主人の和彦さん。そしてその隣が熊坂洋平——。現在、杵築市に住んでいる熊坂洋平さんです」

萩原は厳しい口調で続けた。

「これらの方々は、いずれもご主人と同じ大分県警の公安課に同じ時に在籍していたんですね？」

恭子は顔を向けないまま目を瞑った。

「この四人の方々、写真の中ではとっても華やかな表情をしてらっしゃる。しかし、その後の人生は違った。この四人に想像もしなかった悪夢が起こった。そうだね？」

萩原が勝負に出た。

恭子は手にしていたハンカチを握りしめた。

「そうか、この四人は、こんな笑顔の裏で実は愚かな罪を犯した。だからその後の人生は最悪で、しかもその罰を受けた。そういうことだな？」

萩原が責め立てた。

「違います」

恭子が上品な口ぶりで否定した。

「何が違う？」

萩原は誘導を仕掛けた。

「主人もここに写る方々も、全国の〝突き上げ捜査〟のお陰で、職務に邁進され、しかしその一方で命を削り、世間からまったく称賛をされなくとも、それでも大勢の命を守るためにすべてを賭けてきました――しかしその結果、あんな悲劇が起きてしまうとは――」

恭子はハンカチをさらに強く握り、瞬きを止めて虚空を見つめた。

「あんな悲劇？」

真田たちの「作業」について問い質したかったが、萩原はその言葉の方が引っ掛かった。

だが恭子はそれには応じず、顔を伏せてか細い声でその言葉を口にした。

「そして、今になっても、こんなおぞましいことが……起こるなんて……まったく想像も……」

「聞かせてください。すべてを――」

萩原が強引に促した。

恭子は涙を堪えている風だった。

「なにもかもお話しになった方が、間違いなくご主人の彷徨う魂を救えると思います」

だが萩原のその言葉に恭子は応えず、

「おぞましい……余りにもおぞましい……」

と同じ言葉を繰り返した。

「ご主人が殺されたことが、その〝おぞましいこと〟なんですね?」

萩原は質問の角度を変えてみた。

恭子は萩原のその言葉には答えた。

「いえ。おぞましいこと、の一つです」

「一つ?」

萩原は思わず身を乗り出した。

だが恭子は静かに息を吐き出すだけだった。

「もしかしてもう一人殺された? 誰です? まさか――」

萩原は机の上に置いたままの写真を急いで摑むと恭子の顔の前に突きつけた。

「こちらの方ですか？」

萩原はメガネの男を指さした。

だが恭子の反応はなかった。

「じゃあこの方？」

萩原の指が、四人目の、長身で痩せた男の上に置かれた。

恭子は小さく頷いた。

「いつ、どこで殺されたんです？」

萩原が急いで訊いた。

「存じません」

「じゃあなぜ殺されたと分かるんです？」

「主人が亡くなる直前、そう言っておりましたので——」

「何と？」

「ウチヤマが消えたと——」

「ウチヤマ？　それがこの男の名字なんですね？　彼も大分県警ですね？」

恭子は首を左右に振った。

「昔、警察庁にいらした埼玉県警の方です」

「つまり、埼玉県警から警察庁へ出向していたと？」

恭子は首を縦に振った。

「それで消えたとは？　その言葉だけでは殺されたかどうかはわからないのでは？」

萩原が迫った。

「わたくしは、その時の主人の口ぶりからそう思っております。それにわたくし自身の経験上からも――」

萩原は砂川を振り返って目配せした。

大きく頷いた砂川は急いで調べ室を出ていった。

「今、あなたは〝わたくし自身の経験上〟と仰いましたね？　どういう意味です？　まさかあなたも……」

萩原は恭子を見据えた。

恭子はしばらく沈黙した後でそれを口にした。

「わたくしもかつて警察の公安部門に在籍しておりました。ただ、警察庁警備局でございます」

一度、驚いた表情を浮かべた萩原だったがすぐに険しい顔に戻った。

「そうであるなら知っているはずだ」

萩原は厳しい言葉を突きつけてさらに続けた。

「ご主人の死は、四人が警察庁の指導の下、一緒に行っていた、ある重要な『作業』に関わりがあることをあなたは知っていますね？」

〝作業〟というところで恭子の表情に微かな動きがあったことを萩原は見逃さなかった。

「ご主人の死は、その『作業』とどんな関わりがあるんですか？」

萩原は畳み掛けた。

だが恭子はそれ以上の反応は示さなかった。

「この、もう一人の方は何というお名前です？」

話題を変えた萩原は、写真に写るメガネをかけて黒髪をきちんと分けた男の上に指を置いた。

恭子は一瞥(いちべつ)もせず、口を開くこともなかった。

「なぜ、ウチヤマについては言えて、この男については何も仰らないんです？」

萩原が追及した。

「恭子さん、あなたも身の危険をなにか感じていらっしゃるのなら——」

「そうではございません」

無表情のままの恭子が続けた。

「わたくしの口からこれ以上申し上げることは何もございません。そもそもわたくしが存じておりますのはごく一部のことでありまして、おぞましいことのすべてを正確に話すことはできないのです。ですから、星野克之(ほしのかつゆき)さんからお聞きになってください」

「星野克之？　誰です、それは？」

萩原は眉間に皺を寄せた。

「熊坂洋平さんのご本名です」

恭子が静かにそう口にした。

萩原は目を見開いて恭子を見つめた。

「そこまで知ってるのなら、熊坂さん、いや星野さんが偽名まで使い、また指紋まで消して杵築に住んでいる理由について知っていますね？　なんです？」

再び黙り込んだ恭子だったが、大きく息を吸い込んでから口を開いた。

「星野さんからお聞きになればわかることですが、彼は大事な人を守って来られたんです。それも二十年間ずっと――」

萩原は押し殺した声で訊いた。

「それは、杵築に住む波田野七海さんですね？」

目を瞑った恭子は小さく頷いた。

「しかし、星野さんは我々に対し口を閉ざしていて、しかも今は病院にいます。どうしろと？」

「一刻も早く会ってください。急ぎます！」

目を開いて恭子は萩原を凝視した。

「で、いったい何が起きるんだ！　誰かがまた殺されるのか？　はっきり言え！」

萩原の矢継ぎ早の問いかけには恭子は反応せず、

「その時、星野さんにお伝え頂きたいことがございます」

と言ってさらに一方的に語り始めた。

「星野さんにお伝え頂きたいのは次の言葉です。〝すべてを明らかにしてください。そうでないと、おぞましいことはさらに続きます。あなたが大事に見守って来られた方に危険が迫っています。主人は亡くなる日の朝、わたくしにそう言っておりましたし、すべてを明らかにすることを空の上から望んでいるときっと思います。それを明らかにできる〝資格〟はもう星野さんしかお持ちでないのです」

「真田和彦が言っていた？　急ぐ？　つまり、また何人かが殺される――そういうことか？」

萩原は瞬きを止めて見つめた。

恭子は小さく頷いた。

「いったい誰が殺されるんだ！」

萩原が迫った。

「わたくしはそれにお答えする資格がございません」

萩原が突然立ち上がった。

「資格？　あんた、さっきからその言葉を口にしているがどういう意味だ！　いい加減なことばかり言うんじゃない！」

萩原は声を荒らげた。調べ室の隅にある小机で見守っていた、捜査第1課の黒木菜摘が慌てて萩原に近寄った。

しかし萩原は、ハッとした表情を作って、恭子に喰らいつかんばかりに顔を突き合わせた。

「あんたの、星野へのメッセージの中に、〝あなたが大事に見守って来られた方に危険が迫っています〟という言葉があった。それが波田野七海のことか！」

恭子はゆっくりと頷いた。

「で、さっき彼女に何を送った？」

萩原が聞いた。

「主人が持っていた、杵築七島藺の工芸品です」

恭子が静かに言った。

「工芸品？」

萩原が訝った。

「七海さんのお父さんが作られたとても素晴らしいものです。ですからお返しさせて頂きました」

別府市　血の池地獄

正木は苛立ちながら涼を待ち受けた。

「こげなところに呼び出して、いったいどげな了見なんや？」

観光客を掻き分け息を切らしてやってきた涼を前にして、正木は真っ先に不満を口にした。

「ここでしたら観光客に紛れて目立たんかと――」

涼は息を整えながらそう言って、まさに地獄を思わせる、池一面がおどろおどろしく真っ赤に染まった天然の温泉を見渡した。

「目立たん？　なしそげな必要が――」

正木の言葉を中年の女性たちの歓声が遮った。

「とにかくあちらへ」

涼が半ば強引に連れて行ったのは、大鬼と子鬼が描かれた記念撮影用の顔ハメ看板の向こうにある石の椅子だった。

「いいですか、よう聞いてください」

真剣な表情で涼は語りかけた。

正木は黙って腕組みをした。

「熊坂洋平と真田和彦は、かつて大分県警察本部、公安課の同僚であった可能性があるんです」

涼は勢い込んでそう言うと、スマートフォンで複写した数枚の写真を見せた。

「真田は四年前、自分の退官式典には参加せず、周囲で観覧しちょったんですが、その時、真田の隣で顔を隠すようにして熊坂が立ってる写真を見つけたんです」

「首藤(しゅとう)――」

溜息をついた正木が止めようとした。

だが涼の勢いは止まらなかった。

「さらに別の写真には、式典が終わって、二人が握手をしているシーンも見つけたんです。それだけではありません。真田の周りに立つ公安課と思わるる他の職員とも熊坂は――」

「首藤！」厳しい表情をした正木が声を張り上げた。「それが何なんや？」

「えっ……」

涼が驚いた表情で正木を見つめた。

だがその表情は柔和なものに戻っていた。

「それが分かったといって今更どうだっていうんや？　東京の連中は関心を持つかしれんが、なんべんも言うように、こっちの捜査はすでに終わった。熊坂にはもう何の関心も持たなくていいんや」

微笑んだ正木は、涼の肩を優しく叩いた。

だが涼は諦められなかった。

「最後です。こん話だけは聞いてください」

正木はそれを無視して出口へ繋がる売店に向かって歩き出した。

涼は正木の先に回り込んで立ち塞がった。

「この『暗号』は、熊坂久美と真田和彦を殺害した『X』による脅迫だった――」

涼は、スマートフォンを操作してすでにプリントアウトしていた、真田と熊坂が隠し持っていた「封筒」とその中にあった「暗号」を示した。

∧○○○⧗△大

「この『暗号』のカラクリは、『X』と熊坂洋平と真田和彦しか知らんもんで、重大なことを意味していた。だからこそ、驚いた二人は連絡を取り合い、杵築で顔を突き合わせて相談した。二人が会わなければならなかった理由は『X』からの脅迫にどう対応をすべきかということだった——」

涼は最後まで言い切った。

「ぐだぐだと御託（ごたく）を並べるより、裏付ける証拠は？」

正木は呆れ返った。

「それはまだ……」

涼は口ごもった。

しばらくの沈黙後、正木が口を開いた。

「ひとつだけ聞いちゃる。真田和彦と熊坂久美の事件はいずれもそん『X』の犯行による連続殺人事件やと言いたいんやろ？　ならそん動機はなんや？」

正木は穏やかな表情で訊いた。

「それは……」

涼の脳裡に、あの「暗号」が浮かんだ。そして七海が口にした言葉も脳裡に蘇った。

〝革命軍のメンバー逮捕〟

しかしさすがにそれは口にできなかった。余りにも滑稽な話になるからだ。

「しかし……」

「しかしも糞もねえ。署に戻るぞ」

溜息をついて正木が立ち上がろうとした時、スマートフォンが電話の着信を伝えた。

「あっ、植野係長。何か？ えっ、生首が？ まさか……」

正木は絶句したまま通話を切った。

「どうかしたんですか？」

涼が何かを察して押し殺した声で訊いた。

「熊坂洋平の家の軒下から、ビニール袋に入った人間の生首が見つかった。顔貌は、殺された真田和彦と酷似しているらしい――」

正木はそう言って唾を飲み込んだ。

正木とともに熊坂洋平の自宅へ向けて、天井にパトライトを設置して緊急車両に切り換えて急いで走らせていた涼のスマートフォンに着信があった。

涼は運転を続けながらハンズフリーで応答した。

「警視庁の萩原です。今大丈夫ですか？」

「どうぞ」

涼が即座に応えた。

「さっそくですが、熊坂洋平の現在の状態はいかがですか？」

萩原の様子が妙だ、と涼は感じた。常に冷静だった彼の口調がどこか焦ったものに思えたからだ。

「まだお聞きになっていませんか？　熊坂洋平の自宅から生首が見つかったんです」

「生首？　誰の？　いつ？」

萩原が立て続けに訊いた。

涼は事件概要をかい摘んで説明してやった。

「所要の捜査は必要と言っても、もはや、熊坂洋平の容疑は固まったも同じです」

不満ながらも涼はそれを認めざるを得なかった。

萩原は、周りの誰かと早口で話した後、

「これからもう一度そちらに向かいます。再び申し訳ございませんが、またご協力をお願いいたします」

と告げた。

「わかりました。何なりと。お待ちしてます」

「ところで、熊坂洋平の本当の名前は、星野克之と判明しました」

「星野？」

涼が訊いた。しかし、もはや関心はなかった。

ちらっと隣に座る正木にも視線をやったが、さっきから黙って目を瞑ったままだった。

「そのことは後ほど。とにかく、星野から一刻も早く聞きたいことがあるんです」

萩原が続けた。

「ところで、首藤さん、あなたに病院で立ち会って頂けないでしょうか？」

「了解です。空港に迎えに行きます。何時着のフライトか教えてください」

萩原はそれには応えず、急に押し殺した声となった。

「波田野七海さんは今どちらに？」

萩原が意外なことを口にした。

「大原邸という武家屋敷で、明日の観月祭の準備をしているはずですが……。それが何か？」

涼が怪訝な表情を浮かべて訊いた。

「実は――。そちらとこっちの二つの事件はまだ終わっていません。ゆえに彼女の身に危険が迫っています。安全を図ってください。できるのならPC（パトカー）での警戒をしてください！」

「いったいそれは……」

涼は緊張した。

　さっき七海から、不審者がいたと聞いた通話を思い出したからだ。

「この電話では話しきれないことです。とにかく今、言えるのはそれだけです。病院でお会いした時に詳しく――。ちなみに空港への迎えは必要ありません」

　萩原は早口でそれだけ言うと一方的に通話を切った。

別府中央署

　病院へ向かう途中で、課長からの電話が入り、一旦、別府中央署に戻り、鑑識課で熊坂の荷物を受け取った涼は、ずっと黙りつづけている正木に語りかけた。

「実は、今日の午後、大原邸で仕事をしていた波田野七海の元に、不審者が出現したんです」

　しばらく考える風にしていた正木が言った。

「お前さん、さっき、『X』の話をしちょったな。実は、死んだ田辺智之について、引っ掛かることがある」

「引っ掛かる?」

「田辺の死体が発見された現場で、奴の携帯電話が遺留されてたことは知っちょる通りだ。お前さんがいない間、鑑識課の酒田から聞いたんやが、近くにあった岩に叩きつけて破壊した痕跡があったらしい――」

涼は思い出した。あの時、現場で自分も妙だな、と思ったことを。しかし別のことで気を取られて忘れていたのだ。

「自殺を図る奴がそげな真似をするか――」

正木のその言葉は、自分に尋ねるというよりは、正木自身に言い聞かせる風だと涼は思った。

「確かに――」

「ついて来い」

正木はそれだけ言うと先に歩き出し、階段を駆け下りて向かったのは一階フロアーだった。

その背中を怪訝な表情で見つめる涼の前で、正木は署長室の扉の前に立った。

正木はノックするよりも先に近くに座る総務担当の女性警察官まで歩いてゆき耳打ちした。

頷いた女性警察官は、署長室のドアをノックし、返事が打ち返されるとドアを開けて中に入った。そしてすぐに出て来ると正木に向かって笑顔で頷いた。

「失礼します！」

署長室の入り口で正木は直立不動になった後、頭を下げた。

涼は驚いた。こんな凛々しい姿を見たのは初めてだったからだ。

「オニマサさんよ、仰々しいんは止めろって」

執務机から離れた署長の神崎警視正は、にこやかな表情でそう言って正木をソファー席へ誘った。

「あっ、首藤君もいるのか。入っちきたまえ」

入り口で立ち尽くす涼に向かって神崎が促した。

「実は、緊急かつ深刻な事態につき、こん首藤から補足説明をさせます」

そう言った正木は、涼とともにソファーに座ると毅然とした姿勢で神崎を見据えた。

「緊急かつ深刻？　どげなことや？」

真顔となった神崎が身を乗り出した。

「東京で発生しました殺人事件について自分とこの首藤が警視庁捜査第1課の捜査に協力しちょったことはお耳に入っているかと思います」

「ああ、聞いちょんよ。ごくろうさんやった。しかし、今夜、警視庁からまた来るそうやな。入院中の熊坂洋平に会うためやと。やけんさっき、警視庁の下丸子署長からの依頼で、病院長にワシが電話を入れち協力を頼んだんじゃ。ああそうか、そん協力の頼まれたんが君か？」

「そうであります」

涼は身を硬くして答えた。

「で、それと関係あるんか？」

神崎が視線を正木に戻した。

「そん協力先でありました警視庁捜査第1課の萩原警部補からつい今し方連絡がありまして、杵築市内に在住する波田野七海という女性の身に危険が迫っているので至急、保護しろ、と要請がありました」

正木は険しい表情で神崎を見つめた。

「女性の保護？　理由は？」

怪訝な表情で神崎が訊いた。

「萩原警部補は、今晩、こちらに来てから詳細を話す、と言うちょりまして、それ以上のことはわかりません」

正木は正直に言った。

「ちょと待てよ。理由を聞かないでただ護れというのか？　そもそもそれ以前に、杵築はウチの管内やねえど」

神崎が言った。

「分かっております」

正木は平然と言い切った。

「分かってる？　なら……」

薄笑いを浮かべた神崎が正木を睨みつけ押し殺した声で言った。

「オニマサ、お前、また昔んごつワシに無茶をさする気か？」

「仰せの通りです」

機敏な動作で頭を下げた正木は、片手で涼の頭も強引に下げさせた。

「しかし、杵築署の署長夫妻がワシの紹介で再婚したことをよう知っちょったな?」

神崎は低い声で言った。

「本来でありましたら、ワシ如きが、しきたりを無視しちこげな真似をするべきではありませんが――」

「ワシがそれを好かんこと、お前、よう知っちょんやろ」

神崎がそう吐き捨てるように言って、突然、涼に視線を向けて笑顔を見せた。

「しきたり、慣習、前例、って奴はワシは苦手でな。要は、刑事は、ホシ(犯人)をパクったらいいだけん話や」

涼は、その言葉を、つい数日前、正木から聞かされたことを思い出した。

「わかった。大分には、オニマサに逆らえる奴はおらん」

神崎が颯爽と立ち上がった。

「で、そん波田野七海は今、どこにおる?」

執務机に小走りで戻りながら神崎が聞いた。

正木が涼の脇をこづいた。

「杵築の城下町にあります、武家屋敷のひとつ、大原邸で明日からの観月祭の準備をしております」

涼は緊張しながら答えた。

神崎が執務机の前から振り返った。

「明日、観月祭か……それなら個人警護は大変な仕事となる」

深刻な表情を浮かべた神崎は執務机の上に置かれた警察電話を掴んだ。神崎は交換手に相手先を告げてから、威厳を湛えながら口を開いた。

「別府中央署署長の神崎だ、挨拶はいい。今、署長は在室か？　よし、なら大至急回してくれ。緊急事態だ」

署長室を後にした正木は、閉まったドアの前で振り返り深々と頭を垂れた。

「ワシらがやろうとしていることは、署長のメンツをぶち壊すことになるかもしれん」

頭を下げたまま正木が言った。

「主任……」

涼は神妙な表情で正木を見つめた。

「ワシが辞めればいいだけのこと、そんなバカげたことは絶対に言わすな」

正木の形相は凄まじいまでの鬼のそれになっていた。

署長室を出てから涼は不思議そうな顔つきで正木を見つめっぱなしだった。さっきの姿はまるで人が変わったようだったからだ。鋭い眼光と鬼の形相――いずれも正木と仕事を一緒にし始めてから涼がついぞ見たこともない姿である。

——これが〝オニマサ〟か……。

「で、警視庁の奴らが別府総合病院に着くのは何時頃や？」

険しい表情のまま正木が訊いた。

「さっき届いたショートメールに『最終便に乗る』と書いちょりましたから、別府に入るのは午後十時半頃かと——」

「なら、波田野七海が仕事を終えて帰宅するまで守る。杵築へ行く。神崎署長の手配でパトカーもおるやろうが、人数は幾らあってん邪魔やねえ」

正木のすごみのある雰囲気に飲まれた涼は頷くだけで精一杯だった。

「十分後や。荷物をまとめて駐車場に来い」

「しかし、主任にはそこまで……」

涼が戸惑った。

「そこまで、なんち言葉はねえ！」

正木が突然声を張り上げた。

周りの署員たちが驚いて見つめたが正木は構わず続けた。

「相棒のカミさんになる人がどげえかなるかも知れんっつうに暢気に書類作業などやっちょらるるか！」

正木はそう言い放って階段を駆け上がって行った。

涼は感動していた。自分のことを初めて〝相棒〟と言ってくれたことに——。

大原邸

大原邸の長屋門から出てきた七海が真っ先に驚いたのは正木刑事が涼の隣にいることだった。

「いつぞやは大変失礼しました」

正木が頭を下げた。

「私こそ失礼な言葉を使ってすみませんでした」

七海は苦笑した。

涼は闇に包まれた武家屋敷エリアを見渡した。

どの屋敷にも電灯が灯っている。

「明日の観月祭の準備でどこも大変なのよ」

七海が涼の想いを察して言った。

「七海は、明後日の大原邸での七島藺の実演もあるし、もっと大変やな？」

涼が言った。

「まあね」

七海は首を竦めてから真顔になって正木と涼の顔を見比べた。

「それで……どうして正木さんがこちらに？」

七海は不思議そうな表情で涼と正木の顔を見つめた。

「今日昼間、不審者がおったと言うちょったやろ。やけん、心配して来てくださったんや」

涼が誤魔化した。

「それは、本当にすみません。お騒がせしまして」

驚いた表情をした七海が深々と頭を下げた。

しかしすぐに戸惑った顔を浮かべて涼を見つめた。

「でも、さっきからパトカーが『酢屋の坂』の上と下にずっと停まってるんだけど、もしかしてあれ私のため？　なんか大変なことになっちょらん？」

七海が困惑した表情を涼に向けた。

「とにかく明日は一杯人出があるけん」

涼が慌てて言った。

「でも例年こんなことなかったちゃ」

七海は納得できずにいた。

「それよっか、七海、何時に仕事終わる？」

涼はそのことこそ訊きたかった。

「ちょうど今日の分の準備が終わったんで、後は雨戸を閉めるだけ――。えっ、もしかして、私のことを待っちょってくださると？」

「そうです。こいつん将来の嫁さんを無事にご自宅にお届けするために――」

正木がおどけた口調で言った。

七海は照れ笑いを浮かべた。

「ありがとうございます。では少しだけお待ち下さい」

七海が大原邸の中に入ってゆくと正木の表情が一変した。

「二台のパトカーからの死角はあそことあそこだ。十分注意しろ」

正木は真剣な眼差しで「酢屋の坂」の両脇の何ヵ所かを指さした。

そして「酢屋の坂」を上り下りして二台のパトカーの制服警察官と打ち合わせをしてから涼の元へ戻ってきた。

「彼女がこん『酢屋の坂』に足を踏み入れたら、上のパトカーはあっちの『塩屋の坂』の上へ急ぎ移動する。そんタイミングを計って彼女には『塩屋の坂』を上がってもらう。オレたちはもちろん彼女にずっとへばりつく」

七海が二人の前に再び現れたのは十分後だった。

自分が後ろに付くという正木の指示で、涼が七海の先を歩き始めた。

「昼間のことだけやねえやろ。本当は別に何かあるんやな?」

七海が涼に小声で囁いた。

「いいや何も」

周囲へ厳しい視線を送りながら涼はとぼけた。

「塩屋の坂」の石畳を上り始めた七海は、途中で背後を振り返った。

武家屋敷の灯りも消え、「酢屋の坂」にしても暗闇に沈んで見えた。

それでも七海は表情を変えて笑顔を見せた。

「明日は、ここが光に包まれるっちゃ」

七海が明るい声で言った。

涼はその言葉が喉まででかかった。

――お前の命はオレが守る！

自宅の前まで送った涼たちに七海が、

「母からも御礼を言わせるけん」

と待ってくれるよう言った。

「そりゃいい。なぜ我々がここにいるのかを説明をしたら、お母さん、また酷く心配して体を悪くしたら大変やけん」

涼が押し止めた。

しばらく複雑な表情をしていた七海だったが最後には笑顔で言った。

「本当にありがとうございました」

七海が頭を下げた。

「窓という窓にちゃんと施錠をしろよ」

涼が付け加えた。

家の中に入って行って、二階の明かりが灯ったのを見届けた正木が腕時計に目をやってから言った。

「まだ時間はある。車でこの辺りを二周してから別府に戻る」

「了解です」

そう応えた涼は一度空を見上げてから周囲へ視線をやった。

満月に限りなく近くなった明かりが家々を静かに照らしていた。

しかしこの静けさこそが涼の心を激しくかき乱した。

別府総合病院

涼が見立てた通り、警視庁の刑事たちは午後十時半になって病院のダウンライトだけで照らされる広い待合室に現れた。

涼は彼らの姿を見て驚いた。

姿を見せたのは萩原と砂川だけではなかったからだ。

トレンチコートを着た二人の男と、さらに黒いパンツ姿の一人の女性を伴っていた。男たちは、捜査第1課の木村巡査部長、下丸子署の清瀬巡査長、さらに女性警察官は捜査第1課の黒木菜摘とそれぞれが緊張した面持ちで自ら名乗った。

互いの挨拶もそこそこに、待合フロアーの長椅子に座った萩原に向かってまず正木が真っ先に口を開いた。

「先にお伝えしなくてはなりませんが、今晩は熊坂に会うんは無理です」

「無理？」

萩原が眉間に皺を刻んだ。

「別府中央署の署長から病院長に言ってもらって便宜を図ってもらうことになっていましたが、主治医が反対し、交渉した結果、明日、午前八時になりました」

「明日の朝八時？　勝手に決めてもらっては困ります」

砂川はストレートに不満をぶつけた。

「主任、間に合いますか？」

黒木菜摘が萩原を見つめた。

「それまでに何も起こらなければいいが……」

萩原は低く唸った。

「何も起こらなければ？」

涼が怪訝な表情で言った。

だが警視庁の刑事たちの中で、涼の言葉に反応する者は誰もいなかった。

「萩原主任、お聞かせ願いましょう。事件はまだ終わっていないとは？　また波田野七海を警護せよとは、どげんなことになっちょんのか――」

正木は厳しい表情で萩原を凝視した。

「真田和彦の妻、恭子が今日、我々の調べの中で、波田野七海が殺される危険性がある、との内容のことを供述しました」

「殺されるですって！」

声を上げたのは涼だった。

正木は涼を落ち着かせてから萩原を振り返った。

「誰が、いつ、なぜ、その根拠はあるやなしや？」

正木は畳みかけたが、その口調は冷静だった。

「申し訳ありません。恭子は肝心なところで黙秘を貫いていてそれがわからないんです。ただ、急げ、との警告は強い口調で口にしていました。よってこの三名を連れてきました。波田野七海を守らなければなりません」

呆然とした頭でも、なぜここに女性警察官がいるのか、その意味を涼は初めて知った。しかしそのことはイコール、七海にとって深刻なことなのだが――。

「波田野七海を狙っている者は誰なんです？　それにその目的は？」

涼が矢継ぎ早に訊いた。

「それにつきましては、どうか順序立てて説明させてください」

萩原は急いでそう言ってから砂川を振り向き、四人の男が並んで立つ写真を正木と涼の前に置かせた。

「左から殺害された真田和彦、妻を殺された熊坂洋平こと星野克之、その隣のメガネをかけた氏名不詳の男、そして最後がウチヤマタケオ――」

「ウチヤマ？」

正木が訊いた。

砂川がメモ帳を取り出し、《内山武雄》と漢字で書いて正木たちに見せた。

「この内山なる者は、警察庁警備局で『チヨダ係官』という暗号名で呼ばれていた部署からの指導を受けていた公安警察官です」

「チヨダ係官？」

涼の声が上擦った。

「『チヨダ係官』とは、全国都道府県警察の公安部門が行う協力者の獲得（カクトク）、または特殊な工作――公安で言うところの『作業（サギヨウ）』を行う際、『指導（シドウ）』の名の下（もと）で様々な指示と支援を行う極秘部門のことです」

萩原が説明をつづけた。

「ただ、内山の身分は埼玉県警警備部にあり、警察庁の『チヨダ係官』への出向を繰り返していました」

――警察庁？　チヨダ係官？

涼は頭がクラクラする思いだった。

警察庁というのは、早い話、全国都道府県警察本部を統括、調整、指導する組織であることはもちろん知っている。刑事事件でも特別捜査本部が設置される時は警察庁からの予算、つまり国家予算が投じられることも警察官の知識として知っている。

口さがない者にしてみれば、そこにはキャリアと呼ばれる東大や京大を出た警察官僚が跋扈（ばっこ）しているということになるのだろうが、そもそも地方警察の巡査長である涼にとってはまったく雲の上の存在だった。

「警察庁でも確認したことです」

萩原は、そう口にしたものの、結局、警視庁の刑事部長から警察庁刑事局長、さらにそこから長官、そこから頭ごしに行われる警察庁警備局長へという警察官僚（キャリア）たちのパワーゲームの結果を持たなければならなかったが、そのことはもちろん萩原は割愛した。

「で、さきほど連絡が入ったのですが、この内山は、今日、埼玉県の飯能（はんのう）市の山林の中で眼球を刳（く）り抜かれた遺体となって発見されました」

そう説明した萩原は砂川に言って一枚の新聞記事を正木たちの前に置かせた。

《78歳男性刺され死亡》

と見出しにある記事に、間違いなく内山武雄の名前があった。

「眼球を刳り抜かれていたことは、記者クラブへは広報していません」

萩原が低い声で言った。

「もしかして、その犯行も熊坂洋平だと？」

そう訊いたのは正木だった。

萩原が正木と涼の顔を見比べてから口を開いた。

「我々がこれまで得た資料や情報から、事件の見立てを説明いたします」

「この写真に写るこれら三人、真田和彦、星野克之、そしてその隣に立つメガネをかけた氏名不詳の男——。これらの男たちは、警察庁の『チヨダ係官』である内山の指導のもと、何らかの特殊な『作業』を行っていた。それも国家レベルの何かを——。それが事件の根っこにあると私は判断しています」

「国家レベル？」

反応したのは涼だった。

「それについては後で説明します」

萩原はそう断った上で話を再開した。

「その『作業』を行っていた年代は、恐らく一九九九年から二〇〇〇年の九月頃にかけて——。そしてその成果は達成され、二〇〇〇年十月三日、警察庁で表彰されている。今、お見せした写真はその時のものだと思われます」

「しかし、ここに写る、かつて同じ任務に就いていた四人のうちの二人が殺され、一人の妻が殺害された。それもこの一月くらいで——。尋常ではありません」

「では、このメガネをかけた氏名不詳の男の正体は？」

正木が写真を手にして訊いた。

「わかりません」

萩原は正直にそう言って、ずっと頭の隅に引っ掛かっていることを口にした。

「内山については警察庁で確認がとれたんですが、この氏名不詳の男についてだけは、なぜか警察庁の警備局がまったく反応しない。それがどうも妙なんです。もし大分県警に在籍していたのなら、警備局からたった一本の電話を県警にかけるだけで終わる話なんですが……」

涼は、萩原のその言葉はまったく頭に入っていなかった。

脳裡に蘇っていたのは、あの七島藺の「暗号」と、ウィキペディアの中から見つけた記述を見つめて発した七海のあの言葉だった。

だが涼はそのことをここで告げる決心がつかなかった。余りにも荒唐無稽な話だ、と警視庁の奴らから嘲笑されることはさすがに涼のプライドが許さなかった。

「我々の見立ては、具体的な証拠があるわけではなく、あくまでも推察のレベルでしかありません。しかし、今日の真田和彦の妻、恭子に対する取り調べの中で、彼女は我々のこの見立てを大筋で認めました」

萩原は最後の言葉を強調した。

「ちなみに、恭子は、かつて警察庁警備局公安課に在籍していた公安警察官です。この『作業』との関わりは今のところ不明です」

そう言って萩原が背筋を伸ばした。

「これらのことを総合した結果として、我々はこう見立てています。二十年前、四人が行っていた何らかの『作業』に関連して連続殺人が起こった、それも同一犯による犯行だと――」

萩原は正木を見据えてその反応を窺った。

正木はその視線を真正面から受け止め微動だにしなかった。

その隣で、涼はもはや一人だけの思いに仕舞っておくことは限界だと思い意を決した。

「よろしいですか？」

涼の言葉で、警視庁の五人の刑事の顔が一斉に向けられた。

緊張しながらも涼はその事実を明らかにした。

「実は、真田和彦に送られちょったあの『封筒』と『暗号』ですが、熊坂、いや星野克之もまったく同じもんを隠すように持っちょったことがこちらの捜査で判明しました」

目を見開いて驚く萩原をよそに、涼は星野克之が隠していた「封筒」と「暗号」を写した写真を萩原の前に掲げた。

驚愕の表情で見つめた萩原はそのことに気づき、砂川に言って、真田へ送りつけられたそれらの写真を急いで出させた。

萩原は、驚愕の表情のまま二枚の写真を忙しく見比べた。

「真田に送られたものと似ている……」

萩原が言い淀んだ。

「いえ、主任、まったく同じです！」

砂川が言った。

「本当だ――」

萩原が唸り声を引き摺った。

「なぜもっと早く知らせて頂けなかったんですか？」

険しい顔を涼に向けた砂川が咎めた。

「私の責任です。重要視しなかったからです」

そう言ったのは正木だった。

黙って正木を見つめていた萩原は涼へと視線をやった。

「首藤巡査長、あなたは、さらにもっと分かったことがあるんじゃありませんか？」

涼をじっと見つめる萩原が鋭く訊いてきた。

涼はそれを口にする決断はできていた。だが、一度、正木へ視線をやった。正木は黙って頷いた。

涼はそれで腹を括れた。

「この『暗号』は、杵築の工芸品『杵築七島藺（しちとうい）』に関連する暗号です」

涼は、「暗号」の写真を萩原が座る椅子の上に置いた。

∧○○○⧗△大

「シチトウイ？」

顔を歪めた萩原が涼を促した。

涼は昨夜の七海の解説を思い出しながら説明を始めた。

「七島藺そのものは植物です。それを使って円座や縁起物やらん工芸品を作って『杵築七島藺』として販売しているんです。昔の話になりますが、七島筵の買い付けを行っていた問屋や仲買人の間だけで、秘密裡に価格の調整をし合うために利用しちょった符牒(ふちょう)がありました。それがこん『暗号』です」

「それで、この暗号を解読したんですか？」

砂川が勢い込んで訊いた。

「数字の並びです。これがそうです」

一枚の紙に書き込んだものを萩原に手渡した。

《２０００８３１》

受け取った萩原は一度目を落としてから急ぎ全員に回覧した。

「何を意味すると？」

萩原が訊いた。

「断定はできていません」

涼は頭を振った。

「ただ――」

「ただ？」

涼に迫ったのは菜摘だった。

「これを日付として考えてみたんです。それで、ネット検索してみたところ、ウィキペディアで気になる記述を見つけました」

それもまた涼が印刷したものを萩原へ差し出した。

萩原の表情がみるみるうちに歪んでいった。

警視庁の刑事たちは萩原の手からそれを急ぎ奪いあった。そして目を皿のようにして見つめた。

《2000年8月31日　革命軍のメンバーである米倉裕史逮捕》

そこにいる誰もが声を失ったままだった。

涼は腹に力を入れた。

「ここからは、萩原主任の見立てと我々の捜査結果とを総合しての大胆な推察です。絶対に捜査本部では通用しませんし、放り出されます」

「ここは捜査本部じゃない」

萩原が促した。

頷いた涼が続けた。

「この三人の男たちが警察庁の内山の『指導』のもと一年間かけて行った『作業』とは、単に海外に逃亡していた革命軍メンバーを逮捕するためだけだとは思えません。しかも当時にしても、海外でのテロに関与して指名手配されて十五年もたってからなぜか、です」

「しかし、例えば、です。この三人が運営していた協力者のうちの誰かが偶然にも海外逃亡中の革命軍メンバーの所在についての情報を得て知らせてきてそこから作業が始まった――そうも考えられなくもない」

　木村刑事が自分の意見を述べた。

「ちょっと待てよ……」

　萩原は恭子の取り調べでの、彼女が口にしたある言葉を思い出した。

《主人もここに写る方々も、全国の〝突き上げ捜査〟のお陰で、任務に邁進され、しかしその一方で命を削り、世間からまったく称賛をされなくとも、それでも大勢の命を守るためにすべてを賭けてきました――しかしその結果、あんな悲劇が起きてしまうとは――》

「真田恭子は我々による調べの中で、真田たちが行っていた『作業』の説明で、『全国の〝突き上げ捜査〟のお陰で』という言葉を使っていた。あれはいったい……」

「それは、公安で言うところの、〝全国都道府県警察本部の公安課の突き上げ捜査のお陰で〟という意味です。いや、ここに至ったのは、単に年の功、というだけで――」

　苦笑する正木は頭を掻いた。

「ということは、『作業』の中心にいたのはあの四人だったが、その四人のために、全国都道府県警察本部の公安課の支援があった――そういうことですか？」

　菜摘は一気にそう捲し立ててそこにいる全員の顔を見渡した。

「公安のことはよく分かりませんが、もしかして、公安警察史上に残る大規模な『作業』

があったんじゃないですか！」

興奮気味に言ったのは清瀬刑事だった。

「主任、四人への表彰状の文面の中にあの言葉もありました――」

砂川のその指摘に、萩原は、「クソッ」と毒づいた。タイミングよく恭子に問い質しておけば、もっと早くここへ辿り着くことができたのにそれができなかった自分を恨んだ。

「つまり、全国都道府県警察からの公安史上に残る大規模な捜査支援を受けて、この四人が行った『作業』とは……」

萩原が虚空を見つめながらそう口にした。

「大勢の命を狙った重大テロ、それを計画していた革命軍の米倉裕史の身柄を確保し――」

涼のその言葉を引き継いだのは正木だった。

「その重大テロを阻止することだった――」

「そのターゲットとは……」

涼はそう言って唸った。

だが、ハッとした顔をしてスマートフォンを慌てて操作し始めた。

「いいですか、革命軍の米倉裕史が検挙されたんが、二〇〇〇年の八月三十一日。で、四人が表彰されたのがその約一ヵ月後の十月二日――」

涼はさらにネットを検索した。

「これだ！　そん間、九月十五日から十月一日までの約二週間に渡って巨大な国際イベントがオーストラリアのシドニーで行われちょります」

「まさか……」

清瀬刑事の声が上擦った。

「シドニーオリンピック！」

そう言ったのは菜摘だった。

「シドニーオリンピックに対するテロを計画していた革命軍メンバーの米倉の身柄を押さえること、それが四人の任務だった――」

萩原が言い切った結論に、

「ちいと待った」

と言って正木が鼻で笑った。

「あなた方の壮大な空想は分かった」

あきれ顔の正木がつづける。

「しかし、我々、大分県警の地道な仕事は、真田和彦を殺して首を切断したのが熊坂洋平であると判明した以上、妻の熊坂久美殺害にしても熊坂の犯行やと判断しちょん。恐らく、生首を発見した久美に激しく咎められ――」

そこまで言って正木は、涼を振り向いて賛同を求めた。しかし涼は顔の前で両手を組んで考え込んでいる風だった。

「とにかく、もう、世界がどうのこうのの話はついてゆけんな。明日の調べは付き合うけん、今日はこれでご勘弁を――」

正木は、涼に向かって顎をしゃくった上で立ち上がった。

「正木警部補、どうか、あと、十分、いや五分だけでいい。どうか最後まで話を聞いてください」

萩原が慌てて押し留めた。

唇を突き出した正木は顔を歪めて座り直した。

「ありがとうございます」

深々と頭を下げた萩原がつづけた。

「我々は、大分と東京での事件には、表面に見えているものとは違って、深い闇がある、そう思っているんです」

腕組みをした正木は反応しなかった。

だが萩原は構わず続けた。

「つまり、こういう理解をしています。二十数年前、米倉裕史によるシドニーオリンピックテロを阻止するため、その逮捕を実現させるべく極秘の『作業』を行っていた真田和彦と星野克之――。そして長い月日を経た現在、彼等に送りつけられたあの暗号は、米倉裕史の逮捕日を意味している――」

「二人に、米倉裕史の逮捕日を思い出させるために……」

そう継いだのは涼だった。

正木は、叱るような表情で涼を見つめた。

「そうです。内山武雄の自宅のガサをやれば、真田和彦と星野克之に送りつけられたのと同じものが必ず見つかるはずです」

萩原が語気強くそう言ってさらにつづけた。

「正木さん、真田和彦と内山武雄、そして星野克之の妻――三人もの人間を殺害したのは、米倉裕史を逮捕したことへの積年の恨み、私はそう思うんです」

「その推察には大きな矛盾がある。熊坂洋平の自宅から真田和彦の生首が見つかっているんですぞ」

正木が不機嫌そうに反論した。

だが涼はそれには話を合わせず、

「米倉に親族は？」

と訊いた。

「いえ、そこまではまだ……」

そう言って萩原は溜息をついた。

「もう一つ、なぜ、二十数年前のことを今になって？」

「それについても正直、わかりません」

大きく息を吐き出した萩原だったが、すぐに険しい表情となって正木へ視線をやった。

「とにかく、明日朝、星野から急ぎ事情聴取する必要があります。彼はすべてを知っています」

萩原の背後で、砂川と黒木菜摘が大きく頷いた。

「しかもすぐに杵築へ向かって波田野七海を守る必要がある」

萩原が急いで言った。

「杵築署の協力はすでに手配済みや」

咳払いした正木が言った。

「えっ！」

写真をもう一度眺めていた涼が突然、大声を張り上げて飛び上がった。

余りの大きさに、その声は静寂に包まれた病院の一階ロビーに鳴り響いた。

「どげえした？」

正木が声をかけた。

「こ、ここに写ってる、メガネの、四人目の、氏名不詳の男、自分、知ってるんです！」

萩原が声を上げて身を乗り出した。

「誰です！」

涼の脳裡に蘇ったのは、七海の自宅に上がった時、リビングの隅にある仏壇に置かれた、メガネをかけた男の遺影だった。

涼は呆然としたままその名前を口にした。

「波田野七海の父親、波田野秀樹です……」

10月31日　土曜朝　別府総合病院

多目的スペースの大きな窓から零れる陽だまりの中で、車椅子に座る星野克之は長い間微動だにせず、目も閉じたままだった。

星野は眠ってはいない――。警視庁の刑事たちの後ろの涼からもそれはわかった。時折、のど仏の骨が微妙に動くのが見えるからだ。

事情聴取が始められたが、星野は、本名で呼ばれても特別な反応はなかった。萩原ら警視庁の刑事たちからの質問攻めにもまったく動じない。

正木の後ろの椅子から星野を見つめていた涼は、いまだに昨夜からの動揺も抑え切れていなかった。

目の前のこの弱々しい星野と、七海の父である波田野秀樹とがかつて同じ部署にいて、重大な任務に挑んでいたとは未だに現実として受け止められなかったからだ。

もちろん、七海にはこのタイミングで話せることではない。

ただ、時期を見て説明すれば、七海のことだ、理解するであろう。

亡くなった父親がかつて公安警察に属していたとして、それ自体、何も責められることではないからだ。

ただ――今、七海の身が危険な状態にあることが父親のかつてのその任務と関連することをもし知ったとしたら彼女はどんな精神状態になるか――涼はそれだけが心配だった。

「星野さん――」

萩原のその言葉で涼は我に返った。

「今から、ここに録音された声を聴いてください」

萩原は、菜摘に指示して、菜摘が手にしていた、掌サイズの一台のICレコーダーを星野の顔の前に掲げさせた。

「ここにあるのは、真田和彦の奥さん、恭子さん、ご存じですね。その方が、あなたに絶対に伝えて欲しい、として我々に託した言葉です」

その言葉は半分本当で半分嘘だ、と萩原から事情を聴かされていた涼は思った。嘘というのは、調べに立ち会っていた菜摘が機転を利かして密かに恭子の声を録音したものであることだ。恭子からの了承を得ていないので本来は許されないが、ここで使えば音声は消去することを菜摘は決めていた。

萩原が菜摘に向かって大きく頷いた。

その合図を確認した菜摘はゆっくりと再生ボタンを押した。

恭子の上品な声が流れ始めた。音声は、〝伝えて欲しい〟という部分の前後の萩原とのやりとりも録られていた。

《「その時、星野さんにお伝え頂きたいことがございます。

星野さんにお伝え頂きたいのは次の言葉です。〝すべてを明らかにしてください。そうでないと、おぞましいことはさらに続きます。あなたが大事に見守って来られた方に危険が迫っています。主人は亡くなる日の朝、わたくしにそう言っておりましたし、すべてを明らかにすることを空の上から望んでいるときっと思います。それを明らかにできる〝資格〟はもう星野さんしかお持ちでないのです」》

星野の両目が突然、大きく見開いた。

再生は続いた。

《「真田和彦が言っていた？　急ぐ？　つまり、また何人かが殺される――そういうことか？　いったい誰が殺されるんだ！」

「わたくしはそれにお答えする資格がございません」

「資格？　あんた、さっきからその言葉を口にしているがどういう意味だ！　いい加減なことばかり言うんじゃない！　あんたの、星野へのメッセージの中に、〝あなたが大事に見守って来られた方に危険が迫っています〟という言葉があった。それが波田野七海のことか！」》

涼の瞳に、星野の二つの目が潤み始めた姿が映った。

萩原はもう一度、最初から再生をさせた。

《「その時、星野さんにお伝え頂きたいことがございます。

星野さんにお伝え頂きたいのは次の言葉です。〝すべてを明らかにしてください。そうでないと、おぞましいことはさらに続きます。あなたが大事に見守って来られた方に危険が迫っています。主人は亡くなる日の朝――》

身振りで音声を止めるよう促した星野は何度も噎せ返った。

「〝おぞましいことはさらに続く。あなたが大事に見守って来られた方に危険が迫っている〟――波田野七海さんのことですね？」

萩原が言った。

星野はカッと見開いた目で虚空を見つめている。

「我々は、波田野七海を何から守ればいいか、それを大至急、知る必要がある」

星野の喉仏が大きく動き、喉が鳴った。

「さもなければ波田野七海は殺されます」

星野は大きく息を吸い込んだ。

「そのためには、すべてをお聞かせください」

身を乗り出した萩原は畳み掛けた。

胸ポケットから萩原がまず取り出したのは、にこやかな表情を浮かべる四人の男たちが並ぶ一枚の写真だった。

萩原はそれを、星野の膝に掛けられている緑色の毛布の上にそっと置いた。そして次に、七島藺の符牒で作られた「暗号」とそれを入れていた「封筒」が写った写真と、さらにシドニーオリンピックの写真とを静かに並べた。

星野はさらに二度、咳払いをしてからついに口を開いた。

「君たちが到着するであろうこたあ予想しちょった。やけん、現在の『校長』の許可はすでに取った」

「校長？」

萩原が訝った。

「君たちはすでに知っちょるはずや。かつて『チヨダ係官』ち呼ばれちょった警察庁警備局の指導係んことを。それを統括する責任者んことを我々は『校長』と呼んじょった」

満足した風の表情を浮かべた星野はいきなりその名を告げた。

「真田、内山、わしの妻、久美を殺害したんのは、ハマムラナオキという男。年齢は二十歳台だ」

名前の表記を「浜村直輝」だと星野に確認しながら、砂川と二人の男性刑事たちがメモ帳に急いでペンを走らす音が重なり合った。

「写真はありますか？」

萩原が勢い込んで訊いた。

星野は頭を振った。

「砂川！　至急、杵築署に連絡を入れろ」

萩原のその言葉が終わらないうちに、星野は堰を切ったように話し始めた。

「東京に移り住んでた真田から、四年ぶりに電話があったのは、今から四週間ほど前の十月二日んことや。四年ちゅう月日は、真田が定年退職を迎え大分県警本部で退官式典に出るちゅうけん観に行った時から今までの時間や。しかし、つい懐かしさに絆(ほだ)され、身を隠してから十六年間にいっぺんだけ犯したわしんミスやった。あんたらはすでに知っちょんのやろうが、わしゃ〝存在せん男〟やったけん」

突然、星野は何かの痛みに耐えているかのように顔を歪めた。

萩原が手を差し伸べようとしたが、星野は身振りで制した。

星野の表情はすぐに戻った。

「それで、電話をかけてきた真田は驚くべき話をわしにした。二十年前、この四人で開始した『BS(ビーエス)作業』で使うちょった『暗号』が入った封筒が送られてきたと。そんな『暗号』は、当時、七島藺の工芸品に凝っちょった、こん波田野──」

星野は、膝に置かれた写真に写る四人のうちのメガネをかけた男を指さした。

「こん波田野が、七島藺の歴史書の中で見つけた符牒──問屋が値段の秘密交渉で使ってた言うちょったが──を『暗号』ちして利用しようと言い出した。絶対に解読でけんと。やけん、我々四人だけじゃなく、『BS作業』で運営しちょった三人のモニターにも使わせることになった」

初めて知る『BS作業』というフレーズについてすぐにでも問い質したい衝動に駆られた萩原だったが、今は、話の先を進めさせたかった。

「その『暗号』は、四人と三人、つまりたった七人しか知らないはずだった──」

萩原が継いだ。

星野は大きく頷いた。

「しかもそん『暗号』を解くと、革命軍メンバー、米倉裕史が逮捕された日やとすぐに分かった。復号方法はまだここにあったわけだ」

星野は自分の頭を拳でつついた。

「逮捕された？　あなた方が逮捕した、のでは？」

萩原が訊いた。

星野は薄笑いを浮かべた。

「我々は〝ウラ〟であり、身柄を押さえたのは〝オモテ〟の奴らだ」

「とにかく、米倉裕史の逮捕日と分かってさぞかし驚いたんじゃありませんか？」

萩原が反応を見た。

「驚いた、ちゅうより、真田との電話を終えたわしは、送り主の目的をまず考えてみた。だが、その時のモニターはほとんどがすでに亡くなっちょったことを考えるとそん〝目的〟は見えんかった。しかしそん直後、もしかすると思って家の郵便箱を見てみると、同じ物が届いちょったんや」

「で、どうされたんです？」

萩原がその先を促した。

「とにかく真田ともういっぺん相談したわ。でも、こっちからは電話は掛けなかった。理由はさっきん〝存在せん男〟んルールや」

　では、どうやって連絡を？　という言葉が喉まで出かかった萩原だったが、それもまた話の流れを些細なことで妨げたくなかった。

「訳がわからんまま、しかし段々不気味な気分となって過ごしちょった、十月十五日、浜村直輝からふいに電話があった――」

「内容は？」

　萩原がその先を誘導した。

「オレのオヤジとオフクロを自殺に追い込んだのは、お前たち四人だ。絶対に復讐してやる――そういきなりに言った」

「復讐してやる、つまり殺してやると言ったんですね？」

　萩原が確認した。

　星野が頷いた。

「自殺に追い込んだ、というのは事実なんですか？」

　萩原が星野の瞳を覗き込んだ。

「その前に――」

　星野は車椅子から萩原を見据えた。

「あらためて聞くまでもねえと思うが、わしの話は〝縦書き〟（検察庁や裁判所に提出される疎明資料）にはでけん」

星野が萩原の目を見据えながら続けた。

「〝縦書き〟のためには、〝別の供述〟を用意している」

「理解しています」

萩原が躊躇わずに言った。

「浜村マサルについては――」

星野は話に戻った。

「自殺に追い込んだ、ちゅう表現は半分正確で半分間違っちょん」

「どこが正確で、どこが間違っているんです？」

萩原が静かに誘った。

「浜村直輝は、一九九九年から二〇〇〇年にかけて、『BS作業』で活用した、海外逃亡中の革命軍メンバー米倉裕史を密かに支援しちょった非公然組織の統括者、浜村マサル、そん息子や。マサルは勝ち負けの勝と書く――」

星野はそこまで一気に明かした。

「その『BS作業』とは、シドニーオリンピックへのテロ攻撃の計画を進めていた革命軍メンバー、米倉裕史を拘束し、その計画を粉砕するためのものだったんですね」

萩原が先んじて言った。

星野が初めて笑った。

「それも、日本国内で逮捕すること、その作戦に拘った？」

萩原が急いで訊いた。

「米倉裕史を括（くく）れる容疑事実は日本にしかなかった。しかも、テロ計画を証明する材料は、〝協力者からの情報〟ちゅう余りにもセンシティブなもの（機密情報）で、オーストラリア当局やＩＣＰＯ（国際刑事警察機構）など公的機関にシェア（情報共有）できるシロモノでは到底なかったからだ」

「『ＢＳ』の命名は？」

萩原が訊いた。

「作業のリーダーだったこいつがつけた」

星野は、写真に写る波田野秀樹の顔の上に指を置いた。

「『ＢＳ』はブルースターの略。つまり、ターゲットの米倉裕史を、夜空に燦然（さんぜん）と輝く神々しいブルースターと見立て、そん身柄の確保を誓い合うた。こういった泥臭いことを好むのはあんたたち刑事警察も同じじゃろ」

苦笑して頷いた萩原がすぐに真顔に戻った。

「今、浜村勝を『ＢＳ作業』で〝活用した〟と仰いましたね。つまり、そこに浜村直輝の動機がある。そういうことですね？」

萩原はここで勢い込んだ。

星野はしばらく黙り込んでから、遠くを見るような目をして口を開いた。

「壮大な作業やった。中心となったのは我々四人だが、そん支援のため、当時の警察庁長官、権田史郎直々による最高レベル『甲号』に指定された指示が、全国都道府県警察本部長に対して口頭でなされた。全国の公安ならびに外事部門は、現在行っちょんすべての作業を即刻中断し、あらたな突き上げ捜査にすべて集中せよ、と——。精神的だけでなく肉体的にも過酷な日々やった。キャップの波田野は足を骨折したこともあった」

「すべて集中せよ……」

萩原が呟いた。

「そん日より、我々を支援すべく、膨大な数の人員がそん突き上げ捜査に投入されることとなった」

「そもそもなぜ、大分県警の公安課のあなたたちが中心に?」

萩原にとってそれは最大の疑問だった。

「我々四人は、シドニーオリンピックへのテロを計画しちょった革命軍メンバー、米倉裕史を極秘に支援していた非公然組織の幹部たち三名を密かにモニターとして運営し、育成もしちょったからや」

星野のその言葉で、取り囲んでいた全員が身を乗り出した。

「中でも、波田野は、米倉裕史を直接支えちょった浜村勝から最も信頼を得ちょった幹部、例えば『A』としよう、その『A』を二十年以上、モニターとして運営しよった」

「二十年以上……よくぞそこまでバレずに……」

萩原は素直に驚いてみせた。

「波田野は、そのモニターを獲得した後も、警察情報を流したりと組織の中で出世するように『育成』しちょった。そして浜村勝の側近にまで〝昇任〟させて絶大な信頼を得ることがでけたわけや」

「あなたと真田さんの役目は？」

「わしと真田も、浜村勝の別の二人の部下、『B』と『C』をそれぞれがモニターとして密かに運営しており、そん浜村の耳元で『A』がいかに信頼できる奴であるかの偽のエピソードを常に吹き込み続けさせていた――」

驚嘆の表情で萩原は周りの刑事たちの顔を見渡してから星野にもう一度顔を向けた。

「そこから米倉裕史のテロ計画を知った？」

「いや、それまでの我々の目的はあくまでも米倉裕史の逮捕であり、日本への密入国を知ることやった。しかしなかなかその情報は取れず忸怩（じくじ）たる思いに苛まれちょった――」

「それまで？　忸怩たる思いに苛まれていた？　では、『BS作業』というのは――」

「忘れもせん。一九九九年の春、警察庁より突然、我々四人は呼び出しを受けた。そして当時の警備局長、川上圭介（かわかみけいすけ）から直々に驚くべき事実を知らされることとなったんや」

萩原はその先を待った。星野がもはやすべてを吐露する覚悟を決めていると確信したからだ。

「そもそも――。海外逃亡中の革命軍メンバーの動向について警察庁警備局では、現在、国際テロ対策課（コクテロ）が所掌（しょしょう）しているが、約二十年前は、公安課が情報収集を行っちょった。革命軍そのものが国内の極左過激派集団から派生したものやったけんな。しかし、一九九八年、欧州の治安機関から警察庁にある極秘情報がシェアされた――」

萩原は身を乗り出した。

「そん情報とは、欧州の複数の都市において、ICPOにブルーノーティス、つまり情報収集要請がなされちょった日本の革命軍メンバー、米倉裕史に酷似した男の、日本旅券を所持した複数の女性との頻繁なる接触を確認したというもので、その接触場面を秘撮した画像も含まれちょった」

「日本旅券を持った女たち……」

萩原は呟くように口にした。

「日本旅券を持っている女たちとは、かつて日本の旅客機をハイジャックして北朝鮮に亡命しちょった極左過激派集団の犯人の、その『妻たち』だ。しかも、その『妻たち』が欧州の国々で、デンマークの首都、コペンハーゲンの北朝鮮大使館の『キム2等書記官』と接触していることも同じ治安機関からのシェア情報の中にあった」

真剣な表情で聞きいっていた涼も自然と星野の近くに椅子を移動することとなった。

「それらの情報に基づいて公安課は極秘の作業を開始した。そん作業には最初、『パンドラ作業』ちゅう暗号名が付けられた。つまり〝禍の元の実態解明を行え〟と指示されたんや」

涼は大きく頷いた。

「ところがそん『パンドラ作業』で膨大な数のパスポートを欧州の複数の国に照会している過程で、革命軍メンバー米倉裕史の動向について更なる不穏な情報を公安課は摑んだ。さきほどの『亡命ハイジャック犯の妻たち』と米倉裕史らしき男が、中国のマカオや瀋陽、そしてオーストラリアへ行動を共にしながら頻繁に出入国を繰り返しよん事実が確かなエビデンス（客観的な事実）によって判明したんや。ちなみに、マカオや瀋陽との間には北朝鮮との直行便や鉄道も引かれちょった」

星野はパジャマの胸元の奥から折り畳まれた皺だらけの一枚の紙を取り出すと萩原に手渡した。

「これだけは捨てることができなかった」

星野はボソッと言った。

すぐに広げてみた萩原は、刑事警察でも作成する捜査対象どうしの関係を示す「チャート」と呼ばれる相関図だとすぐに分かった。一番上には、『北朝鮮キム2等書記官』と書き込まれた東洋系の顔立ちをした男の写真があり、その下に矢印で示されたところに米倉裕史の写真があった。そしてさらにその米倉裕史と『亡命ハイジャック犯の妻たち』の顔写真とが太い線で結びつけられている――。

完全に理解した萩原が顔を上げた。

「つまり革命軍メンバー米倉裕史は、北朝鮮工作員の指揮下で『亡命ハイジャック犯の妻たち』の支援を受けてシドニーオリンピックへのテロを敢行しようとしていた、そういうことか――」

萩原のその言葉に、星野は深々と頷いてさらに付け加えた。

「そこで権田長官のさきほどの号令には、実はこげな言葉が続いちょった。〝日本人にオリンピックテロを絶対にやらせるな！〟そしてその作業に『パンドラ』から新たに『BS』という名が与えられたわけや」

「つまりこういうことか。長官が怖れたことは、もしテロが成功した事後の捜査で浮かび上がることというのが――」

萩原が目を見開いた。

「米倉裕史と『妻たち』という日本人の存在だけ――。『妻たち』と『北朝鮮キム2等書記官』との接触はしょせん〝未確認情報〟のレベルで……」

砂川がさらに続けた。

「国家的緊急事態だった。もし阻止できなければ日本の国際的地位は確実に落ちる。最悪の場合、経済や安全保障などへの影響も計り知れない――」

「そして、それを阻止すべく、あなた方が呼ばれ、『BS作業』が開始され、米倉裕史の逮捕へ邁進した。そして三人のモニターを駆使して……」

涼がその先を言い淀んだ。

「まず架空の不動産会社を欧州で立ち上げた」

星野が続けた。

「そして、日本人役員を捜しているとの情報を、浜村勝の耳に入るよう巧みに流した。欧州に駐在する日本人ビジネスマン相手の商売に関心があるとして——。そんなために、少なくない国家予算が投じられた。また、ＣＩＡも共同作戦（コーオペレーション）としてサポート役で加わり、そんな不動産会社の社長と役員の役で登場した。我々四人は、モニター三人を使い、浜村勝を説得した」

　星野が呟き込んだ。

「しかし、採用にあたっては日本での契約締結が条件とされたことに浜村勝は難色を示した。そこで波田野秀樹のモニター『A』は、海外にいる米倉裕史も将来を考えると、安定した収入を得る機会を与えてやるべきやと熱心に説得。さらに日本入国にあたっては危険のないパスポートと宿泊地を用意したと浜村勝に言い続けた。それが作戦のすべてや」

「そして、モニター『A』の情報から入国日時が判明し、米倉裕史の身柄をついに確保、見事にテロを阻止した。しかし、思ってもみない事態が発生した——そういうことですか？」

　その言葉は萩原の賭けだと涼には分かった。

　星野は急に顔を歪めた。

「非公然組織内部で衝撃が走った。もちろん、長年支えてきた米倉裕史の逮捕の情報を受けてのものだったが、実はそれだけではなかった。誰が警察に米倉裕史を売ったのか、それが問題となり、裏切り者探しが厳しゅう始まった。そして、浜村勝が疑いの目を向けたのが、波田野のモニター『A』やった……」

　星野はさっきまでの晴れ晴れとした表情が消え失せて項垂れた。

「『A』には生まれたばかりの娘を含めて三人の子供がおり、年老いて病に伏せっていた両親も抱えていた。波田野は、警察庁の川上警備局長に直訴した。そんことを聞き及んだ権田長官は、政府機密費を掌握する内閣官房長官とその夜密会した。そして翌日、空前の計画が開始された。しかしそれは間違いなく超法規的措置やった——」

「まさか海外へ？」

　萩原が勢い込んで訊いた。

「そう、逃がしたんや。海外へ。妻と三人の子供共々。両親は大分県警公安課が入院の手配など面倒をみた。しかしそん前に、重大な問題が残っていた。『A』を安全に逃がす時間稼ぎのため、『A』以外の〝裏切り者〟の設定が必要やったんや。そんために動いたのも波田野やった。浜村勝の荷物の中に警察との関わりを示す〝証拠品〟を『A』を使って巧みに入れたりしたほか、彼の銀行口座に大金を振り込ませるなどもすべて波田野秀樹が独自で工作した」

　星野はまた腹を押さえて苦しみ出した。

　萩原は、これから肝心なことが明らかになると思い、一瞬、逡巡したが、星野が車椅子から転げ落ちてうめき声を上げたので、砂川に言って看護師を呼んでこさせた。

「もう限界ですね」

駆け込んできた看護師が星野を抱きかかえながらキッパリと言った。

「それにこれから鎮痛剤を投与しますので、当面、面会はできません」

そう言って星野を車椅子に戻した看護師は病室に向けて歩き出した。

溜息をついた萩原は、残念そうな表情を浮かべる刑事たちと顔を見合わせた。

途中で車椅子が止まった。

星野に話しかけていた看護師が苛立った雰囲気で萩原たちの方へ大股で歩いて来た。

「最後のお話があるそうです。私はそこで待機しておきますので――」

看護師は飲料水の自動販売機の傍らにあるテーブルを指さした。

涼は萩原たちとともに駆けだして、星野の足元にしゃがみ込んだ。

「しかし……その不幸は……波田野も予見できんかった……」

星野は途切れ途切れに再び語り始めた。

その姿に、涼は、まるで最期の力を振り絞っているかのように思えた。

「浜村勝を糾弾するために組織内部で厳しい取り調べが行われる前日、浜村勝は自宅で首を括って自殺した。第一発見者は、息子やったそうや……」

「じゃあ、その息子、浜村直輝は、自分の父親が濡れ衣を着せられた上での失意の自殺と知って激しい怒りに包まれ、波田野秀樹を恨んで復讐の鬼と化したんですね？　しかし二十年も経った今なぜ？」

明らかに弱ってゆく星野の姿を分かっていながらも萩原は聞かざるを得なかった。

「それはわしにもわからん。しかし自分の父親の死の責任が波田野秀樹にあるということをどこかで知ったんやろう」

　星野が激しく咳き込んだ。

　萩原は力なく頭を振った。

「息子は、公安としてマークしていなかったのでしょうか？」

　涼が訊いた。

「皮肉なことだが、そもそも自殺であったことは、浜村勝の家族の安全を考えて箝口令が敷かれ、その家族にしても安全と監視の意味を含めて浜村勝の死後、五年間はコウカク（行動確認）をしていたがそれ以上は公安のルールとしてやらなかった。つまりノーマークとなったことになる。また『LO（ローン・オフェンダー＝脅威対象者）リスト』にも含まれていなかったようだ――」

　遠くからさっきの看護師が立ち上がった。

「ということは、波田野秀樹は亡くなっているので、その恨みを晴らすために浜村直輝は、真田さん、あなたの奥さん、内山武雄を殺した。そして最後に、最も憎むべき波田野秀樹が最も大事にしていた娘の七海にその復讐の炎が向けられている、そういうことですね！」

　萩原は畳み掛けた。

「真田、久美、内山を殺した理由は、恨みじゃない。ある目的があった……」

　星野の顔に苦悶の表情が浮かんだ。

「恨みじゃない？　目的が？」

そう萩原が聞いた時、看護師が急ぎ足で近づいてくるのが涼の目に入った。

「だから、内山の目玉を剔って真田に送って脅し、そして今度は、切断した真田の頭部を宅配便で送ってきた。目的はもちろん、わしを脅迫するために――」

「ということは？」

萩原が先を促した。

「お前もこん同じ目に遭うぞと脅し、波田野の居場所を聞き出すためちゃ」

歩いてくる看護師が間近に迫った。

「居場所？　しかし彼はすでに二十年前――」

言葉を止めた萩原は呆然としてその場に立ち尽くした。

やってきた看護師が星野と萩原の間に強引に割り込んだ。

「波田野秀樹は生きている？　そうなんですね！」

車椅子を追いかけながら涼が迫った。

だが星野はそれには直接応えなかった。

「今日、観月祭に来る……娘の姿を最期にひと目見たさに……」

「娘の姿を最期にひと目？」

萩原が訝った。

「海外に逃がしたモニターも三ヵ月前に亡くなり、そして……彼にはもう時間が残されてないんや」

星野は咳き込みながら語った。

「時間が残されていない？」

看護師が押す車椅子に跳ね飛ばされながらも萩原はその言葉を投げかけた。

「危ないのは彼だけやない。七海ちゃんも道連れにする気や！　七海ちゃんをどうか守ってくれ……」

星野は顔を歪めて腹に両手をあて、苦しそうに呻き声を上げた。

「そこを退いてください！」

看護師の怒声を聞いて、ナースステーションから数人の看護師たちが駆けてくるのが涼の目に飛び込んだ。

その時、車椅子を押していた看護師が振り返った。

「本当は、退院したら、私からあなた方に渡して欲しいと仰っていましたが――」

看護師は白衣のポケットから一通の封筒を取り出して涼に手渡した。

受け取った涼は、車椅子へ目をやりながら看護師に訊いた。

「では、彼にもう時間がないと？」

看護師は何も言わず車椅子の手押しハンドルに再び手を掛けた。

大分県　県道49号線

「ここから先は、さらなる自分の推察です」

大分空港道路の杵築ICを降りて県道へ車を進ませ、涼はワンボックスカーのルームミラー越しに車内の全員へちらちらと視線を投げながら続けた。

「また推察か。この際いいだろう。続けろ」

後部座席の正木が真剣な表情で言った。

「波田野秀樹はすくなくとも二十四日の朝には杵築へ入っていたと思います」

「なぜそう言い切れる？」

助手席に座る砂川が不満げな表情で訊いた。

「チョコレート箱があったんです」

涼が答えた。

「チョコレート箱？　なんだそれ」

砂川が吐き捨てるように言った。

「そん日は、二十二年前に交通事故で亡くなった波田野秀樹の長男の命日でした。自分と七海がお墓に行くと、置いてあったんです。墓石の前にそっと、チョコレート箱が。彼女もお母さんも誰も知らないうちに――」

「なぜそんなことを……」

そう訊いたのは萩原だった。

「恐らく、長年参って来んかったことへの贖罪の気持ちがあったやろうが、それだけではなかったと私は思います。星野のさっきの言葉を信じれば、波田野秀樹はおそらく医師から余命を宣告されちょんのやと思います。やけん自分も間もなく息子のところにゆくと――」

「やけんこそ、波田野秀樹は最期に娘を、七海の姿をひと目見たかった」

聞き入っていた正木がそう結論を導いてからさらに続けた。

「しかし、真田が殺され、星野の妻が殺されたことで容易には七海に近づけなくなった」

「じゃあ波田野秀樹は娘に会わずに？」

砂川が言った。

「必ず現れます」

涼がキッパリと言った。

「なぜそう言い切れる？」

砂川が問い質した。

「波田野七海から聞いているからです。観月祭は、七海にとっても、父親である波田野秀樹にとっても、二十年前に最後の別れとなった夜なんです。そこで二人の時間は止まったままなんです――」

そこまで言い切った涼はハンドルの右側にある時計へ一瞬、目をやった。

大原邸の営業時間はとうに過ぎていた。パトカーによる警備が付いているとは言え……。涼の中で不安が高まっていた。

「仰る通りでしょう。で、砂川、レンタカー会社、飛行機、宿泊施設で、まだ浜村直輝の名前は見つかっていないのか？」

萩原が苛立った。

「木村と清瀬が今当たっている最中ですが、まだ報告はありません」

砂川が困惑の表情を浮かべた。

「おい、菜摘――。もう一度念を押すが、着いたら、お前は、波田野七海から一時も離れるな。トイレもだ。分かってるな？」

萩原が命じた。

「彼女から離れません」

サードシートから菜摘が緊張した表情で即答した。

その時、正木のスマートフォンが大きな振動音を放った。

「杵築署が？　そうか、わかった、ごくろうさん」

通話を切った正木が車内を見回して報告した。

「別府中央署長から指示を受けた地域課員からの報告でした。それによれば、管内のビジネスホテルで、一週間に及ぶ不審な男の宿泊実績があることを杵築署が摑んでくれました。間もなく防犯カメラで捉えた画像が届きます」

しばらくして届いた画像を正木は全員に回覧させた。

長い白髪で顔を覆うほどの髭を生やしている年配の男——その顔を見た涼はハッとして、七海が言っていた昨日の朝の大原邸での出来事を思い出した。

七海がストーカーのような男に見られていたということを——。真弓さんの話では、長い白髪で顔を覆うほどの髭を生やしている年配の男やと……。

「昨日、大原邸で波田野七海にストーカーのように近づいてきた男と酷似しています！」

涼が確信を持って言い切った。

「年配か……」

砂川がぼそっと言った。

「浜村が亡くなった時、息子は小学生だったしな……」

正木がそう付け加えてさらに続けた。

「杵築署は、パトカー乗務員も手配してくれています。とにかく首藤、我々も急ぐぞ！」

大原邸

白い紙で作られた行灯と竹灯籠を大原邸の周りや邸内にすべて並べ終えた七海は、怪訝な表情で真弓が近づいてくるのが目に入った。

「七海ちゃん、朝早くからさ、辺りにパトカーが何台も停まっちょったり、巡廻もしちょんけんど、例年、こげな風やったっけ?」

「どうでしたかね……」

七海は適当に受け流した。事情を話そうものなら一時間は放してくれないだろうからだ。

「お疲れ様です!」

飛び跳ねるようにして現れた出雲は明るい表情で七海たちに挨拶した。

「お疲れ様——。で、持って来られました?」

七海が笑顔のまま訊いた。

「台車で屋敷の前まで運んで来ました。どこに並べればいいですか?」

真弓が七海を押し退けるようにして出雲に駆け寄った。

「これまで『絵付き行灯』は並べたことがないんだけど、今回は観光協会の許可も取ったんで特別よ。それも一番目立つ長屋門の前を空けておいたからね」

真弓が満面の笑みを出雲に向けた。

七海は溜息を堪えた。許可もなにも、置くこと自体や並べる場所について、真弓が観光協会に強引にねじ込み、無理矢理納得させたことを七海は詩織から溜息まじりに聞かされていたからだ。

——女って、男でこんなに変わるものなのね……。

だがそれを自分にあてはめることは止めた。嫌な気分になることが容易に想像できたからだ。

ただ、あることだけはちょっと気になったので聞いてみた。

「舞鶴さんは来られないんですか?」

出雲は意味深な笑顔を投げ掛けた。

「七海さんは舞鶴がお気に入り? あっ、ちょうど――」

出雲が遠くに向かってしきりに手を振った。

手を振り返して駆け込んできたのは舞鶴だった。

「おい、舞鶴、七海さんがさ――」

出雲がそこまで言った時、七海が彼の手の甲を抓(つね)った。

「何か?」

舞鶴が怪訝な表情で出雲と七海の顔を見比べた。

「いえ、なんでもないよ」

七海は慌てて言った。


すべての仕事を終えた七海は、行灯に囲まれた大原邸をしばらくまじまじと眺めた。

あと数時間で、自分たちと母の貴子を含む商工会の女性部の方々がこれら行灯の中の一つ一つのロウソクに火を灯す。そして並べられた行灯の〝揺れる灯り〟が武家屋敷の数々を幻想的な世界に引き摺り込むのだ。

「真弓さん、じゃあ、私、他の屋敷の人手が足りないところに行って行灯を並べるのを手伝って来ます」

「お疲れさま。こっちは出雲クンと一緒にうまくやるから」

真弓はニヤッとした。

呆れ顔で溜息をついた七海は彼女に構わず大原邸を後にした。

「酢屋の坂」を左手に見通す場所まで来た時、手提げバッグの中にスマートフォンがないことに気付いた。

——さっきまであったのに……そっか、きっと大原邸に忘れてきたんだわ。

踵を返した七海は大原邸に引き返した。涼から連絡が入っているかもしれないと思ったからだ。

しかしその足を止めた。彼が心配していた不審者の姿もないし、戻ってから着信をみればいいか、と思い直した。

北台武家屋敷エリアには、すでに大勢の観光客と思われる人々がそぞろ歩きをしていた。レンタル着物店「和楽庵(わらくあん)」で着替えたらしい色とりどりの着物を着ている男女も多く、祭りの興奮を七海は早くも感じていた。

その人出の合間から、背の高い男性と浴衣を着た小さな女の子とが手を繋いで歩いているのが目に入った。

その光景に二十年前の父と自分の姿が二重写しとなった。

しかしその姿は黒く塗りつぶされていった。

父はその翌日、息を引き取り、自分の前から永遠に消えてしまったのだ。

七海はふと顔を上げた。

暮れかかる暗くて青い空に浮かぶ月が徐々に明るさを強くしている。七海はしばらくそのまま観月に身を任せていた。


「なんで電話に出ない！」

涼は毒づいた。

「大原邸の方へかけてみろ」

正木のその言葉で涼は急いで大原邸の事務机の上に置かれた電話を鳴らした。

応対したのは真弓だった。

「七海と代わってもらえませんか？」

「七海ちゃんなら、他の武家屋敷へ手伝いに行ったわよ」

「他の？　どこです？」

涼は勢い込んで訊いた。

「どこて、北台も南台も全部の武家屋敷を回るんじゃないかな」

しばらく間をおいてから涼が訊いた。

「昨日の朝、七海を覗いていて真弓さんとぶつかった不審な男、あれから見ていませんか？」

「いや、別に……」

「じゃあ、もし見かけたらオレの携帯にかけてください。必ずお願いします！」

「どうかしたの？」

真弓が怪訝な声で訊いた。

しかし、涼はそれには答えず携帯電話の番号を早口で真弓に伝えただけで通話をすぐに終えた。

「ダメだ。杵築署は刑事課からも人を出して城下町周辺を中心に浜村と防犯カメラの男を捜してくれちょるが発見できてねえ」

そう言って正木は顔を歪めた。


午後五時半を過ぎた頃、城下町の電灯が一斉に消され、城下町は淡い闇に包まれた。

その中を、七海の母、波田野貴子を含む商工会女性部の何人もの女性たちが石畳に揃って立つシルエットが流れてゆく。まだ柔らかな月の光だけが彼女たちとそこに並べられた行灯を浮かび上がらせた。

誰が合図したわけでもないのに女性たちはほぼ同じタイミングでその場に静かに腰を沈

め、手にしたチャッカマンで行灯の中のロウソクに火を灯した。

ふわっという、空気が立ち上るような音をさせて風に揺られながら点灯した無数の光が長い筋となって石畳を照らしてゆく。

大原邸でも、自分たちが灯した行灯が辺りの武家屋敷まで別世界に誘う光景に溜息を漏らした七海は、そこから「酢屋の坂」へと足を向けた。

着物に着替えていた七海は、行き交う観光客たちの間を下駄を軽く鳴らして足を進めた。

「酢屋の坂」とその先の「塩屋の坂」はすでに大勢の人たちで溢れていたが、その幻想的光の世界は圧巻だった。

二つの坂に並べられた数十個の行灯のふた筋の揺れる光は、まるで天を貫く龍のごとく立ち昇っている――七海は、この光を幼い頃から知っていたが、未だにこの世のものとは思えないその姿に今年もまた深い感動に浸っていた。

ふと気がつくと、後ろから自分を呼ぶ声がした。

振り向くと観光協会の詩織が着物姿で団扇を手にして笑顔で近づいてきた。

「詩織さん、本当にキレイ！」

それはお世辞ではなかった。整った顔立ちに、細いうなじ、そして艶っぽいほつれ髪――日本女性の美しいさまのすべてが彼女にあった。

「さっき、ナンパされたっちゃ。まだまだイケルかな？」

詩織が笑った。

「今日から明日までモテモテで大変ですよ、もう、うらやましい！」

そう言って七海は胸元を少し開けるしぐさをした。

「七海さん！」

その声で振り返ると出雲が近寄ってきた。

驚いた表情で視線を向ける七海に、出雲はいつもの明るい表情で続けた。

「観月祭、想像していた以上に本当に感動的です！」

出雲は声を弾ませた。

「これまで生きてきて初めてです！　こんなキレイな光景は！」

出雲は興奮して続けた。

「素敵でしょ」

笑顔のまま七海は言った。

「七海さん、真弓さんから聞きましたが、明日、大原邸で七島藺工芸の実演をされるんですってね、いいですね！」

「もし、お時間があったらいらしてください」

七海が言った。

「それで、お願いがあるんですが、準備されているところをちらっと見せてもらうことはできませんか？」

出雲が照れる風に言った。

「準備のとこを？」

「ええ。オレ、物作りとそれが完成したときの達成感ってどんなもんだろうってすっごく関心があるんです。だから、その感動を大きくしたいために、まず七海さんがどんな準備をされているのか、それを見せてもらえればワクワク感が高まるかなと思って――」

七海は、出雲が〝物作り〟〝達成感〟という表現を使ったことだけで気分を良くした。

「ええ、いいですよ。ただ真弓さんが……」

「大丈夫です。彼女にはちゃんと断ってきました」

出雲の相変わらずの明るさの前で七海は考えを巡らせた。

「行灯の点火は無事済ますことができたし、しばらくしたら大原邸でお茶を頂くことになっているけど、少しなら時間はあるかな」

そう言った七海は、今日は一人歩きが不安であることは敢えて口にしなかった。

「ちょっと相談に乗って欲しいこともあって――」

出雲が真剣な表情を向けた。

「相談？」

「ええ、真弓さんは自分のことを本音ではどう思っているのかと思うと不安で――」

「分からないの？」

七海は驚いた。

「大丈夫、あなたが気を揉むことはまったくないから」

七海がそう言った時、じっと黙っていた詩織が口を挟んだ。

「こちらは?」

「出雲さんです」

七海が目配せしながら紹介した。

「ああ、あなたが出雲さんね……」

詩織は、出雲の頭からつま先まで目をやった。

「オレ、なんか有名人っすか?」

出雲は照れ笑いを浮かべた。

「まあ、とにかく、頼むよ。七海ちゃんを――」

詩織が出雲に言った。

「もちろんです。ずっとご一緒し、責任を持ってエスコートします」

出雲は潑剌（はつらつ）とした表情で言った。

萩原のスマートフォンが電話の着信を告げた。

「木村か、ごくろうさん。何か分かったか? 何だって? 浜村直輝の苗字（みようじ）は旧姓だと? それで……うん、うん、出生が大分県で、その後、児童養護施設の時代に養子縁組して名字が変わった? なんという名だ! まだわからん? バカモン!」

萩原は怒鳴り上げた。

涼が路肩に車を急停車させた。

「危ねえやないか！」

前席に頭をぶつけた正木が後部座席から叱った。

だが涼はそれには応えず、運転席から慌てて後部座席に座る萩原の方を振り向いた。

「妙だと思っていたんです。さっき免許証の照会の回答がきたんですが、該当者がなかったのもそれで納得がゆきます」

砂川が一人で納得するように言った。

「首藤、それがどうかしたのか？」

何かを悟ったように急いでそう訊いたのは正木だった。

「ちょっと待って下さい。七海、いや波田野七海に確認したいことがあります」

スマートフォンを取り出した涼はすぐに電話をかけた。

「ダメか」

涼は舌打ちをして通話を諦めた。

「大原邸を担当している彼女は今、恐らく、観月祭の行灯を並べている最中でしょう。しかも観光客の対応もあるので一番忙しい時間帯です」

涼が説明した。

「お前さん、彼女から何を聞こうとした？」

　真剣な表情をして正木が急かした。

「彼女の近くに、今、言われた、大分県という出生場所と年齢とが同じ男がいるんです。で、その名前を聞こうと――」

　頭をふりながら萩原が苦笑した。

「ただの偶然じゃないのか」

「我々が重大関心を寄せている男は、突然、一週間前に杵築に来て、観月祭で並べる『絵付き行灯』を作るという触れ込みで、バツイチの、ひとまわりも年上の女性に取り入り、結婚を餌（エサ）にして住むところや車の便宜も受けている。しかもその年上の女とは、七海が勤める大原邸の同僚――どうです！」

　見開いた目で涼は車内を見回した。

「そんなに簡単にホシが割れれば苦労しないさ」

　砂川が嗤笑した。

　だが正木は険しい表情を向けた。

「その男、作った『絵付き行灯』をどこに並べる気だ？」

「それもまた七海に聞こうかと――」

　涼が困惑の表情を浮かべた。

「今、ウチの木村から、その、旧姓〝浜村直輝〟の免許証の写真が届きました」

　萩原はその画像をそこにいる全員の前で掲げた。

若いイケメンの男がそこにいた。

「すでに奴は波田野七海のすぐ近くにいる」

正木は押し殺した声で言い切った。


走り出した涼は早くも行灯の光に包まれた「酢屋の坂」の石畳を観光客たちを避けながら駆け上がった。その後を正木、砂川と菜摘が続き、萩原は最後に追いついてきた。

「酢屋の坂」を登り切った先で右手に入った涼の視線のすぐ先に、大原邸の長屋門が目に入った。

涼は邸内へ飛び込んだ。

大勢の観光客たちの間を縫うようにして涼は必死に七海の姿を探し回った。最も広い主屋はもちろんのこと、その南側にある井戸や土蔵へも足を向け、東側に位置する広々とした庭の池の周りを駆け回った。最後は池の中にある小さな亀島(かめしま)にも入っていったが、七海の姿はなかった。携帯電話へもかけたが、着信音は鳴るのだが応答のない状態がずっと続いている——。

「あら、首藤さん、さっきからどうしたの?」

真弓が不思議そうな顔をして声をかけてきた。

「七海は、今どこにいます!」

辺りを見渡しながら涼が訊いた。

「さっき電話でも言ったように、七海ちゃんなら、さっき、別のお屋敷でお手伝いをするち言うち出ていったままっちゃ」

真弓は暢気そうに答えた。

「で、イケメンの男はどこに？」

「あら、首藤さん、出雲クンのことを知っちょんの？　お喋りね、七海ちゃん——」

だが真弓のその顔はニヤついてから辺りを見渡した。

「そう言えば、さっきから見当たらんのよな……」

「出雲はこいつですね？」

追いついてきた正木がスマートフォンのディスプレイを翳しながら険しい表情で問い質した。

「こいつって……彼がどうかしたんですか？」

真弓が顔を引きつらせた。

「ちゃんと確認しろ！」

正木の余りの勢いに真弓は驚いた表情で頷いた。

「いかん！」

正木が涼に向かって叫んだ。

その意味を悟った涼は、近くに置かれていた武家屋敷エリアの地図を手に取ると正木にも渡した上で先に大原邸から飛び出した。

見物客たちで溢れる石畳へちらっと視線をやった涼は、萩原たち警視庁の刑事たちの姿が目に入った。彼らは少し離れた場所で静かに目立たないようにして大原邸を見張っている――。

――やっぱし……。

警視庁のやつらは、七海を囮にして〝浜村直輝〟が襲いかかるのを待っているのだ。

しかし涼は構わず、大原邸の東隣にある「能見邸（のうみてい）」を目指した。

萩原たちはその後をゆっくりとついてきた。

能見邸の周りに並べられている行灯を見渡した。すでにすべての行灯が置かれ、その仕事は終えられているように思えた。

それでも涼は、かつて江戸時代にここに住んでいた家老職の格式の高さを物語る立派な門柱を急いでくぐり抜けた。

能見邸の中は大原邸よりも多くの人で溢れていた。しかも、奥にある「台（だい）の茶屋」と呼ばれる、武家屋敷では唯一の甘味処（かんみどころ）には行列ができているほどだった。

邸内を探そうと首を回した涼は、「台の茶屋」の入り口付近で萩原がさっと身を隠したことに気づいた。

これ以上堪えられなかった涼は、人混みを掻き分けて萩原の元へ駆けた。

「七海を囮にして待っているんですね、〝浜村直輝〟を――」

涼が言い放った。

「確かにそうだ」

萩原はあっさりそう認めてから真剣な表情で続けた。

「このタイミングを逃がせば、波田野七海はこれからもずっと出雲直輝の存在に怯えて生きていかなければならない。危険なことはわかっている。しかし勝負しなくてはならない」

「それはもう必要がありません」

「どういう意味だ？」

萩原が眉間に皺を刻んだ。

「〝浜村直輝〟は今、七海と一緒に行動している可能性が高いんです！」

「一緒に？」

萩原は、砂川と菜摘とで顔を見合わせた。

「大原邸の同僚の女性によれば、二人はどこかの武家屋敷におるはずです。四手に分かれましょう」

涼は強引に話を進めた。萩原に気を遣う余裕はもはやなかった。

涼はさっき手に入れていた北台と南台の武家屋敷エリアの地図を広げて見せた。

「彼女は武家屋敷を巡って手伝いをしています。自分はこの能見邸を。砂川巡査部長はここからすぐ先の『磯矢邸』、萩原主任は『酢屋の坂』のちょうど向かいに位置する『塩屋の坂』を上がったところ、『南台武家屋敷』エリアにあるここ、『中根邸（なかね）』、黒木さんはさらに一番向こうのこの『一松邸（ひとつまつ）』——それぞれお願いします！」

萩原が頷いた。

「もし二人を見つけたら、手出しせず互いに連絡を！　いいですか！」

それにも萩原は異を唱えず頷くことで賛同した。

「しかし、もし七海だけを見つけたのなら保護してください！　お願いします！」

しばらく逡巡していた萩原だったが、最後には、

「わかった」

と言って納得した。

涼は警視庁の刑事たちを見渡し、無言で頷き合ってから能見邸の奥へと急いで足を向けた。

観光協会の担当者であることを物語るカードをぶら下げていた女性を見つけると涼はすぐに駆け寄った。

「すみません！　隣の大原邸の担当者、波田野七海さんを見かけちょらんですか？」

「ああ、七海ちゃんやろ。おるよ。行灯を手伝いに来てもらってな」

胸からのカードに「鈴木悦子」と書かれた女性は首を回した。

「あれ？　おったにな……それが、すごいイケメンと一緒に来てな」

悦子は首を傾（かし）げた。

唾を飲み込んだ涼は勢い込んで訊いた。

「じゃあ、次はどこへ行くとか言いよらんかったですか？」

「順序なら、こん隣の磯矢邸やろうけど。もう灯りをつけるのはどこでも終わってるだろうから。挨拶回りをしちょんのやねえかな……」

「ありがとうございます！」

そう礼を言っただけで涼は能見邸を後にした。七海が能見邸の中にまだ留まっている気がしなかったからだ。

「台の茶屋」から姿を現した萩原に涼は目配せした。それを悟った萩原は、黒木菜摘巡査長を身振りで呼び寄せた。

しかし、磯矢邸に入った涼は、先に入っていた砂川とともにたくさんの観光客の中で立ち尽くすことになった。どこを探しても七海の姿はなかった。

出雲とともに磯矢邸の先にある「勘定場の坂」の石畳を下りる時、杵築城が見通せた。

「有名な『酢屋の坂』や『塩屋の坂』からは杵築城は見えませんが、この坂からは眺めることができるんです」

七海が微笑みながら説明した。

「このアングル、最高ですね」

出雲が感嘆の声を上げた。

坂を下りきってしばらく歩いたその先で、斜め左に見える白い鳥居を七海は指さした。

「あそこは、七島藺の普及に貢献した人たちを祀る青筵神社の入り口なんですが、道路を挟んだ反対側に、明日、大原邸で行う七島藺工芸の実演の準備室があるんです」

「なるほど。無理を言って、本当にすみません」

出雲が謝った。

「いいんですよ。ただ、この後、南台武家屋敷エリアへも行かないといけないので、あんまり長居はできませんが……」

「はい。少しの時間で結構です」

笑顔でそう言った出雲が並んで歩きながら続けた。

「それはそうと、立ち入ったことを聞いてすみません。真弓さんから聞いたんですが、七海さんはお父さんを二十年前に亡くされたとか。まだ八歳の時だったんでしょ。さぞかしその時は寂しかったでしょうね」

「その時はね――」

七海は微笑みながら言った。当然、〝今でも寂しい〟という言葉は恥ずかしくて口にできなかった。

「お父さんに会いたいですか？」

「そうね」

七海は軽く受け流した。

「オレは会いたいです」

「じゃあ、あなたも？」

七海が何気なしに訊いた。

「オレのオヤジは、二十年前に死んだんです」

「二十年前？　じゃあ、私の父と同じ……」

七海の言葉に出雲は何も反応しなかった。

「あなたもお寂しかったでしょうに……」

七海が優しく声を掛けた。

「母もその翌日、死にました」

「そ、それは……本当にお気の毒で……」

七海は言い淀んだ。

「どっちも殺されたんです」

出雲は急に暗い声で言った。

「えっ？」

七海は驚いた表情で出雲を見つめた。

「あんたの父親にね」

出雲のその押し殺したような言葉に、七海は思わず足を止めた。

「そ、それって、ど、どういう意味です？」

数歩先を行っていた出雲の足が止まった。

「あんたの父親のお陰で、父と母は死んで、遺されたオレたちのその後の人生もメチャメチャになった――」

出雲は背を向けたまま言った。

「あ、あんたはいったい誰？」

七海は息が止まった。

「内山、真田、そしてパン店の女房を殺したのはオレだ。そして今、最後に、あんたの父親と、愛する娘を殺しにきた――」

出雲はくるっと七海を振り返った。

そこにはさっきまでの柔和な表情はなかった。鬼のように醜く歪んだ顔で、七海を上目遣いに睨み付けていた。

七海を見据えながら、出雲直輝は二十年前のことを鮮明に脳裡に蘇らせた。


当時住んでいた兵庫県の須磨にあった小学校から戻ってきたオレが居間に入って真っ先に目にしたのは、首に縄をかけて梁（はり）からぶら下がる父、浜村勝の姿だった。

すぐに母がやってきて、

「見たらあかん！　見たらあかんのや！」

　と泣き叫びながらオレの頭を抱え込んだ。

　そして翌日、一人で起きて母を探して海岸までやってきたオレが目にしたのは、波間に漂う女性の姿だった。

「おかあちゃん……」

　オレは引き揚げられた母の遺体にすがってずっとそこで泣き続けた。

　数日後、オレは児童養護施設の門をくぐった。

　しかしオレを待っていたのは厳しいだけの大人と根性の悪い子供たちだった。それから三年後、里親が見つかって引き取られたが、両親がいない強烈な寂しさで身をよじるほどの苦しみの毎日と、児童養護施設で遭った大人と子供からの酷いイジメの連続ですっかり心が病んでいたオレは、中学の頃に家出した。

　それからの人生は社会の薄汚れた裏道を生き続けたのも同じだった。どれだけの犯罪を行ってきたかなんて憶えていない。いつも腹を空かしていたことだけは記憶にある。ただ、高校生になってホストクラブで働き出してからは生きてきて初めて、人生に〝明かり〟があるということを知った。違法年齢と知りながら、経営者もオレが人気ナンバーワンであったので目を瞑った。

　しかし、人生とは必ず〝明かり〟の裏に〝闇〟があることをその時、嫌になるほど知った。オレを妬む他のホストたちからオレの荷物に薬物を入れられ、警察に密告(チク)られたのだ。

それからの人生はすべて〝闇〟の中だった。

打ちひしがれた人生を希望もなく歩いていたその時だった。

弁護士と名乗る男が突然、目の前に現れた。

「あなたのお父さんのお姉さんが今、深刻な病に冒され、その遺言を作成する中で、唯一、血の繋がるあなたをやっと探し出したんです」

数日後、息も絶え絶えの伯母の枕元に立ったオレに、彼女は一冊のノートを差し出した。

父が自殺する直前、オレが成人を迎えた時に渡すように言われていたが、所在がわからずずっと保管していたと言った。

そこに書かれていたのは、波田野秀樹という警察官の名と、仲間と信じていた人間に対する、書き殴ったような震える文字で綴られた、父の激しい恨みと怒りだった。〝本当の裏切り者〟を守るため、波田野秀樹が何の罪もない父を裏切り者に仕立てた悪魔の所行のすべてが綴られていたのだ。

オレにはやるべきことがあると確信した。

大事な家族――父と母を殺し、オレの人生をメチャメチャにした波田野秀樹、そして父を裏切った仲間への復讐を誓った。

まず、二十年前、父の部下であった『B』という男を呼び出して責め立てた。父親のノートに『B』のことも疑っていた記述があったからだ。『B』は、息子を殺す、と脅したらすぐにすべてを白状した。〝裏切り者〟は海外へ逃げ、それを工作した波田野秀樹は病死と偽って海外で身を潜めて暮らしていると。

オレはすぐに『B』を協力者として利用していた内山武雄という警察官の元へ向かった。内山はオレに父が自殺するに至った事情を明らかにするのを拒否したので殺し、その目玉をくりぬいて今度は、真田和彦という波田野秀樹の部下を脅し、さらに同じ部下だった星野の妻を絞め殺したが、波田野秀樹の所在はわからなかった。それにしても、雇っていた探偵業の田辺を利用し、犯人に仕立てたのは我ながらよくできた。

田辺は、情報収集でも役立った。奴には星野の動静を探らせていたのだが、波田野秀樹には、あんたという娘がいることを知った。

そして計画は最終段階を迎えた。最初に会った内山から、波田野秀樹が杵築の観月祭に合わせて帰国し、娘の姿を見に来ることだけは、片方の目玉をえぐり取った後に聞き出していたからだ。

星野の妻を殺したのは、波田野秀樹の自分の娘も殺られるかもしれないという恐怖をかき立てて、あんたの近くに出現させるためだった。

しかし、田辺については誤算もあった。あんたへのストーカーになり果て、襲ったり、階段から突き落としたりと目に余った。このままでは警察に捕まり、オレのことも喋ってしまうことを怖れ、自殺に見せかけて殺した。警察もそれを信じたのには我ながら上手くやったもんだと自分を褒めた。

なんにしても、ようやく待ち望んでいた瞬間がやってきたのだ。

声を出したつもりだったが七海のその声は掠れたものとなった。

七海が戸惑っている内に出雲に抱きかかえられ、お腹に尖った硬いものが押しつけられたのがわかった。

「声を出したらこのまま刺す」

出雲が七海の耳元にそう囁いた。

七海は出雲に引っ張られるようにして進み、長い坂道を指示されるままに登り、鬱蒼とした藪が広がる薄暗い空間に連れて行かれた。

そこは、今では廃屋となった市民会館と駐車場があるだけで、日が暮れると街灯もないのでほとんど人が来ない場所であることに七海は今更ながら気がついた。

その時、七海は恐怖よりもなぜかそのことを思い出した。

「さっき、父と私を殺しに来たと？」

七海は上擦った声で訊いた。

「そうだ」

出雲が即答した。

「でも、ちょっと待ってください。父は二十年前にすでに……」

出雲はそれには応えず周りに向かって大声で叫んだ。

「この女をここで殺す！　お前は身をよじって苦しむがいい！　しかしその苦しみはオレの父と母の苦しみと比べればわずかなものだ！」

七海を地面に押し倒した出雲は、その上に跨(また)がり、満月の灯りで不気味に光る包丁を振り翳した。

——殺される！

七海の脳裡に、一瞬、父と母の笑顔が浮かんだ。

「ぎゃっ！」

突然、出雲は悲鳴を上げて地面を転がった。

七海が急いで目をやると出雲は両手で顔を被ってうめき声を上げている。その手の指の間からは血がにじみ出ていた。

その時だった。気配がして七海はライトアップされた杵築城を目の前に見る駐車場の方へ急いで視線をやった。

月明かりに浮かぶ一つのシルエットが流れてゆくのが目に飛び込んだ。

「この野郎！」

起き上がった出雲がそのシルエットへ向けて駆け出した。

間もなくして闇に消えた出雲らしきシルエットと、さっきのシルエットが重なり合うのが七海の目に飛び込んだ。

二つのシルエットは揉みくちゃになるようにして七海から離れてゆく。

出雲の怒声が何度も響き渡った。

「やっぱりお前か！」

出雲のその声が七海の耳にははっきりと聞こえた。

だが出雲の次の言葉は呻き声に変わった。

七海は思わず後ずさりした。

そして途轍もなく恐ろしいものを見たように顔を歪めた七海は、急いで服を整えると、踵を返してそこから離れ坂道を戻っていった。


汗まみれになって走り回っていた涼は突然、どこからか自分の名前を呼ばれた。立ち止まった涼が辺りを見回すと、そぞろ歩く観光客を掻き分けるようにして、七海の母、貴子が涼の元へ走り込んできた。

最初に涼が気づいたのは、貴子が涙目になっていたことだった。

「これを七海に。どうか渡してやってください」

そう言って貴子が差し出したのは、縦と横がそれぞれ十〜二十センチほどの茶色の小さなバッグだった。バッグを開ける部分にダイヤル式の鍵が見えた。

「これは？」

怪訝な表情で涼が顔を上げた時、

「中を見るかどうかは、あの子に任せます」

と貴子は目尻の涙をか細い指で拭いながら言った。

「任せるって、鍵もあるのに……」

「ごめんなさい。まだ祭りの仕事がありまして――」

貴子はそう言うが早いかすぐに踵を返し、涼に背中を見せて人混みの中へとあっという間に消えて行った。

貴子を追って走り出そうとした、その時、涼が思わず声を張り上げたのは、「商人の町」と呼ばれるもっとも混雑している通りを駆け抜けてゆく着物姿の七海の姿を発見したからだった。

「塩屋の坂」の下で目の前に現れた涼の姿を見つけた七海は下駄を音高く鳴らしながらその胸に飛び込んだ。

「真弓さんのカレシの出雲という男に殺されそうになったん！　もう訳が分からん！」

好奇の目を向ける観光客たちに構わず七海は続けた。

「包丁で脅して廃屋の市民会館前の暗がりまで連れて行かれ、そこで出雲は私を刺そうとした――でも、誰かが助けちくれたの……」

「出雲直輝は今、どこに？」

涼が急いで訊いた。

「その私を救った誰かと、もみ合いになったようで……その後はわからない……」

「誰かが？」

「そんなことより、あの男や！　その出雲が真田さんと熊坂さんの奥さんを殺害したん！」

「奴が自分でそう言ったのか？」

涼が訊いた。

「そうちゃ。あっ、それともう一人も殺したと……その名前は確か……ウチなんとか……」

「内山――」

涼が言った。

「そう、そん人！」

ハッとした表情で七海はそのことに気づいて涼を見つめた。

「どうして私が出雲に狙われなければならないの！」

七海が涼に詰め寄った。

「それは……」

涼は言い淀んだ。

七海が思い出す風な表情で言った。

「あっ、それに……」

「どうした？」

涼が訊いた。

「出雲は、私にこんなことも……。〝最後に、あんたの父親と、愛する娘を殺しにきた〟

……」

涼は何も言えなかった。

「でも父は、二十年も前に病気で亡くなってこの世にはおらん。それをなし殺すと？」

七海はあちこちに視線を彷徨わせた。

涼は黙った。

その時だった。七海の顔がゆっくりと涼に向けられた。

「涼、なんか知っちょんのやろ？」

涼は視線を外した。

「私に何を隠しちょん？」

目を見開いて七海が聞いた。しかしその声は掠れていた。

「将来の妻にすべてを明らかにする時が来た。そうやろ、若造――」

驚いて振り返ると正木がいつにない神妙な表情で立っていた。

そぞろ歩く観光客から肩をぶつけられながらも七海の視線は涼に向けられたままで、黙って涼の言葉を待っていた。

行灯の揺れる光が七海の頬で乱舞していた。その光は荒々しく何かを急き立てているように涼には思えた。

涼の話が終わっても七海は口を開けて呆然としたままだった。

しばらくしてから掠れた声で口にした。

「なあ！　私には、父の葬儀の時の記憶が鮮明にあるん！　それが父を心に入るる唯一の慰みなんちゃ！　父の死は間違いねえんよ！」

七海は必死の形相で涼に迫った。

「七海、今思えば、そのご葬儀の記憶って、弟の隼人君の時のことだという気はせんか？」

七海はしばらく押し黙った。

「そして、ちょうど一週間前、隼人君の命日で参ったお墓の前にあったチョコレート箱にしても――」

涼がそれを指摘した。

「ああ……」

七海は小さく声を上げた。

記憶が鮮明に蘇った。

亡くなった父の葬儀……涙を流して最期のお別れの時、白い菊の花をみんなでお棺の中に入れた後、私は、「和泉製菓」のチョコレート箱をそこに入れて……。しかも私が顔をあげた時……そこには……涙を流す……父の姿があった……。

七海はしばらく黙り込んだ。

「すべてはここに書かれてある」

涼は三つに折られた数枚の便箋を、七海の目の前に掲げた。

「こりゃ、熊坂洋平さん、いや実は、本名は星野克之さんと言うんやが、そん方が書いたもんや。星野さんな、二十年前、七海のお父さんの部下やった人や」

「父の部下？　共済組合の？」

七海は激しく視線を彷徨わせた。

涼は、頭を振ってから続けた。

「違うんや七海——。あんな、星野さんはな、七海とお母さんのことを二十年もの間、ある理由で、お父さんの代わりにずっと守ってきた。その真実はずっと伏せてこられたんや」

「ある理由？……」

七海の掠れたままの声が、静かな祭りの始まりの中で小さく響いた。

涼は、身動きしない七海の手の中に便箋を握らせた。

瞬きを止めた七海は手元へそっと視線をやった。

そして、慎重な動きで便箋を開いた。

文面を読み進めてゆくうちに、七海は片手で口を押さえ、涙を流し始めた。

涼たちが黙って見守る中で、七海の涙は止まらなかった。

頬を伝って幾つもの滴が落ちていった。

どこからか篠笛を奏でる優しい音色が涼の耳に聞こえた。

だがそこにいる誰も音色の方へ顔を向けることなく七海だけを見つめた。

「まさか……こんなことが……」

七海の口から嗚咽（おえつ）が漏れ始めた。

最後の五枚目を読み終えた七海は、便箋で顔を被って目を泣き腫らしながらその場にしゃがみ込んだ。

着物姿の外国人観光客の団体が近づいてくるのが分かった涼は七海の体を抱え、「塩屋の坂」の一番下の石畳の上にまで連れて行き、そこに座らせて肩を抱き寄せた。

しかし七海はすぐに涼から離れて立ち上がり目を輝かせた。

「父はここにおる！」

泣き腫らした顔で七海が力強く言い切った。

その時、赤色のパトライトを忙しく回転させるパトカーが目の前で急停車し、助手席から制服警察官が慌てて駆けてきた。

「出雲直輝は所在不明です！　ただ、市民会館前の駐車場から坂の斜面へと続く血痕があり、現在、周辺を捜索中です！」

その言葉で七海は突然、身を起こした。

「父が殺さるる！」

涼はその時になって、忘れていたことを思い出した。自分が抱えているバッグを七海に手渡すことを――。

「七海、実はこれ――」

だが涼の呼びかけも届かず、七海は「塩屋の坂」を急いで振り返ると、観光客を掻き分けるようにして石畳を上ってゆく。

「七海！」

バッグを上着のポケットに無理矢理に押し込んだ涼がその後をすぐに追いかけた。

「塩屋の坂」を登りきった七海はまだ残る足の痛みを堪えて走った。

すっかり日が暮れて、揺れる行灯の光がより一層幻想的に城下町を包む中を七海は駆けずり回った。「家老丁」の通りに入った時、「中根邸」から出てきた観光客たちとぶつかりそうになったが、そのまま駆け抜けた。

七海は、中根邸のすぐ横にある門をくぐって遊歩道に足を踏み入れ、その途中にある「きつき城下町資料館」の脇をさらに抜け、観月祭の時だけ午後九時まで入れる小さな門から南台の展望台に駆け込んだ。

たくさんのカップルや家族連れが、三百メートルほど先で感動的にライトアップされた杵築城へ目をやって賑やかにしている。

――お父さん、どこにおるん！　殺されるのよ！

七海には、父と触れ合った記憶は余り多くはない。しかし、その顔は二十年という月日が経っても、いかに年齢を重ねていても絶対に見逃さない自信が七海にはあった。

もう一度、家老丁通りに戻った七海に涼が声をかけたが彼女は走る足を止めなかった。そこにちょうど「一松邸」から引き上げてきた菜摘と、中根邸の前で立ち尽くしていた萩原の二人に合流した涼は事情を説明しながら七海を追いかけた。

「塩屋の坂」の石畳を下りようとした萩原が思わず足を止めた。目の前に見える「酢屋の坂」の、真っ直ぐに上へと伸びる、二筋（ふた）になった幾つもの行灯の光の美しさに萩原は思わず目を奪われた。その揺れる雅な光の筋の間を大勢の観光客たちが目を輝かせて上り下りしていた。しかしその中に七海の姿があることには萩原は気がつかなかった。

「酢屋の坂」から大原邸へと急いだ七海の耳に、琴の麗しい音色が聞こえた。その時、七海はすでに泣いていた。だが涙を拭う心の余裕はまったくなかった。

七海にとっては今でも〝パン店の優しい熊坂のおじさん〟である星野が自分に書き残した便箋の文字が頭の中にずっと蘇っていた。

《七海ちゃん。この手紙を読んでさぞかし驚いていると思うし、信じられないだろうね。でも、熊坂のおじさんは決して七海ちゃんには嘘をつかない。それだけは信じて欲しい》

七海が観月祭で最も好きな篠笛の音色にも気持ちはまったく向かなかった。ただ別の音色だけが頭に蘇った。父と一緒に歌った、夕やけこやけ——。

《七海ちゃん。お父さんはね。お父さんを狙う人たちから、七海ちゃんとお母さんをどうしても、いや絶対に守りたかったんだ。だから、自分がいなくなりさえすれば、七海ちゃんとお母さんは安全になると思って、七海ちゃんの前から姿を消し、海外に行くことを、悩んだ末に決意したんだ。それで安全になったら戻って来ようとね。でもね、お父さんはもっと七海ちゃんとお母さんのことを心配したんだ――》

大原邸へ走ってゆく七海の目には、目の前の屋敷を囲む行灯の光と、二十年前、父に手を引かれて歩きながら見つめた行灯のそれとが二重写しとなった。

そして、光の世界の中に迸（ほとばし）る涙を拭くこともなく走りながら手紙の続きを思い出した。

《七海ちゃん。お父さんね、こうも心配していた。自分がどこかで生きていることが分かっただけでも家族が脅迫され、身に危険が及ぶかもしれないと。だから七海ちゃんとお母さんとの糸を完全に断つことを決断し、死んだことにしたんだ。

この手紙を読んで、お父さんが自分を捨てた、と七海ちゃんはそう思っているかもしれない。仕方がないと思う。でもね、七海ちゃん。どうかその時のお父さんの気持ちも知って欲しい。かわいい盛りの八歳の七海ちゃんと愛するお母さんともう二度と会えなくなるという悲痛な想いと激しい苦悩、そして胸を引き裂かれるのと同じような苦渋の決断、それは筆舌に尽くせないほどだったんです》

大原邸に入った七海は、邸内を駆け巡って父の姿を必死に探し回った。

そこに真弓が駆け寄った。彼女は一番大事なオモチャをなくして涙を見せる子供のようにクシャクシャの涙顔をしていた。

「出雲クンがおらんの。どげえしたんやろ……携帯電話も切ってるし……なんか嫌な予感がするん……」
涙声になった真弓のその言葉も、七海は頭に入らなかった。頭の中を埋め尽くしていたのは、ずっと〝パン店の優しい熊坂のおじさん〟の手紙の文面だった。
《七海ちゃん。お父さんはね、こう言うと思うよ。お母さんをどうか責めないでね。確かにお母さんはすべてを知っていた。でもね、お母さんもお父さんと同じように胸を引き裂かれるような思いで、観月祭の翌日、お父さんを送り出したんだ。そして苦しみに押し潰されそうになる気持ちを必死に奮い立たせて、お父さんが亡くなったという話をずっと守ってきた。その思いはね、お父さんの秘密のバッグの中にお母さんが封じ込めてあるんだ──》
文面を綴っている時の熊坂の姿を想像しながら、七海はその先の磯矢邸には足を向けず、「酢屋の坂」の方向へ戻りながら、そこまでの便箋の文章を、涙を流しながらさらに頭に蘇らせた。
《七海ちゃん。必ず、お父さんと会ってください。そして声をかけてあげてください。お父さんには余り時間が……》
七海はその先を読めなかった。涙が溢れて文字が滲んでしまったからだ。
萩原と菜摘とともに七海の姿を追いながら涼は正木と出くわした。

「どこにいったか心当たりはねえんか！」

息を切らしながら正木が声を張り上げた。

「それがまったく……クソッ！」

そう毒づいて上着を脱いだ涼は額の汗を拭った。

走り出そうとする涼の腕を正木が摑んだ。

「首藤、考えてみたんやが、熊坂洋平こと星野克之が、貴子さんと七海さんの近くに移り住み、〝存在せん男〟のままで二十年間ずっと見守ってきたんのは、自分の過去の経歴から、二人の身に危険が及ぶことを断つためやった。それは間違いない。しかし、なしそこまで壮絶な人生を送ることを決めたのか、それも夫婦ともども……」

正木が溜息混じりに言った。

「自分も気になります。熊坂夫婦がずっと七海とお母さんの安全を見守ってきた理由として、さっきの七海宛の手紙の最後の方に〝あなたのお父さんに私たち家族の命を助けてもらいました〟と。ありゃなんだったんでしょう？」

「実はさっき、真田恭子に電話し、熊坂洋平こと、星野克之がすべてを明らかにしたことを伝えたんです」

話に入ってきた萩原が続けた。

「その時の恭子との会話の中で、彼女もまた背負っていた重いものを下ろすかのような雰囲気でこういう話をしていました。昔、熊坂いや、星野夫妻には子供がいたが三歳で白血病を発症し、覚悟を決めていた。骨髄バンクの中には適合するものがなかったからです。しかし波田野秀樹が必死になって骨髄移植のドナーを探し出してくれて一命をとりとめ、すくすくと育ったと――。ただ十五年前にその息子は交通事故死していますが、星野夫妻にとっては波田野秀樹には感謝してもし過ぎることは――」

萩原の声が急に押し殺したものに変わった。

「実は、恭子は最後にこうも付け加えていました。すべてを話すための〝資格を持っているのは星野じゃない〟と――」

「波田野秀樹――」

涼が素早く言った。

正木が涼へ視線を向けた。

「波田野秀樹には時間がない」

涼は正木が何を言いたいのか分からなかった。

「首藤、出雲の確保はもちろんだが、ワシ達はそん先へ進む必要があるんか？」

「どういう意味です？　えっ、まさか、主任は、七海と波田野秀樹とを会わせるべきやないと――」

涼は目を見開いて正木を見つめた。

「波田野秀樹がもし余命が告げられちょんなら、二人の親子にとって劇的な再会が喜びの絶頂であればあるほど、そん後、まもなくしてやってくる悲劇は、彼女を奈落の底へ突き落とし、より傷つける残酷な結果になる――」

正木が神妙な表情で言い切った。

「だ、だからって、今更……そげなことを……」

涼の顔が歪んでいった。

「しかも、お前さんにはそげな七海さんを支えてゆけるだけの覚悟があるんか！」

これまで見たこともない迫力に満ちた姿で正木は涼を睨み付けた。

「首藤さんやな？」

振り向くと観光協会の詩織が深刻そうな表情で駆け寄ってきた。

「今、すれ違ったんやけど、七海ちゃん変やったよ。泣きながら走っちょった。私も声をかけたんやけど……どうしたの？」

「どこに！　どこにいました⁉」

涼が詩織に迫った。

「あ、あっち！」

驚いた表情で詩織が指さしたのは、観光協会があるエリアへ出る「番所の坂」がある方向だった。

その時、目の前を下駄を鳴らして七海が走り抜けていった。

「七海！」

涼は大声で呼び掛けた。

だが耳に入っていない風だった。

涼は正木や萩原とともに後を追った。

涼の視線の先で、七海が観光客の間を巧みに縫って「酢屋の坂」を駆け下りていった。

途中で七海の足が急に止まった。

そして涼が見たものは、「塩屋の坂」に並ぶ行灯へ目をやったままそこに立ち尽くしている七海の姿だった。

七海の背後に辿り着いた涼は急いでその視線の先を追った。

「塩屋の坂」の中腹で、濃紺のパナマハットを目深に被った、黒っぽいスーツ姿の男が観光客の波に揉まれながらもひっそりと立っていた。

「まさか……」

涼は息が止まった。

七海の顔を遠目にしてそっと覗き込んだ。

涙の跡は残っているように思えたが、泣いてはいなかった。

ただまっすぐ、「塩屋の坂」の中腹に立つその男を七海は見据えていた。

ゆっくりとした足取りで「酢屋の坂」を下りきった七海は、「商人の町」通りの歩行者天国となった道路を渡ってから、さらに足を進めて「塩屋の坂」を上り始めた。

涼の周りに萩原だけでなく、正木のほか、砂川と黒木菜摘も緊張した面持ちで集結し、その後から詩織も追いついてきた

「ちょっとすみません、そこを退いて、退いて！」

どこからか緊迫した声が聞こえた。

涼が見回すと、警棒を握った制服警察官が涼の元へ飛び込んできて言った。

「出雲直輝を発見しました！」

「確保したのか！」

涼が声をあげた。

「市民会館へ登る道の崖(がけ)の下で発見され心肺停止状態やと今無線に連絡が入りました！　所持しちょった免許証から同人に間違いありません！　自身で足を滑らしちょん事故の模様です！」

涼は全身の力が抜けたようにその場にへたり込んだ。

――終わった。

涼はそう思った。

珍しくも笑顔を創った正木は、安堵した表情の黒木菜摘と顔を見合わせた。

だが制服警察官の話は終わっていなかった。

出雲直輝の所持品にこんなものがありました、と一枚のスナップ写真を涼たちの前に掲げてみせた。背の高い男と、その足元にもたれるようにして寄り添う、同じくらいの年齢の小さな男の子が三人、笑顔で写っている。男の子の下にはそれぞれの名前と年齢が、子供が書いたと思われる、たどたどしい、平仮名で書かれている。男の子たちは、それぞれ、唇の右上や、目の下の涙袋にあるホクロがあったり、鼻筋が通っていたり、とひと目見ればわかるほどの特徴的な顔立ちをしていた。

　篠原が奪うように写真を手に取った。

「真ん中は、革命軍のメンバーである米倉裕史を密かに支援していた浜村勝だ。そしてこの三人の子供は――」

　篠原は激しく辺りを見渡した。

「そう言えば、出雲という男は私にこんなことを言っていました」

　目を見開いた七海がつづけた。

《あんたの父親のお陰で、父と母は死んで、遺されたオレたちのその後の人生もメチャメチャに――》

「まだ二人いる！」

　正木が声を上げた。だが、その声は大勢の観光客のざわめきで打ち消された。

「襲ってくるぞ！　各自展開しろ！　捕縛に備えろ！」

　萩原は厳しい口調で二人の刑事に指示し、自分もまた慎重な足取りで右手にある和菓子屋「松山堂」の赤い緋毛氈が敷かれた縁台の脇にしゃがみ厳しい視線で配置に就いている。

「塩屋の坂」を涼が見上げていた時、貴子の姿が坂のてっぺんにあるのが目に入った。

――来るな！　あんたも殺らるる！

　しかしその言葉は溢れる観光客の耳にも届くことが躊躇われて涼は言えなかった。

貴子の背後からは警護役の二人の制服警察官が周囲へ厳しい視線を送っている。

涼は周囲へ急いで目をやった。

観光客の流れの背後で「塩屋の坂」を左右から囲むように四人の制服警察官が警棒と刺股を手にして身構えている。

――さあ、どこから襲う！

手にしていた上着を石畳の隅に置き、腕まくりをした涼は一歩ずつ「塩屋の坂」へ近づいた。

「塩屋の坂」の半分ほどで七海は足を止めかけた。

「えっ！」

涼は小さく声を上げた。

七海のすぐ先で、石畳に立つパナマハットをかぶった一人の男が涼の目に入った。

だが七海は足を止めず、その男の傍らの階段を登り続けた。

――パナマハット？　あのストーカー？　しかし奴は死んだ……。まさか！　この男性が、お父さん……。七海、声を掛けない気なんか……。

七海は男に視線を投げることもなく、貴子の方に向かって石畳を登り続けた。

涼は、七海の気持ちがわかった。

声を掛けてしまえば、出雲の兄弟のいずれかがお父さんに襲いかかるだろう。そうなれば自分も巻き込まれることになるかもしれない。それを知っていて避けようとしているんだ……。

――しかし、二十年ぶりやちゅうに……しかも病死したと思っていたお父さんと会えるっちゅうにぃ……。余りにも悲劇すぎる……。

ついに石畳を登り切った七海が、そこで待っていた貴子の元へと足を向けた。

――いいんか七海！

しかし涼はその言葉を飲み込んだ。

七海は貴子の腰に腕を回し、肩に頭をもたれ掛からせた。そして二人並んで自宅の方へ歩き始め、涼の視界から消えてしまった。

涼は慌てて男へ視線を向けた。

男もまた「塩屋の坂」を静かな足取りで下ってゆく。

――終わった……。

涼はそう思った。二人はお互いの安全を思ってこのまま永遠に触れ合わないという決意をしたのだ。

男の背中を見つめる涼の頭に浮かんだのは、運命、という言葉だった。そしてそれを受け止めなければならない七海の悲壮な想いに胸が締め付けられた。

項垂れた涼は「塩屋の坂」に背を向けた。それ以上、見ていられなかった。

人混みの中からよろよろと現れた一人の制服警察官が涼の前で倒れ込んだ。赤く染まった制服の腹部を押さえて苦悶している。だがそれでも行き交う観光客の誰も気がつかない。

涼が慌てて介抱をしようとした、その時だった。

涼に見えたのは先の尖った包丁を握る男の姿だった。乱暴に人々を退かしながら七海を追うように階段を駆け上がってゆく――。

涼の行動は反射的だった。人混みをかき分けて全速力で階段を走り上がり追いつくと、包丁の刃の部分を両手で挟んで握り締めた。涼の掌から赤い血が滴り落ちる。

アルミ合金製の警棒（けいぼう）で包丁をたたき落としたのは黒木菜摘で、男を羽交い締めにしたのは萩原と砂川だった。

「お前は歳を偽っているが、直輝の兄、浜村雄輝（ゆうき）だな！　弟の晃輝（こうき）もここにいるな！」

男を後ろ手にして手錠をかけた萩原が問いただした。

「みんなぶっ殺してやる！」

出雲雄輝は唾を吐き出した。

萩原は気づいた。数メートル先で、こっちを見つめていた一人の男が慌てて逃げてゆくのに。

「三人兄弟の最後、浜村晃輝だ！　捕まえろ！」

萩原が砂川と黒木菜摘に指示した。

傷の痛さに顔をしかめた涼は「塩屋の坂」を急いで見上げた。

すべてが終わったことを大声で告げようとした時、涼の脳裡に正木の言葉が蘇った。

《二人の親子にとって劇的な再会が喜びの絶頂であればあるほど、そん後、まもなくしてやってくる悲劇は——》

だが涼は、それを受け止めるだけの勇気は彼女にあると信じたし、自分が彼女を支えると自分の人生を決意した。

涼は、姿の見えない七海に向かって大声でその言葉を発した。彼女に聞こえたかどうかはわからなかった。

「七海！　もう終わった！　すべてが終わったんや！」

その大声で「塩屋の坂」を歩いていた何人かが涼へ視線をやった。

しかしそれは一瞬のことで、誰もが行灯の光に目を奪われそぞろ歩きを再び楽しみ始めた。

七海が再び涼の視界に姿を現した。

涼はその姿に言葉が出なかった。

「塩屋の坂」へ駆け戻った七海は、人波をかき分けて一気に石畳を駆け下り、パナマハットの男の前に立った。

気配に気づいて振り返った男と七海はしばらく目を合わせたまま黙り込んだ。

肩で息を整える七海に男は穏やかな笑顔を向けた。

男はパナマハットを取ると胸にあて、七海に向かって白髪頭を深々と下げた。

男の足元に目をやった七海は目を見開いた。男の靴には泥か何かを強引に拭いとったことを示す痕跡があった。

「実は、わたくし、杵築に久しぶりに来たゆえ不慣れでありまして」

きれいに揃えられた白い口髭をたくわえた男が続けた。

「杵築城へはここからどう行けばよろしいやろうか？　地図はこき持っちょんのやけんど今ひとつ経路が――」

そう言って男が胸ポケットに手を入れようとした時、七海の手がそれを押し止めた。

「もういいけん」

七海は男の腕を掴んだまま涙声で言った。

「もういいけん」

溢れ出る涙を拭うこともせず七海は繰り返した。

二人は見つめ合った。

口を開いたのは七海だった。

「遅かったやねえ」

不思議そうな表情を浮かべた男は七海に柔らかな視線を送った。

涙を目に一杯に湛える七海はその言葉を選んだ。

「青夕方（あおゆうがた）はもう終わっちしもうたちゃ」

近くでその言葉を耳にした涼はふと夜空を見上げた。

ひときわ大きな満月「十四夜月（じゅうよんやづき）」が眩しくて目に痛いほどに輝いている。
そしてその下で、月明かりに照らされた貴子が「塩屋の坂」の上でしゃがみ込んで両手で顔を被い、激しく肩を震わせているのが涼の瞳に映った。

（終）

謝辞

本作品がここに存在するのは、杵築市の三人の素晴らしい女性の方々のご指導とご配慮があったからこそです。

杵築市観光協会の首藤美香さん、七島藺マイスター工芸士（名人）の同協会の姫野かおりさん、さらに同協会の小川真奈美さんの皆様、本当にありがとうございました。

出版においては最初に連載企画のご指導を頂きました文藝春秋の島田真氏、デジタルの村井弦氏には厚く御礼の言葉を贈らせてください。

単行本の作成では角田国彦氏には本当にお世話になりました。深く御礼を申し上げたい。

そして文庫化にあたってこそ、高橋淳一氏には、常に的確なご指導を頂きまして誠にありがとうございました。心から御礼を申し上げます。

二〇二三年七月　　麻生　幾

〈参考文献〉

『杵築七島いの歴史』（七島い栽培復活継承協議会）

初　出　文藝春秋digital
二〇一九年十一月十日〜二〇二〇年九月十五日

単行本　二〇二〇年十二月　文藝春秋刊
文庫化にあたり加筆しました。

DTP　ローヤル企画

文春文庫

観月（かんげつ）
消（け）された「第一容疑者（だいいちようぎしゃ）」

定価はカバーに表示してあります

2023年8月10日　第1刷

著　者　麻生幾（あそういく）
発行者　大沼貴之
発行所　株式会社　文藝春秋

東京都千代田区紀尾井町 3-23　〒102-8008
TEL　03・3265・1211(代)
文藝春秋ホームページ　http://www.bunshun.co.jp
落丁、乱丁本は、お手数ですが小社製作部宛お送り下さい。送料小社負担でお取替致します。

印刷製本・大日本印刷

Printed in Japan
ISBN978-4-16-792086-9